VALO

*Crumbling City
of Heaven*

GENDERKLAUSEL

Aus Gründen der besseren Lesbarkeit wird auf die gleichzeitige Verwendung von männlicher, weiblicher und diverser Sprachformen verzichtet. Sämtliche Personenbezeichnungen gelten für alle Geschlechter.

Für alle, die manchmal an ihrer eigenen Stärke zweifeln.
Gebt niemals auf, an euch selbst zu glauben.

Bibliografische Information der Deutschen Nationalbibliothek: Die Deutsche Nationalbibliothek verzeichnet diese Publikation in der Deutschen Nationalbibliografie; detaillierte bibliografische Daten sind im Internet über http://dnb.de abrufbar.

© 2024 Marleen Kansy
Verlag: BoD • Books on Demand GmbH, In de Tarpen 42, 22848 Norderstedt
Druck: Libri Plureos GmbH, Friedensallee 273, 22763 Hamburg
Lektorat und Korrektorat: Lektorat Zeilenkiste, Julia Friesen
Umschlaggestaltung und Buchsatz: nh-buchdesign
ISBN: 978-3-7597-7058-5

Playlist

Dynasty – MIIA
Brother – Kodaline
Used to Be – AJ Mitchell
The Prophecy – Taylor Swift
You – James Arthur (feat. Travis Baker)
Monsters – Ruelle
Bloodline – Natalie Jane
Maps – Madilyn Bailey
Sweater Weather – Kurt Hugo Schneider, Alyson Stoner, Max S
Where We Come Alive – Ruelle
Armor – Landon Austin
What If I Told You That I Love You – Ali Gatie
Angel By The Wings – Sia
I Think I'm In Love – Kat Dahlia
Say Yes To Heaven – Lana Del Ray
Love In The Dark – Adele
Kind of Love – Natalie Jane
Love Me Again – John Newman
Not About Angels (Cover) – Daneliya Tulershova
War of Hearts – Ruelle
Live Like Legends – Ruelle
The Other Side – Ruelle

Thought we built a dynasty that heaven couldn't shake.
Thought we built a dynasty like nothing ever made.
Thought we built a dynasty forever couldn't break up.
It all fell down.
(Dynasty by MIIA)

PROLOG

Es war heiß. Viel zu heiß. Ich hasste, wie meine Kleidung an mir klebte und wie die von Schwefel erfüllte Luft in meiner Lunge brannte. Selbst hier, in einem selkeä unelma, spürte ich, wie mit jeder weiteren Sekunde, die verging, meine Energie schwand. Bald würde ich das Ganze abbrechen müssen, dabei war ich meinem Ziel noch kein Stück nähergekommen. So ging es nun schon seit Tagen.

Lucy war vor knapp einer Woche nach Valo aufgebrochen und um mich abzulenken, hatte ich mich voll und ganz auf die unbekannten Pläne meines Bruders gestürzt. Jeden Tag vergrub ich meine Nase in Büchern, bis mir die Augen zufielen, und im Schlaf kehrte ich jedes einzelne Mal an diesen schrecklichen Ort wieder, an den er sich zurückgezogen hatte.

Lucifer. Der wohl abtrünnigste Engel, den es je gegeben hatte. Der Anführer der Paholainen. Nachdem er damals versucht hatte, die Erzengel zu stürzen und Valo zu vernichten, um die Erde einzunehmen und die Menschen zu beherrschen, hatte er sich in den Tiefen des Erdreichs versteckt. Dort, wo Magmaseen und -flüsse ihren Ursprung hatten, hatte er seine Kräfte gesammelt, um Rache zu nehmen. Die vergangenen Jahre hatte ich ihn beinahe vergessen, so intensiv hatte ich unter meiner eigenen Verbannung gelitten und nach dem wahren Grund von Lucys Existenz gesucht. Doch nun schien er seinem Ziel immer näher zu kommen, denn er hatte sich erneut offenbart. Er hatte Lucy mehrfach zu sich berufen und damit mehr als deutlich gemacht, dass er eine noch immer ernst zu nehmende Gefahr war. Was ich getan hätte, wenn er Lucy verletzt hätte, will ich mir gar nicht ausmalen.

Allein der Gedanken ließ das einst so vertraute Kribbeln durch meine Adern fließen, gepaart mit der Zuversicht, Berge verrücken zu können, um meine Tochter vor jeglichem Leid zu bewahren. Da sie nun in Valo war, um an der Akademie der Wächter zu trainieren, und ich sie dort nicht beschützen konnte, tat ich das Einzige, was mir möglich war: Hier auf der Erde zu bleiben und Lucifers Plan erst zu entlarven und dann zu vereiteln. Allerdings war dies leichter gesagt als getan.

Wie schon die Nächte zuvor schlich ich vorsichtig durch die engen Gänge seines unterirdischen Verstecks. Das schwarze Gestein war so rau, dass ich mir womöglich die Haut aufreißen würde, sollte ich mich zu stark daran pressen. Noch immer ließ mich der Schwefelgeruch in der Luft röcheln und die sengende Hitze brannte sich in meine Wunde am Rücken. Angestrengt biss ich die Zähne zusammen. Zumindest die, die noch übrig waren.

Ich war schon lange nicht mehr der Engel, der ich einst zu meiner Zeit in Valo gewesen war, doch seit Lucy sich verwandelt hatte, hatte der Verfall meines Körpers rasant zugenommen. Als hätte er all die Jahre durchgehalten, damit ich dieses Ereignis noch erlebte. Meine Aufgabe, ihr alles über ihre Familie, ihr Leben, ihr Schicksal zu erzählen. Dabei gab es noch so viel zu bereden. Ich hatte ihr bisher nur die Spitze des Eisbergs an Informationen gegeben, die sie brauchte, damit ich sicher war, dass sie das alles hier gut überstehen würde. Was utopisch war, denn keiner wusste, was das *alles* hier überhaupt war. Nicht ich, nicht Austin, nein, nicht einmal die Erzengel, da war ich mir sicher. Diese aufgeblasenen, eingebildeten …

Ja, die saßen doch nur den ganzen lieben langen Tag in ihrem Tempel in Valo und achteten darauf, dass niemand aus der Reihe tanzte, und für mehr interessierten sie sich nicht. Es war ihnen egal, dass die Engel immer mehr und mehr nur noch auf sich aus waren und den Ursprung ihrer Existenz – die Aufopferung, die ihnen ins Blut gegeben worden war – verloren. Es war ihnen egal, dass sogar einer von ihnen gegen ihre eigenen Regeln verstieß. Es war ihnen egal, dass Lucifer, ein Feind Valos, sich erneut regte und vermutlich den Untergang Valos wie auch der Erde plante. Hauptsache, Lucy und Nathan waren auf ihr Geheiß nach Valo gekommen und alle tanzten nach ihrer Pfeife. Ich konnte nicht glauben, wie …

Ein Geräusch ganz in meiner Nähe ließ mich ruckartig zusammenfahren. Augenblicklich blieb ich stehen und hielt den Atem an. Dann lauschte ich.

Da ist er endlich.

Es waren nahende Schritte, die von einer Weggabelung einige Meter vor mir her hallten.

Bitte lass ihn nicht in meine Richtung gehen, flehte ich. Obwohl ich meine mentalen Fähigkeiten immer noch recht gut kontrollieren konnte, wurde auch dies immer schwieriger. Sollte mein Bruder in meine Richtung gehen, so wäre es nahezu unmöglich, nicht bemerkt zu werden. Die schmalen Felsgänge boten keinerlei Versteckmöglichkeiten. Mich unsichtbar werden zu lassen, erforderte nicht nur ein Maß an Energie, welches ich kaum noch besaß, weil ich durch das Unterdrücken des traumüblichen Flimmerns den selkeä unelma bereits manipulierte, damit mein Bruder meine

Anwesenheit nicht bemerkte. Es war außerdem nahezu unmöglich für mich, weil Unsichtbarkeit eng mit der Sehfähigkeit verbunden war, und da ich nur noch mit einem Auge sehen konnte, war es ein Risiko, das ich nicht gewillt war einzugehen.

Darauf bedacht, kein Geräusch zu verursachen, wich ich ein paar Schritte tiefer in den Gang zurück, aus dem ich gekommen war. Nun presste ich mich doch gegen die Wand. Das harte Gestein bohrte sich in meine papierdünne Haut und Blut mischte sich zu dem Schweiß auf meinem Rücken, doch ich gab keinen Laut von mir. Zu aufgeregt war ich, nach all den Tagen endlich meinen Bruder in diesem Wirrwarr aus Gängen gefunden zu haben.

Als dieser nun am Ende des Ganges auftauchte, war er in Gedanken versunken, denn er warf nicht einmal einen Blick in meine Richtung und machte sich auf in den anderen Gang, der von mir fortführte.

Schnell nahm ich die Verfolgung auf und heftete mich auf leisen Sohlen an seine Fersen, mit gewissem Abstand selbstverständlich. Ich folgte ihm durch so viele Gänge, um Windungen und Bögen herum, dass ich schnell die Orientierung verlor. Lucifer schien ein bestimmtes Ziel vor Augen zu haben, denn er verlangsamte keinen einzigen Moment seine Schritte und blieb an keiner einzigen Weggabelung stehen. Es war mein Glück, dass er sich nicht umdrehte, denn um mit ihm mitzuhalten, eilte ich ihm zeitweise so ungeschickt hinterher, dass ich gnadenlos hätte entdeckt werden können.

Schließlich verlangsamte er sein Tempo doch und seine zügige Gangart verwandelte sich in dominante, waltende Schritte. Er erreichte eine schwere Holztür, die inmitten des umliegenden schwarzen Gesteins fehl am Platz wirkte. Ohne zu zögern, trat er ein und ließ die Tür einen Spalt offen.

Vorsichtig schlich ich mich heran und lugte durch den Schlitz. Der Raum hinter der Tür war eine Art Büro. Die Wände waren mit Regalen voller Bücher und Akten gesäumt und in der Mitte stand ein großer Tisch. Auf diesem war eine Modellstadt erbaut und beim genaueren Betrachten erkannte ich, dass es sich um Valo handelte.

Lucifer war indes an den Tisch herangetreten und lehnte, auf seine Hände gestützt, an dessen Kante. Tiefe Furchen zierten seine Stirn und ich realisierte, dass auch er nicht mehr viel Ähnlichkeiten mit dem Engel hatte, den ich einst gekannt hatte. Das dunkelblonde Haar fiel ihm glanzlos in die Stirn und seine einst grünen Augen, die meinen und Lucys so ähnlich sahen, waren matt, als wäre alle Farbe aus ihnen gewichen. Doch der größte Unterschied waren mit Abstand seine Flügel. Von seinen einst sandfarbenen Federn war nichts mehr übrig. Stattdessen schmückten schwarz ledrige Membranen mit Krallen an den Spitzen seinen Rücken. Sein schauriger Anblick rief eine Gänsehaut bei mir hervor.

Was ist nur aus ihm geworden?

Wehmut drückte mir schwer auf die Brust und nicht zum ersten Mal bekam ich ein schlechtes Gewissen, dass ich seinen Verrat womöglich hätte verhindern können. Ob ich etwas hätte tun können, sodass er ein Engel geblieben und nicht zu einem Paholainen geworden wäre? Ich wusste es nicht, ja, ich bezweifelte es sogar, ich –

»HAB' ICH DICH!«, zischte Lucifer, sein Gesicht zu einer Grimasse verzogen, direkt vor meinen Augen. Purer Wahnsinn erfüllte seine blassen Augen und er bleckte die Zähne. »Mach's gut, Leo.«

1

Im Engelsein bin ich eine Versagerin

Wums! Schon wieder lag Lucy machtlos auf der Matte und hielt die Hände schützend vor ihr Gesicht, während Casey ihr das Schwert an die Kehle hielt.

»Das macht dann siebzehn zu …« Den Kopf schief legend strahlte sie Lucy an. Sie zog das Schwert zurück und legte dessen Spitze an ihr Kinn, so als müsste sie überlegen.

»Null«, keuchte Lucy und setzte sich auf.

Casey hielt ihr die freie Hand hin und zog Lucy mit einem Ruck hoch. Sie sah kein bisschen müde aus, dabei trainierten sie jetzt schon fast drei Stunden am Stück. Casey war bereits ihre zweite Trainingspartnerin für den Tag und weder gegen sie noch ihre Schwester Cara hatte Lucy auch nur einen einzigen Kampf gewonnen.

Allgemein hatte Lucy noch keinerlei Erfolg an der Akademie der Wächter errungen. Weder im Kampfunterricht noch der Strategielehre, der Kriegsgeschichte oder irgendeinem anderen Fach. Zugegebenermaßen war das alles auch noch neu für sie, immerhin war sie erst vor einer Woche in Valo angekommen und lernte all diese Dinge zum ersten Mal.

Doch Lucy war nicht die Einzige, die neu war. Nathan hatte genauso wenig Erfahrung wie sie in den Angelegenheiten der Engel und trotzdem meisterte er jede Herausforderung, als hätte er noch nie etwas anderes in seinem Leben getan. Gerade war er mit Celeste am Duellieren, Caseys anderer Schwester. Blitzschnell trafen ihre Speere aufeinander und sausten durch die Luft.

Mit einem Mal ließ sich Nathan zu Boden nieder, machte eine Vorwärtsrolle an Celeste vorbei und zog ihr in diesem Zug mit seinem Speer die Beine weg. Bevor Celeste auch nur realisieren konnte, dass er sie gerade ausgetrickst hatte, stand Nathan bereits über ihr und hielt ihr den Speer an die Kehle.

»Tja, Cece. Scheint so, als hättest du Konkurrenz um den Platz als Camaels Liebling.« Luke, der genau wie Casey und Lucy gebannt den Kampf zwischen Nathan und Celeste verfolgt hatte, lachte. Anerkennend pfiff er mit seinen Zähnen und gab ihm ein High Five. »Nicht schlecht, Nate.« Er legte ihm eine Hand auf die Schulter und schenkte ihm ein verführerisches Lächeln. »Wenn du magst, kannst du mich morgen auch gerne mal auf die Matte legen.« Luke zwinkerte Nathan keck zu.

Nathan erwiderte bloß Lukes Blick. »Oh, ich glaube, damit würdest du nicht klarkommen.«

»Ich lass' es drauf ankommen.«

Nathans selbstgefälliger Gesichtsausdruck verrutschte, als er erkannte, wie ernst Luke es meinte, woraufhin dieser drauf los lachte. »Dacht' ich's mir doch, dass eher du derjenige bist, der mich nicht händeln könnte.« Dann lief er in Richtung der Umkleiden.

Wie sehr sich Lucy nach einer heißen Dusche sehnte, war ihrer Meinung nach nicht in Worte zu fassen. Ihr gesamter Körper war schweißgetränkt. Ihre Haare, die sie zu einem Pferdeschwanz zusammengebunden hatte, glänzten feucht und ihr Oberteil klebte an ihrem Körper.

Doch Camaels Anweisungen für die Trainingseinheit im Kampfunterricht waren eindeutig gewesen: Keiner hörte auf, bevor keine zwanzig Siege errungen worden waren. Caseys Score war bereits weitaus höher, das war Lucy bewusst, was bedeuten musste, dass sie extra für Lucy weitertrainierte, damit sie noch einen Partner hatte. Die meisten Anwärter waren nämlich nach einer Stunde Training fertig gewesen und gegangen. Nur die Drillinge und Luke waren geblieben, weil Lucy und Nathan eben etwas länger brauchten als die anderen. Nun musste jedoch auch Nathan seine zwanzig Siege errungen haben, während Lucy ganze 37-mal mit ihrem Hintern auf der Matte gelandet war. Es war zum Verrücktwerden!

»Ich bitte dich, Lukas«, rief Celeste Luke hinterher, der augenblicklich stehen blieb und sich umdrehte. Sie warf ihm einen zynischen Blick zu, während sich dessen Augen verdunkelten. Celeste wusste, dass er es hasste, bei seinem vollen Namen genannt zu werden. Die Genugtuung in ihrer Stimme ließ allerdings darauf schließen, dass sie es genoss, ihn verärgert zu haben. »Ich habe ihn gewinnen lassen, damit wir endlich gehen können. Wir trainieren schließlich seit einer Ewigkeit, so lange kann es doch nicht dauern, zwanzigmal zu gewinnen.«

»Nun ja …« Verlegen kratzte sich Casey am Hinterkopf und alle drehten sich in Lucys Richtung.

Diese wollte sich am liebsten in Luft auflösen, als sie Caseys schuldbewussten Blick sah, den unsicheren von Cara, den erstaunten von Luke und den abwertenden Celestes. Doch keiner war so schlimm wie das von Mitleid triefende Blau von Nathans Augen, das sich tief in ihr Innerstes brannte. Schnell wandte sie sich ab.

»Nicht dein Ernst, Case.« Celeste schnaubte und verdrehte

genervt die Augen. »Es kann doch niemand so inkompetent sein und immer noch keine zwanzig Siege errungen haben. Vor allem mit dir als Gegnerin.«

»Hey!«, protestierte Casey, aber Celeste zuckte nur mit den Schultern und wandte sich ab.

»Du tänzelst mehr durch die Gegend, als dass du kämpfst. Selbst sie sollte es schaffen, dich mindestens einmal zu schlagen. Und so etwas nennt sich die Nachfahrin von Leonardo de Caziers.«

Jetzt wurde es Lucy zu viel. Sie wusste, dass keiner an der Akademie sie als würdig ansah, doch sie kam damit klar, solange es bei den Blicken und den geflüsterten Gehässigkeiten über sie blieb. Es vor ihr zu sagen, als wäre sie nicht anwesend, anstatt zu ihr, dass sie es wagten, das Andenken ihres Vaters – des Engels, der diese Stadt gerettet hatte – zu beschmutzen, war ein Schritt zu viel. Insbesondere vor Nathan, dem einzigen Engel in Valo, der sie noch nicht als wertlos erachtete. Wut rauschte durch ihre Adern und ihre Flügel zuckten provoziert an ihrem Rücken.

»Sag das nochmal!« Sie ging auf Celeste zu, die sich, eine Augenbraue erwartungsvoll hochgezogen, nun erwartend zu ihr umdrehte. »Sag das nochmal und sag es mir diesmal ins Gesicht!«, fauchte Lucy der Engelsdame entgegen.

Diese verengte die Augen zu Schlitzen und beugte sich vor. »Warum? Du bist doch vermutlich auch zu inkompetent, um richtig zu begreifen, was ich sage.« Sie stieß Lucy mit ihrer Hand gegen die Brust, sodass diese ein paar Schritte zurücktaumelte, bevor sie sich abwandte und ging.

Lucy wollte sich wutentbrannt auf sie stürzen, da schlangen sich zwei starke Arme von hinten um ihren Körper.

»Sie ist es nicht wert«, raunte Nathan ihr ins Ohr, während

sein unverwechselbarer Duft, ein Gemisch aus Sonne und Ozean, der an einen heißen Tag am Strand erinnerte, sie einnahm. Trotz der unweigerlichen Hitze, die sie aufgrund ihres Zorns verspürte, hieß sie die Wärme, die von Nathan ausging, willkommen und ließ sich von ihr tragen. Wie auf einer Welle, die einen wieder zurück an das ruhige, sichere Ufer spülte.

Als sie sich wieder vollständig beruhigt hatte, hauchte Nathan ihr noch einen Kuss auf die Wange, bevor er sie losließ.

Mit hochrotem Kopf drehte sie sich den anderen zu.

Aufmunternd schaute Casey sie an. »Hör nicht auf sie, Lucy. Du bist gerade erst seit wenigen Tagen hier, während wir anderen schon seit Jahren trainieren. Keiner kann von dir erwarten, direkt mit uns auf einem Level zu sein.« Liebevoll knuffte Casey ihr in den Oberarm.

»Ich weiß.« Lucy seufzte. »Aber sie hat recht. Immerhin einmal hätte ich gewinnen müssen. Nathan schafft es schließlich, mit euch mitzuhalten.« Frustriert deutete sie auf Nathan, der bei ihren Worten selbstgefällig mit den Schultern zuckte und zufrieden vor sich hin lächelte. Sie verdrehte die Augen.

Sein Ego ist wirklich zu groß für diese Welt.

»Lucy, du kannst dich nicht mit der Perfektion in Person vergleichen«, schwärmte Luke.

Während alle Anwesenden mit den Augen rollten, grinste Nathan noch selbstzufriedener und zwinkerte Luke frech zu.

Auch wenn Lucy erst wenige Tage in Valo und auf der Akademie der Wächter war, so waren ihr bereits einige Dinge klar geworden: Engel waren sehr von sich überzeugt und von daher schwer zu beeindrucken. Doch dies hielt Nathan nicht davon ab, auch hier von allen angehimmelt zu werden, wie auch schon auf der Erde. Von Beginn an hatten ihn alle mit offenen Armen empfangen, während sie Lucy nur argwöhnisch beäugt hatten. Dass sie in allem, was sie tat, obendrauf auch noch versagte, half nicht sonderlich dabei, ihr Image zu verbessern. Einzig Casey, mit der sie sich einen Schlafsaal am Campus der Akademie teilte, war nett zu ihr. Luke, der mit Nathan in einem Zimmer schlief, schien sie auch zu mögen – oder zumindest zu tolerieren – und unterhielt sich gelegentlich nett mit ihr, doch hatte meist nur Augen für Nathan. Abgesehen von den beiden hatte sie bisher nur Kontakt zu Caseys Schwestern Cara und Celeste, doch Cara war größtenteils zu schüchtern, um etwas zu sagen, und Celeste konnte sie nicht leiden, obwohl Lucy ihr nie etwas getan hatte.

»Sie mag keine Versager«, hatte Casey ihr eines Abends in ihrem Zimmer erzählt, auf Lucys Frage hin, ob sie Celeste unbewusst irgendwie beleidigt hatte. Direkt nach dieser Aussage hatte sich Casey die Hände vor den Mund geschlagen und sich tausendmal entschuldigt und beteuert, dass sie nicht glaube, dass Lucy eine Versagerin sei, aber dass Celeste das vermutlich über sie denke, was es selbstverständlich in keiner Weise wahr mache.

Lucy hatte den ganzen restlichen Abend damit verbracht, ihrer Zimmergenossin zu versichern, dass sie nicht annehme, dass Casey sie für eine Versagerin halte, und doch war sie an diesem Abend mit Tränen in den Augen eingeschlafen.

Tagsüber an der Akademie war ihre einzige Bezugsperson Nathan, da Casey meistens bei ihren Schwestern saß. Auch wenn dieser häufig von einer ganzen Traube an Anwärtern umgeben war, verbrachte er neuerdings immer mehr Zeit mit ihr allein, anstatt sich in der Aufmerksamkeit der anderen zu sonnen. Seit dem Kampf mit den Harpyien vor wenigen Wochen hatte sich etwas in ihm verändert. Wo früher nur Arroganz und Überheblichkeit in seinem Blick zu erkennen gewesen waren, sah sie heute Aufmerksamkeit und Mitgefühl. Vor allem Letzteres, denn er bekam schließlich die volle Ladung Missgunst mit, die Lucy von den anderen Engeln erntete. Immer wieder hatte er versucht, sie mit anderen bekannt zu machen, ihr bei Aufgaben in der Akademie zu helfen, aber es nützte nichts.

Ich bin eine solche Versagerin, sagte sich Lucy und spürte heiße Tränen in ihren Augenwinkeln brennen.

»Geht schon mal, wir kommen gleich nach«, sagte Nathan, der ihre immer röter werdenden Augen bemerkt hatte. Als die anderen in den Umkleiden verschwunden waren, nahm er sie erneut in den Arm. »Ignorier sie. Ignorier sie alle. Du brauchst einfach ein wenig länger, das macht nichts.« Beruhigend strich er ihr über den Rücken.

Zornig biss sich Lucy auf die Unterlippe. Sie wollte jetzt auf keinen Fall vor ihm weinen. Schon gar nicht wegen der Tatsache, dass sie ein miserabler Engel war. Doch es wurde nicht besser. Immer stärker schnürte sich ihre Kehle zu und Lucy hielt die Luft an, um nicht aufzuschluchzen.

Reiß dich zusammen!, sagte sie sich. Doch das war einfacher gesagt als getan.

Immerhin hatte ihr Besuch an der Akademie einen bestimmten Grund: Sie musste trainieren, musste stärker werden, um im Kampf gegen Lucifer eine reale Chance zu haben, damit sich die Prophezeiung erfüllte. Sie würde die Welt retten. Sie musste. Allerdings glaubte sie jetzt noch weniger daran, als sie es ohnehin schon getan hatte, während sie noch auf der Erde gewesen war. Wie sollte sie es schon mit Lucifer aufnehmen? Demjenigen, der es geschafft hatte, fast ganz Valo zu zerstören. Dem Herrscher und Anführer der Paholainen, der abtrünnigen Engel. Sie schaffte es ja nicht einmal, einen einzigen Trainingskampf für sich zu entscheiden.

Allerdings spielte nichts davon eine Rolle, sollte sie ihrem Onkel den Schlüssel der Gläsernen Brücke geben, um ihre Familie vor seiner Drohung zu beschützen. Doch zu welchem Preis …?

Egal, wofür sie sich entscheiden würde: Für den Verrat an Valo und den Erzengeln oder die Erfüllung einer Prophezeiung, die vom Ende der Welt handelte, … es würde stets in Tod und Zerstörung enden, so viel konnte sie sich denken.

Als Nathan schließlich von ihr abließ, hielt sie den Blick auf ihre Füße gesenkt, damit er es ihr nicht ansah, falls es doch eine Träne geschafft hatte, ihre Augen zu verlassen.

Lucy zuckte zusammen, als er ihr Kinn unerwartet anhob.

Tief schaute er ihr in die Augen. Dieses undurchdringliche Blau, welches bis in ihr Innerstes zu blicken schien, verschlug ihr wie immer die Sprache. Während ihre Augen sich gegenseitig gefangen hielten, beugte er sich langsam zu ihr hinunter und schloss die Augen.

Kurz bevor sich ihre Lippen trafen, zögerte Lucy.

»Warte! Ich …« Sie taumelte ein paar Schritte rückwärts. Sie brauchte Abstand. Um zu denken. Um sich zu beruhigen. Um zu verstehen, was eigentlich gerade in ihrem Leben passierte. »Ich kann das nicht. Nicht … nicht jetzt.«

Ich habe zu viel in meinem Kopf, als dass ich mir auch noch Gedanken darüber machen könnte, was das zwischen uns ist oder werden kann oder ... was auch immer. All diese Worte dachte sie, aber sie wagte nicht, sie auszusprechen. Schließlich beließ sie es bei: »Tut mir leid.«

»Entschuldige dich nicht dafür, Lucy. Du hast jedes Recht, darüber zu entscheiden, was du willst und was nicht.« Zaghaft schenkte er ihr ein Lächeln, das ein wohliges Kribbeln in ihren Bauch schickte. Das Glänzen seiner Augen hatte trotzdem ein wenig nachgelassen.

Ich will dich aber!, schrie ihr Innerstes, doch ihr Kopf signalisierte ihr deutlich, dass sie genug Dinge hatte, die im Moment von höherer Priorität waren, als ihr Verlangen nach Nathan. Zum einen ihre erfolgreiche Ausbildung an der Akademie. Und zum anderen Lucifers Drohung, alle, die ihr lieb waren, umzubringen, wenn sie ihm nicht den Schlüssel zu der Gläsernen Brücke und damit den Pforten Valos brachte.

2

Mein Moment im Rampenlicht

Erschöpft verließ Lucy das Gebäude, in dem sich die Trainingshalle der Akademie befand, und betrat den Campusinnenhof. Die Akademie der Wächter befand sich im Zentrum Valos und war trotzdem vom alltäglichen Leben der Engel vollkommen abgeschirmt. Das Hauptgebäude war ein riesiger marmorner Tempel, der wie ein Vierkanthof aufgebaut war. Er war ringsum gesäumt von schweren Säulen, auf denen das Vordach erbaut war. Auf jeder der vier Seiten wurde ein anderes Hauptfach unterrichtet. Den Unterricht leiteten die Erzengel.

Für den restlichen Sommer musste Lucy nun fünf Tage die Woche pünktlich um acht Uhr im Ostflügel des Hauptgebäudes erscheinen, um in Raphaels Kriegsgeschichteunterricht alles über Valos militärische Vergangenheit zu erfahren. Danach zogen sie und die anderen Anwärter weiter in den Südflügel zu Jophiels Strategielehre. Nach viereinhalb Stunden gab es eine Stunde Mittagspause, die die meisten Anwärter jedoch zum weiteren Trainieren und Lernen nutzten, wie Lucy mit Entsetzen direkt an ihrem ersten Tag festgestellt hatte. Um halb zwei ging es dann weiter im Westflügel mit Uriels Realienkunde, gefolgt von dem Kampftraining bei Camael im Nordflügel des Hauptgebäudes, den Lucy soeben verlassen hatte.

Der Innenhof, der sonst von jungen Engeln gefüllt war, war wie ausgestorben. Alle waren bereits zu ihren Schlafsälen zurückgekehrt, da sie ihr Training im Gegensatz zu Lucy erfolgreich beendet hatten.

Schnellen Schrittes lief sie den überdachten Weg nach links am Gemäuer des Nordflügels entlang, um das Hauptgebäude durch den Ostflügel zu verlassen und auch zu ihrem Schlafsaal zu gelangen, da nahm sie hinter sich eine Bewegung wahr und erschrak.

»Lucienna«, sagte eine Stimme.

Ertappt drehte sich Lucy um und blickte hinauf in das ebenmäßige Gesicht von Jophiel, dem Engel der Weisheit und Geduld. Seine smaragdgrünen Augen musterten sie aufgeweckt.

»Zu so später Stunde noch am Studieren?«

Lucy verlagerte ihr Gewicht nervös von einem auf das andere Bein. »Ja, also ich … die Macht der Weisheit ist eben unendlich, stimmt's?« Sie lachte verlegen und merkte sofort, dass ihr Versuch, ihn mit ihrem Spruch zu beeindrucken, misslich gescheitert war.

»Es ist wahr, man lernt nie aus. Eine der wichtigsten Lektionen des Lebens ist es jedoch, Geduld zu üben, die es benötigt, um die Erkenntnis dieses Lebens zu erlangen.« Wissend schaute er auf sie hinab.

Lucy schluckte. War sie so einfach zu durchschauen? Oder hatte es sich an der Akademie schlichtweg herumgesprochen, dass sie eine Versagerin war? Vermutlich. Wenn auf der Erde die Lehrer über die Schüler lästerten, warum nicht auch die Erzengel über die Anwärter? Allerdings musste sie zugeben, dass die Vorstellung, dass Uriel, Jophiel, Raphael und Camael mit Kaffeetassen mit Sprüchen wie ›Ich hasse Montage.‹ oder

›Kaffee fragt nicht, wo du letzte Nacht gewesen bist. Kaffee versteht.‹ zusammenstanden und tratschten, mehr als gewöhnungsbedürftig war.

»Habe Geduld, Lucienna. Die Weisheit dieses Lebens erlangt niemand über Nacht.« Er neigte seinen Kopf leicht nach unten und sie erwiderte die Geste. Es war die Art, sich in Valo zu verabschieden und zu begrüßen.

»Sehr wohl, Valaistua«, hauchte sie in ihrer Verbeugung.

Als sie wieder aufsah, war Jophiel bereits verschwunden. Valaistua. Lucy glaubte, es hieß so viel wie ›erleuchtet‹. So sprachen alle Engel die Erzengel an, da sie – als Fürsten Valos – mit ihrem Namen anzusprechen, als unhöflich erachtet wurde.

Langsam schlenderte sie nun aus dem Hauptgebäude, die große Treppe hinunter, und betrachtete das restliche Gelände der Akademie. Vor ihr erstreckte sich ein riesiger Platz, der links und rechts von kleineren Marmortempeln, die den Anwärtern als Schlafsäle dienten, gesäumt war. Die linke Seite war von den Frauen, die rechte Seite von den Männern bezogen. Mit einem kurzen Blick auf den Tempel, in dem Nathan schlief, ging sie zielstrebig in ihren.

Als sie ihre Zimmertür öffnete, stellte sie fest, dass Casey vermutlich bei ihren Schwestern war und sie so ihr Zimmer für sich hatte. Es war üblich, dass ein Zimmer immer von zwei Anwärtern bezogen wurde, so teilten sich Celeste und Cara, Luke und Nathan und Casey und Lucy ein Zimmer. Allerdings waren diese Zimmer so groß, dass Lucy es als gerechtfertigt sah, von Schlafsälen zu sprechen.

Müde und immer noch überwältigt von den Eindrücken ihres neuen, mystischen Lebens ließ sie sich rücklings auf ihr Bett fallen und stieß einen frustrierten Laut aus.

Wie war sie nur hier hineingeraten? Als 17-jähriges Mädchen in einer Stadt im Himmel zusammen mit Engeln, die sie alle für unnütz hielten, an der Seite eines attraktiven Engels, den sie versucht hatte zu hassen und der sich dennoch in ihr Herz gestohlen hatte, denn verdammt …! So sehr Lucy sich auch bemühte und sich einredete, sie müsse sich voll und ganz auf ihre Ausbildung an der Akademie konzentrieren und auf das, was Lucifer plante, alles, woran sie letztendlich dachte, war Nathan. Seine perfekt verwuschelten Haare, die ihm immer so sexy in die Stirn fielen. Seine geschwungenen Lippen, die sich so himmlisch auf ihrem Körper anfühlten, und seine Hände, die ihr immer Halt gaben, wenn sie ihn brauchte. Die stolzen schwarzen Flügel, die ihm den Look eines sexy Todesengels verliehen, und seine ozeanblauen Augen, die sie einnahmen und mit sich in unendliche Tiefen rissen. Bei diesen Gedanken überzog sich ihr Körper mit einer Gänsehaut und zwischen ihren Beinen breitete sich ein zehrendes Prickeln aus. Es war zum Verrücktwerden!

»Ahh!« Frustriert schlug sie mit den Fäusten neben sich aufs Bett.

»Unterdrückte Aggressionen? Wenn du die eben beim Training rausgelassen hättest, hättest du vielleicht einmal gegen mich gewonnen.«

Mit einem Satz saß Lucy kerzengerade im Bett. Casey lag seelenruhig bäuchlings auf ihrem Bett und blätterte durch eine Zeitschrift. Wie lange lag sie schon da? Lucy hatte nicht mitbekommen, wie sie das Zimmer betreten hatte. Oh, wie sie Engel und ihre Fähigkeit, sich schnell und lautlos bewegen zu können, hasste! Oder war sie etwa so in ihren Gedanken an Nathan gefangen gewesen, dass sie es gar nicht mitbekommen hatte?

»Ich habe keine unterdrückten Aggressionen, ich bin frustriert«, grummelte sie.

»Also, so frustriert, wie du mir scheinst, kann es nur zwei Erklärungen geben: Entweder du hast Mordshunger oder du bräuchtest mal dringend jemanden, der sich um dich kümmert.« Vielsagend zwinkerte Casey Lucy zu.

»Kümmert?«, fragte sie ratlos, doch verstand, als Casey belustigt mit den Augenbrauen wackelte.

»Ich habe das Gefühl, Nate würde dir da bestimmt gerne dabei helfen. Er kann seine Augen ja nie von dir lassen.«

»Na warte, du …« Innerhalb eines Wimpernschlags war Lucy von ihrem Bett mit ihrem Kissen in der Hand aufgesprungen und schlug es voller Wucht Casey ins Gesicht.

Vielleicht mag ich Engelschnelligkeit ja doch, gestand sie sich ein. Seit ihrer Ankunft in Valo hatte sie angefangen, das volle Ausmaß ihrer Engelskräfte auszuprobieren.

Sich wehrend nahm sich Casey nun auch ein Kissen und drückte es ihr ins Gesicht. Kichernd rollten die beiden umher, bis Lucy schließlich die Überhand gewann und Casey sich geschlagen geben musste.

»Siehst du?« Casey lachte. »Du schaffst es, mich zu besiegen.«

»Ja, sicher.« Lucy rollte mit den Augen, nun wieder nüchtern. »In einer Kissenschlacht kann ich Lucifer sicherlich das Wasser reichen«, witzelte sie.

»Nun spiel deine Kraft nicht so runter. Du musst nur lernen, sie richtig einzusetzen.« Aufmunternd sah Casey sie an. »Ich vermute, du glaubst nicht an dich. Du traust dir nicht zu, das hier zu schaffen.« Sie machte eine Handbewegung durch den Schlafsaal. »Du denkst, du gehörest nicht hierher. Nach Valo. An die Akademie. Als wären dir aus Versehen diese Flügel gewachsen und du müsstest nun zwanghaft beweisen, dass du ihrer würdig bist. Doch Lucy ...« Durchdringend sah sie Lucy an. »Wärst du ihrer nicht würdig, wären sie dir erst gar nicht gewachsen. Du bist Valo würdig und du bist der Akademie würdig, sonst hätten die Erzengel nicht befohlen, dass du sie besuchst. Ein Platz an der Akademie ist wie der Gewinn im Lotto. Nicht jeder Engel bekommt die Chance, an ihr zu trainieren und ein Wächter zu werden. Also hör bitte auf, nur mit halber Überzeugung zu üben, denn so kommst du nicht weit.«

Ratlos zuckte Lucy mit den Schultern. »Ich versuche es ja ...«

»Nein, tust du nicht!«, erwiderte Casey entschieden. »Sonst würde es dir nicht so nah gehen, wenn Celeste oder die anderen über dich herziehen. In deinem Inneren glaubst du nämlich, dass sie recht haben. Dass du zu nichts zu gebrauchen bist und gar nicht hier sein solltest. Und das sieht man. In der Art, wie du im Hörsaal bei Uriel in deinem Sitz versinkst oder wie du bei Camaels Training dein Schwert hältst. Es sollte eine Verlängerung deines Armes sein. Ein Teil von dir. Du hingehen hältst es, als wäre es ein Haufen nasser Haare aus dem Duschsieb, den du schnellstens entsorgen willst.«

»Es ist für mich einfach nicht so selbstverständlich, mit einer tödlichen Waffe zu kämpfen, wie für euch«, entgegnete Lucy nun ein wenig aufgebracht. »Nicht einmal kämpfen ist für mich ›normal‹.«

»Ich weiß, aber das ist etwas, was bestimmt mit der Zeit kommt.« Mitleidig sah sie Lucy an. »Jetzt zieh dich nicht selbst runter und komm aus deinem Pool aus Selbstmitleid raus. Du musst einfach noch ein wenig mehr trainieren, damit du anfängst, dein neues Leben zu akzeptieren. Wir können gerne zusammen am Wochenende ein paar Extrastunden einlegen, wenn du magst. Nate macht bestimmt mit, solltest du ihn fragen. Der gibt dir sicherlich allzu gerne private Nachhilfestunden.« Keck zwinkerte Casey ihr zu und lachte, als Lucy erneut ein Kissen in Caseys Gesicht donnerte. Abwehrend hob Casey die Hände. »Ich sag' ja nur. Schaden kann es nicht und du wirst dich auf jeden Fall besser fühlen, sobald du nicht mehr so durch die Kampfhalle stolperst.«

Casey hatte leicht reden und doch nicht unrecht. Schon eine Woche taumelte Lucy von einem Bein aufs andere. Wenn sie das Beste aus diesem Sommer herausholen wollte, dann musste sie anfangen, ernsthaft zu trainieren. Doch wie gut würde ihr das letztendlich gelingen? Sie stieß einen langen Atem aus. Wenn es nach den anderen Anwärtern ginge, vermutlich gar nicht.

Am nächsten Morgen saß Lucy im Hörsaal des Südflügels der Akademie und notierte sich alles Wichtige der heutigen Strategielehrestunde. Unruhig rutschte sie auf ihrem Sitz hin und her, denn Jophiels smaragdgrüne Augen ruhten fast durchgehend auf ihr. Nervös hielt sie den Blick auf ihren Schreibblock geheftet und notierte akribisch, was der Erzengel erzählte.

»Was meinst du, Lucienna?«

Erschrocken riss sie die Augen von ihren Notizen und sah Jophiel an, der wieder einmal wissend den Kopf zur Seite neigte.

»Wenn es gilt, die Stadt zu verteidigen, und ein unbekannter

Feind eines Tages direkt vor Valos Pforten auftaucht, wie sollte vorgegangen werden?«

Ratlos sah sich Lucy im Hörsaal um, doch alle sahen sie nur erwartungsvoll an.

Casey nickte ihr aufmunternd zu, während Celeste neben ihr hämisch den Mund verzog, als würde sie sich freuen, erneut mitzuerleben, wie sie versagte. Doch nach einem Blick auf ihre Notizen erkannte sie, dass sie dort keine Antwort auf Jophiels Frage finden würde. Eine unangenehme Hitze breitete sich in ihr aus und ließ ihre Handflächen feucht werden, die sie an ihrer Hose abwischte.

Da legte Nathan, der neben ihr saß, zaghaft seine Hand auf ihre und drückte sie leicht, als wollte auch er ihr Mut zusprechen, auf sich selbst zu vertrauen. An seinen Mundwinkeln zupfte ein leichtes Lächeln und er gab ihr mit einem angedeuteten Nicken zu verstehen, dass sie die Antwort kannte.

»Ich würde …«, fing sie an und drehte sich wieder, um Jophiel in die Augen zu blicken. Das Grün seiner Augen war unnatürlich stechend und doch wirkte es in seiner Erscheinung vollkommen. Alles in ihr zog sich unangenehm zusammen, als sie ihre Antwort nannte: »Warten.«

Ein ungläubiges Raunen ging durch den Hörsaal an Anwärtern, gefolgt von missbilligendem Getuschel, aber sie drückte ihre Schultern durch und erklärte: »Erstens kann der Feind nicht ohne den Schlüssel über die Gläserne Brücke nach Valo gelangen. Zweitens wissen wir noch gar nichts über ihn. Es wäre sinnvoll, erst einmal möglichst viele Informationen über ihn, seine Stärken, Schwächen und seine Strategien in Erfahrung zu bringen, bevor wir uns unüberlegt und überstürzt aus der Sicherheit der Stadt begeben.«

»Also sollen wir einfach wie ein Festmahl auf dem Präsentierteller liegen, bis der Feind einen Weg gefunden hat, doch zu uns zu gelangen?«, rief Celeste aufgebracht in den Hörsaal.

Sofort richtete Jophiel seine Aufmerksamkeit tadelnd auf sie. »Celeste, ich dulde es nicht, dass Anwärter in meinem Unterricht unaufgefordert das Wort erheben. Sollte es noch einmal vorkommen, schließe ich dich für die restliche Woche aus.«

Erschrocken senkte sie demütig ihren Kopf. »Natürlich. Verzeihung, Valaistua.« Einen Moment später richtete sie ihren Blick vernichtend auf Lucy, die sich schnell wieder nach vorne umwandte und fortfuhr: »Natürlich sollten wir nicht nichts tun, aber wir sollten eben überlegt an die Sache herangehen. Eine Strategie ausarbeiten und dann koordiniert handeln. Es ist wichtig, sich im Klaren darüber zu sein, wen man als Gegner vor sich hat.«

Zustimmend nickte Jophiel. »Ganz genau, Lucienna. Es ist sehr wichtig, seinen Feind so gut es geht zu kennen.« An den gesamten Hörsaal gewandt, fuhr er fort: »Die meisten von euch haben noch keinerlei Erfahrung in echten Kämpfen und Kriegen. Ihr brennt darauf, der oder die Beste zu werden und euch in das Getümmel zu stürzen. In euren Augen seid ihr unschlagbar, doch euch fehlt das oftmals Wesentliche.« Eindringlich ließ er seinen Blick über die Anwärter schweifen. »Bescheidenheit.« Er schmunzelte bei dem daraufhin erklingendem Gemurmel. »Manchmal ist es von größter Bedeutung, zu wissen, wann man einem Gegner gnadenlos unterlegen ist, um sicherzugehen, wie man gegen ihn antreten sollte. Lucienna und Nathan ...« Er deutete auf die beiden und Lucy wäre am liebsten mit ihrem Sitz verschmolzen, so unangenehm war es ihr, von dem Erzengel so hervorgehoben zu werden. »… haben bereits solch eine Situation erlebt und während Nathan blind drauflos agiert hat, hat Lucy strategisch ihren Kampfstil geplant. Als die beiden vor wenigen Wochen zwei Harpyien gegenüberstanden, hat Lucy begriffen, dass sie in der Luft keine Überlebenschance gehabt hätten. So hat sie die Harpyien gezwungenermaßen am Boden gehalten und besiegt.«

Nun durchschnitt ungläubiges Gemurmel den Hörsaal. Wahrscheinlich hätten sie es Lucy nie zugetraut, bei irgendetwas im Leben Erfolg zu haben.

Tja, ihr alle kennt mich eben doch nicht, dachte sie sich und verfolgte, nun um einiges gelassener, den Rest der Strategielehrestunde.

3

It's Time to Party!

Selbst in der darauffolgenden Mittagspause warfen ihr die anderen Anwärter immer noch unsichere Blicke über den Innenhof des Hauptgebäudes zu, so als wüssten sie nicht, ob sie Jophiel tatsächlich glauben sollten.

Lucy wandte sich entschieden ab und biss in ihr Rühreitoast.

Sollen sie sich doch ihre kleinen schönen Köpfchen zerbrechen, ist nicht mein Problem.

»Ist hier noch frei?«

Irritiert drehte sie sich zu Nathan, der sie verschmitzt anblickte. Ihr war bewusst, dass es eine rhetorische Frage war, aber bei seinem provozierenden Gesichtsausdruck konnte sie einfach nicht anders. Wer blöd fragt, bekommt auch blöde Antworten.

»Tut mir leid, alles schon besetzt.« Sie sah ihn aus großen Augen heraus an.

Seine Augen blitzten irritiert auf und sein Lächeln verrutschte für den Bruchteil einer Sekunde, doch dann hatte er sich wieder gefangen. »Haha, sehr lustig.« Schwungvoll ließ er sich neben ihr auf der Bank nieder.

Sie überging seinen Kommentar. »Als ob jemand anderes außer dir hier etwas mit mir zu tun haben will. Der Obernull der Akademie.« Sie machte eine Handbewegung in der Luft, so als würde der Titel in Großbuchstaben in der Luft geschrieben vor ihr stehen.

»Also die Obernull der Akademie würde sicherlich nicht vor dem gesamten ersten Jahrgang von Jophiel gepriesen werden«, sagte Nathan entschieden und biss in sein üppig belegtes Sandwich.

Die Ausbildung an der Akademie dauerte vier Jahre. Aus logischen Gründen besuchten Lucy und Nathan die erste Klasse, auch wenn sie selbst dort den anderen weitaus unterlegen waren. Schließlich mussten Engel jahrelang trainieren, um sich für einen der heißbegehrten Plätze bei der Aufnahmeprüfung zu qualifizieren.

»Auscherdem schollte esch disch nischt intereschieren, wasch die anderen von dir halten«, schmatzte Nathan weiter.

»Sollte es nicht«, gab sie mit einem resignierten Seufzen zu. »Aber nach der ganzen Mühe, die es sie gekostet haben muss, hier einen Platz zu erlangen, kann ich sie irgendwie verstehen. Sie haben einiges mehr drauf als wir – und vor allem ich.«

Beeindruckt beobachtete sie, wie Nathan sich nun sein gesamtes Sandwich in den Mund stopfte und es hinunterschlang.

»Vergiss es. Niemand hat meinen Charme.« Anzüglich zwinkerte er ihr zu.

Sie verdrehte die Augen.

»Was denn? Ich mein' ja nur.« Er zuckte mit den Schultern. »Wenn du dir die anderen anschaust, wird dir auffallen, dass sie perfekt sind.«

Sie verengte die Augen zu Schlitzen. »Ja, ich weiß. Danke, dass du es mir auch noch unter die Nase reibst.«

Vehement schüttelte er den Kopf. »So mein' ich das gar nicht. Aber schau sie dir genauer an. Sie sind alle Engel, sie sind alle gleich, sie sind alle perfekt. Und das wissen sie. Sie machen sich nicht die Mühe, über Dinge nachzudenken, sich zu überlegen, wie sie ihre Schwächen ausmergeln könnten, wie sie besser werden könnten. Doch du und ich …« Er sah ihr nun tief in die Augen. In seinen tobte leidenschaftlich der Ozean. »… wir sind keine Engel, wir sind nicht gleich und – bei den Erzengeln – wir sind nicht perfekt. Du ein bisschen weniger als ich selbstverständlich«, schob er schnell ein und erntete dafür einen Schlag auf den Oberarm. Er lachte auf. Es klang leicht und unbeschwert und verursachte ein angenehmes Kribbeln in ihrem Bauch. »Ich sag' ja nur.« Er hob abwehrend die Hände, um sich vor weiteren Angriffen ihrerseits zu schützen. »Wir sind anders als die aufgeblasenen Himmelsfurzer und das macht uns außergewöhnlicher. Daran können wir wachsen, in Dimensionen, die die gar nicht erst verstehen. Und das schaffen wir. Gemeinsam.« Er nahm ihre Hand, die auf dem Tisch lag, und fuhr mit dem Daumen über ihren Handrücken.

Das angenehme Kribbeln in ihren Bauch vervielfachte sich und seit einer Ewigkeit umspielte ihre Lippen ein zaghaftes Lächeln. »Okay.«

Kurz darauf fragte er sie, ob sie am Freitagabend mit ihm auf eine Campusparty gehen wolle. Um den Stich in ihrer Brust zu überspielen, dass Nathan eingeladen worden war und sie nicht, sagte sie, dass sie sich Schöneres vorstellen könne, als noch mehr Zeit mit den von ihm betitelten ›Himmelsfurzern‹ zu verbringen. Doch Nathan ließ nicht locker und so sagte sie schlussendlich zu.

So stand sie nun am Freitagabend vor dem Spiegel in ihrem Schlafsaal und betrachtete sich.

»Du siehst gut aus«, versicherte ihr Casey, die extra dageblieben war, um sich zurechtzumachen, und nicht zu ihren Schwestern gegangen war, als sie erfahren hatte, dass Lucy auch zur Party gehen würde. Casey legte sich gerade einen goldenen Schmuck auf ihr dunkelbraunes Haar, sodass sie aussah, als trüge sie einen Heiligenschein. Sie sah umwerfend aus. Ihr Outfit bestand aus einer silbern glänzenden enganliegenden Hose, die ihre langen, schlanken Beine betonte, und als Oberteil hatte Casey sich ein knallpinkes Tuch umgebunden, über dem ihr braunes Haar in wogenden Wellen hinabfiel. Ihre gebräunte Haut stand in verführerischem Kontrast zu den hell funkelnden Glitzerelementen ihres Outfits.

Als Lucy damals in Valo angekommen war, hatte sie feststellen müssen, dass Engel keine Oberteile trugen, die mit denen der Menschen zu vergleichen waren. Wie auch? Menschen hatten keine Flügel am Rücken, die ihnen im Weg waren. Folglich banden sich Engel Tücher eng an ihren Oberkörper, um ihre Flügel herum. Vor abertausenden von Jahren hätten sich die Engel noch Tuniken umgebunden wie die alten Griechen, doch das sei mittlerweile vollkommen aus der Mode, hatte Casey ihr erzählt, als sie Lucy geholfen hatte, sich das erste Mal solch ein Tuch umzubinden. Zunächst war Lucy skeptisch gewesen und hatte erwartet, dass sie sich eingeschränkt, gar eingeschnürt fühlen würde, doch der Stoff war so leicht und sanft, dass sie fast nicht merkte, dass er da war. Warum Jenny und Mr Brown auf der Erde auf diese verzichteten, war ihr schlichtweg ein Rätsel. Welch eine Qual es sein musste, jeden Tag menschliche Kleidung anzuziehen –

auch wenn es von den Erzengeln angepasste Kleidung war – und auf den Komfort der Engelskleidung zu verzichten. Alle Engel in Valo trugen diese Tücher, die Alkuun genannt wurden, abgesehen von den Erzengeln, die tagtäglich weiße Anzüge bevorzugten. Nur Camael band sich beim Kampftraining in der Akademie selbst ein Alkuun um.

Es hatte unzählige Versuche gebraucht, bis Lucy es geschafft hatte, sich selbst ein Alkuun anzulegen, welches auch hielt und nicht gleich allen Umstehenden einen freien Blick auf ihre Brust gab. Aus diesem Grund hatte sie auch immer nur geübt, das Alkuun zu binden, wenn sie sich sicher war, dass sie ihren Schlafsaal nicht mehr verlassen würde. Jeden Morgen vor dem Unterricht bat sie immer noch Casey, zu prüfen, ob er auch fest genug saß.

»Könntest du nochmal …?«, fragte Lucy nun und lächelte Casey entschuldigend an.

»Ja, klar. Aber langsam solltest du es doch hinkriegen, dich allein anzuziehen, oder? Ich bin nämlich nicht bereit, noch länger die Schwere der Verantwortung einer Mutter zu tragen und darauf zu achten, dass du vernünftig angezogen bist.«

»Haha, sehr lustig, muumio«, sagte Lucy, um Casey aufzuziehen, die bei dem englischen Wort für ›Mama‹ entsetzt das Gesicht verzog.

»Sieht gut aus, Luce. Du brauchst mich tatsächlich gar nicht mehr. Meine Kleine ist jetzt wohl erwachsen«, schniefte Casey gespielt auf und hielt sich die Hände vor ihr Gesicht, bevor sie sich wieder daran machte, in ihrem Frisiertisch zu wühlen.

Erneut betrachtete Lucy ihr Spiegelbild. Ihr Outfit war nicht so glamourös wie Caseys, aber sie fühlte sich recht wohl mit ihrer Wahl. Sie trug eine schwarze eng anliegende Hose und ihr Alkuun war in einem zarten Rosa. Ihre blonden Haare trug sie offen, mit den vorderen Strähnen zurückgebunden in einem kleinen Knoten. *Schlicht und einfach*, dachte sie sich. Perfekt, um nicht zu viel Aufsehen auf einer Party zu erregen, auf die sie eigentlich gar nicht eingeladen worden war.

»Eine Sache fehlt noch«, hörte Lucy Casey hinter sich sagen und schreckte hoch, als Casey ihr plötzlich etwas auf den Kopf legte.

Es war Caseys Haarschmuck ähnlich, allerdings war es kein goldener Reif wie bei ihr, sondern ein filigranes silbernes Gebilde aus kleinen Blüten.

»Ein richtiger Engel.« Casey strahlte sie hinter ihr im Spiegel an. Kurz darauf blitzten ihre braunen Augen abenteuerlustig auf. »Und jetzt: Let's Juhla!«

Zu Lucys Bedauern würde sie Nathan erst auf der Party treffen, da diese im Tempel, in dem sich sein Schlafsaal befand, stattfand. Sobald Lucy und Casey nämlich den Tempel betreten hatten, hatte diese sich entschuldigt und war zu ihren Schwestern geeilt, welche genau dasselbe Outfit trugen wie sie. Einzig ihr Alkuun hatte unterschiedliche Farben. Casey hatte Lucy selbstverständlich eingeladen, mit ihr zu ihren Schwestern zu gehen, doch bei Celestes funkelndem Blick war es ihr lieber, allein nach Nathan zu suchen.

»Lucyyy!«, brüllte jemand hinter ihr und als sie sich umdrehte, sah sie Luke auf sich zukommen, in jeder Hand einen Becher. Bei ihr angekommen reichte er ihr einen und nahm direkt einen Schluck aus seinem. »Ahh!«, stieß er wohlig aus und sah sich um.

Der Tempel war schon gut gefüllt. Überall standen

Anwärter und tranken, redeten oder tanzten, wie Lucy gerade feststellen musste. Nie im Leben hätte sie den ernsten, engagierten Anwärtern zugetraut, zu wissen, wie man tanzte, geschweige denn Spaß hatte. Doch scheinbar hatte sie noch viel über Valo und dessen Bewohner zu lernen.

»Probier' mal. Schmeckt echt gut!«

Zweifelnd sah Lucy erst Luke und dann die silbrig schimmernde Flüssigkeit in ihrem Becher an. »Was ist das?«, fragte sie skeptisch.

»Etwas, das mehr Spaß macht und weniger Kopfschmerzen als das, was ihr bei euch auf der Erde trinkt.«

Aus seinen goldenen Honigaugen sah er sie auffordernd an.

Alles in ihr widerstrebte, etwas zu trinken, von dem sie nicht wusste, was es genau war, doch sie fühlte, dass Luke ihr mit diesem Getränk die Hand hingehalten hatte. So lag es an ihr, ob sie diese nun annahm oder ablehnte. Betend, dass dies nicht die falsche Entscheidung war, nahm sie einen Schluck. Als sie den Becher wieder absetzte, erstarrte sie.

»Wow«, war alles, was sie über ihre Lippen brachte.

»Wahnsinn, oder?« Luke lachte und legte ihr eine Hand auf die Schulter.

Lucy nickte. Alles um sie herum war wie verwandelt. Es war schöner, graziler, bunter. Sie war immer noch bei klarem Verstand, sie war weder betrunken noch unter dem Einfluss irgendeiner Droge, das spürte sie, doch ihr Sehnerv hatte sich wie verwandelt.

»Es stärkt die Magie in dir für einige Stunden. So bist du empfänglicher für die Schönheit dieser Welt«, raunte Luke ihr ins Ohr, da er ihr nun ganz nah war.

Langsam wandte sie sich ihm zu. »Danke.«

Doch Luke winkte ab. »Du verdienst es, an allen Wundern

dieser Stadt teilzuhaben.« Er zuckte die Achseln.

Wortlos sah sie ihn an. Was war nur los mit ihm? Normalerweise unterhielt er sich nur mit ihr, wenn Nathan dabei war.

»Du bist neu hier. Und du bist anders. Eine Kombination, mit der die Engel nicht gut klarkommen. Viele sind der Meinung, du gehörest nicht hierher.«

Na super, also doch ganz der Alte.

»Aber dem zufolge, was Nathan über dich erzählt – und ich gebe es nur ungern zu, aber er redet oft von dir –, scheinen wir dich zu unterschätzen. Dann noch die Geschichte mit der Harpyie … die hat uns alle ehrlich gesagt total überrascht.«

»Ähm, danke?« Sie wusste nicht ganz, was sie darauf erwidern sollte.

»Die anderen werden dich jetzt vermutlich erst einmal nicht anders behandeln, es sind immer noch Engel; die mögen es nicht gerne, wenn jemand anders ihnen das Wasser reichen kann. Schon gar nicht jemand, den sie nicht kennen, aber ich bilde mir immer ein, ein wenig anders und besser als die übrigen Anwärter zu sein. Deshalb: …« Er verzog den Mund zu einem frechen Grinsen und seine Honigaugen funkelten sie an. »Erzähl mir von dir.«

»Von mir …? Also …« Lucys Kopf war wie leergefegt. Was sollte sie denn auch erzählen? »Ich heiße Lucy, bin 17 Jahre alt und in Denver, Colorado, geboren.«

»Jaja, schön und gut.« Luke wedelte ungeduldig mit seiner Hand vor ihrer Nase herum. »Erzähl mir von dem Leben auf der Erde! Wie ist das so? Was machen Menschen in ihrer Freizeit? Ist es nicht total öde so ganz ohne Flügel? Wie sind Menschenpartys?« Luke platzte gerade so vor Neugier.

»Nun ja …«, überlegte Lucy. »Menschen müssen von der

Kindheit an zur Schule gehen, um danach arbeiten zu können. So gesehen, ziemlich einfältig, doch ich würde es nicht als vollkommen langweilig sehen. Es gibt auch immer wieder Momente, die das Leben auf der Erde lebenswert machen. Es ist definitiv anders als das Leben in Valo, aber ich glaube, den Menschen ist das egal. Sie wissen ja nicht einmal, dass Valo existiert, und folglich wissen sie auch nicht, dass sie etwas verpassen, und denken auch nicht darüber nach, was wäre, wenn sie Flügel hätten.«

Ein wenig enttäuscht von ihrer Antwort presste Luke die Lippen aufeinander und nickte knapp. Er hatte vermutlich darauf gehofft, dass Lucy ihm Recht gab, dass die Erde nichts im Vergleich zu Valo war und dass Engel viel aufregender als Menschen waren. Seine honigfarbenen Augen wanderten über die Menge, auf der Suche nach einem Ausweg aus diesem Gespräch.

»Aber die Partys!«, beeilte sich Lucy deshalb schnell zu sagen. Sie wollte um jeden Preis, dass das Gespräch zwischen Luke und ihr noch nicht endete. Andernfalls hatte sie sicherlich keine weiteren Aussichten auf einen neuen Freund in Valo. Denn abgesehen von Casey hielten sich noch immer alle Anwärter fern von ihr. »Die Partys auf der Erde können definitiv einknicken gegen die in Valo. Also … ich war zwar nur auf einer Party auf der Erde und das hier …« Sie machte eine ausschweifende Geste durch den Tempel.

Unaufhörlich strömten mehr und mehr Anwärter auf die Tanzfläche und bewegten sich rhythmisch zu der Musik. Noch immer nahm Lucy die Farben bunter, aufregender, lauter wahr. Eine Mischung aus allen Farben des Spektrums. Wild, durcheinander und doch alles perfekt.

»Das hier ist zwar auch meine erste Engelsparty, aber es ist definitiv so viel besser als die Menschenparty, auf der ich war«, beendete Lucy ihre Geschichte und erntete dafür ein strahlendes Lächeln von Luke.

»Oder?«, gab er ihr Recht, obwohl er den Vergleich nicht ziehen konnte, doch er war mit Lucys Antwort sichtlich mehr als zufrieden. »Komm, Lu. Wir gehen tanzen! So zwei fantastisch aussehende Geschöpfe wie wir können doch nicht nur an der Seitenlinie stehen, wir gehören in den Mittelpunkt!«

Mit erhobenen Armen schritt er im Takt der Musik auf die Tanzfläche. Seine schokoladenfarbenen Flügel, die in perfektem Einklang mit seinen dunklen Locken und seiner dunklen Haut waren, wippten mit. Elegant drehte er sich um und winkte sie zu sich. Die bunten Lichter tanzten über seinen Körper und vollendeten das Bild des unbeschwerten jungen Engels, der er zu sein schien.

Wenn du willst, dass du endlich Anschluss findest, dann ist das jetzt deine Chance, sagte sie sich. Alles in ihr widerstrebte sich, zu Luke in die Mitte des Geschehens zu schreiten, doch sie zwang sich, einen Fuß vor den anderen zu setzen.

Sobald sie bei ihm war, fasste er ihre Hände und wirbelte sie um ihn herum. »Entspann dich!« Doch als er sah, wie verkrampft sie ihn jetzt anlächelte, ließ er ihre Hände los. »Ich hol' uns nochmal schnell etwas zu trinken, bleib ja hier!«

Unruhig sah sie sich um. Die umstehenden Anwärter warfen ihr argwöhnische Blicke zu.

»Lucy«, hörte sie hinter sich eine allzu vertraute Stimme sagen.

Sofort überzog sich ihr gesamter Körper mit einer Gänsehaut. Sie drehte sich um und war direkt im Ozean gefangen. Aufbrausend und ungezähmt sahen seine Augen sie an und ihr stockte der Atem, so als würde sie in ihnen ertrinken.

»Nate, wir haben uns schon gefragt, wann du kommst«, sagte Luke, der auf einmal den Arm von hinten um Lucys Schulter legte und ihr einen weiteren Becher in die Hand drückte. Dankend nahm sie ihn an und trank ihn in einem Rutsch leer, um möglichst schnell die Aufregung in ihrem Inneren zu beruhigen und sich zu entspannen.

»Wow, Lu. Vorsichtig, der war jetzt etwas stärker. Wenn deine Magie überreizt wird, kann es dieselbe Wirkung haben wie dieses beißende Zeug auf der Erde, von dem man so seine Geschichten hört.« Er warf ihr einen wissenden Blick zu.

»Lu?« Nathan zog eine Augenbraue in die Höhe.

»Wir sind jetzt Besties! Sie hat mir alles über die Erde und die öden Partys, die ihr dort gefeiert habt, erzählt«, erklärte Luke und bedachte Nathan gespielt kritisch von Kopf bis Fuß, bis er ihm ein strahlend weißes Lächeln schenkte.

»Besties?« Nathan begutachtete Lucy argwöhnisch.

»Besties.« Das Wort kam ihr gepresst über die Lippen.

Alles um sie herum explodierte in Farbe. Es war so intensiv, sie konnte fast die Schokolade von Lukes Flügeln schmecken oder das Salz von Nathans ozeanblauen Augen auf der Zunge fühlen. Staunend blickte sie sich um und genoss die Geschmacksexplosion, die ihr der Tempel voller bildschöner Engel gab. Nüsse, Honig, Karamell, Erdbeeren und vieles mehr nahm Besitz von ihr, während sie diesen Wirbel aus Empfindungen genoss und sich auf der Welle der Geschmäcker treiben ließ.

»Alles okay?«, raunte Nathan ihr ins Ohr.

Verwundert sah sie ihn an. Sie hatte gar nicht mitbekommen, dass er ihr einen Arm um die Taille gelegt hatte und sie besorgt musterte.

Du bist wunderschön!, wollte sie ihm entgegenschreien. Sie beließ es bei: »Ja, alles gut.« Als sie es endlich schaffte, sich nicht mehr von dem Kribbeln, das seine Hand auf ihrer Taille verursachte, ablenken zu lassen, räusperte sie sich. »Alles in Ordnung, Nathan. Ich musste mich nur erstmal an die Umgebung gewöhnen. Hast du schon das silberne Zeug probiert? Es ist der Wahnsinn!«

»Ja, ich hatte schon einen Becher taika.« Ein Schmunzeln umtanzte seine Lippen. Schlagartig ließ er sie los und da, wo zuvor die Hitze seiner Hand ausgegangen war, war nun eisige Kälte. »Ich hoffe, du weißt, dass du auf Lucys Expertise, was Partys angeht, nicht vertrauen kannst, Luke.« Ein schelmisches Grinsen breitete sich auf seinem Gesicht aus und Lucy wurde fast von dem Leuchten seiner Augen geblendet. »Sie war bisher nur auf einer einzigen Party und da war sie auch nicht gerade ein guter Gast.«

»Uhh, ich rieche Drama! Was ist passiert?«, wollte Luke wissen.

»Nun ja … lass es mich mal so sagen: Lucy ist eine echt miese Spielverderberin!« Anzüglich zwinkerte er ihr zu.

Lucy setzte schon zu einem Konter an, da packte Luke sie enthusiastisch am Arm. »Ein Spiel! Das ist die Idee!«

»Luke, ich möchte wirklich nicht …«, versuchte Lucy ihm zu sagen, doch er zog sie schon mit sich von der Tanzfläche.

Nathan folgte ihnen.

»Das wird lustig, Lu. Ich versprech's dir. Die Spiele in Valo sind bestimmt tausendmal besser als die auf der Erde!«

Ich bezweifle es, dachte sie sich, doch sprach es nicht aus.

Auf dem Weg zu den Schlafsälen rief er noch Casey, Cara und Celeste dazu.

Okay, das hier wird genauso ein Reinfall wie damals, war

sie sich sicher.

»Was machen wir denn?«, quietschte Casey vor Vorfreude.

»Seven Minutes in Heaven, Baby«, sagte Luke geheimnisvoll, woraufhin Casey Freudensprünge machte. Auf Caras sonst so schüchternes Gesicht schlich sich ein stilles Lächeln. Celeste hingegen verdrehte die Augen, doch auch ihre Mundwinkel zuckten in angehender Vorfreude.

In Lukes und Nathans Schlafsaal angekommen, der identisch zu dem von Lucy und Casey war, schloss Cara die Tür hinter ihnen und Lucy blickte unruhig von einem zum anderen. Sie hatte keine Ahnung, was jetzt passieren würde.

»Seven Minutes in Heaven?« Nathan zog die Augenbrauen hoch. »Ernsthaft?«

»Wir spielen hier nicht die öde Version, die ihr auf der Erde spielt, meri poika.« Meeresjunge. So nannte Celeste Nathan, um zu verdeutlichen, was sie von seiner, in ihren Augen ›unreinen‹, Abstammung hielt. Auch wenn es ihr sichtlich schwer von den Lippen kam, da auch sie seinem Charme nicht vollkommen widerstehen konnte und dieser Spitzname die einzige Abneigung ihm gegenüber war, die sie äußerte. Lucy hingegen bekam üblich das volle Ausmaß ihrer Missbilligung ab.

Bei Celestes spitzer Bemerkung spannte sich Lucys Körper merklich an und sie machte sich bereit, eine Konfrontation einzugehen, doch Celeste rümpfte nur die Nase und fuhr fort: »In Valo ist dieses Spiel nicht einfach nur eine billige Ausrede, um den niederen Gelüsten nachzugehen, wie die Menschen es mit ihrem simplen Verstand tun.« Sie warf Lucy einen vernichtenden Blick zu und demonstrierte offen, dass sie Lucy genau so sah. Als niederen Menschen mit einem simplen Verstand. »Hier spielen wir es, um unsere Magie auszuleben und zu zelebrieren. Sie in allen Facetten auszubreiten und ohne Grenzen unsere Wünsche und Träume zu verwirklichen. Selbst wenn es nur für sieben Minuten ist. Wir werden mit unseren Ängsten und Unsicherheiten konfrontiert und uns wird bewusst, wie wir unser Leben bis zum vollsten Potenzial entfalten können. Es ist nicht einfach nur ein Spiel. Es ist ein heiliger Prozess, fast schon eine Zeremonie, die einzig den Engeln zuteilwird.«

Als Celeste den verwirrten Ausdruck auf Lucys Gesicht sah, verzog sie ihren Mund zu einem hämischen Grinsen und Lucy presste frustriert die Kiefer aufeinander, denn sie hatte Celeste soeben die Bestätigung gegeben, die sie hatte haben wollen: Sie hatte einen simplen Verstand.

»So, und jetzt noch einmal für diejenigen, die nicht in Valo geboren und aufgewachsen sind«, meldete sich Nathan genervt zu Wort und legte Lucy eine Hand auf den Rücken, wie um sie zu ermutigen, nicht schlecht von sich zu denken, weil Celeste soeben in Rätseln gesprochen hatte.

»Also«, fing Luke an und setzte sich im Schneidersitz auf den Boden. Die Drillinge taten es ihm gleich und so ließen sich auch Nathan und Lucy nieder. »Um es simpel auszudrücken, werden wir uns alle gleich an den Händen nehmen und die Augen schließen. Dann werden wir zu zweit einen Heaven betreten. Das ist sozusagen eine weitere Realität, wie in einem selkeä unelma, falls alle Anwesenden wissen, was das ist.« Er schaute zu Nathan und ihr. Beide nickten und er fuhr fort: »Im Heaven hat man anders als in einem selkeä unelma keine Kontrolle über seine Umgebung oder Ähnliches und man trägt hinterher keine realen Konsequenzen, auch wenn es sich real anfühlen wird. Außerdem endet es nach sieben Minuten und nicht erst, wenn man aufwacht. So sind die Heaven eine gute Möglichkeit, sich mit seinen Ängsten auseinanderzusetzen, wie Celeste schon erklärt hat. Doch auch Wünsche und Träume können sich einem im Heaven offenbaren. Wer in einem Heaven aufeinander trifft und wessen Traum oder Angst in einem Heaven projiziert wird, ist zufällig. Manchmal passt sich dieser beiden Engeln an, manchmal nur einem, doch in jedem Fall bereichert er beider Engel Leben.«

Lucy verstand immer noch Bahnhof. Sie würde gleich mit einem der hier Anwesenden eine weitere Realität betreten, die sie entweder mit ihren Ängsten oder ihren Wünschen konfrontieren würde. Wie zum Teufel sollte das möglich sein?

Noch immer nahm sie ihre Umgebung überdeutlich durch den taika wahr. Caseys dunkelbraune Flügel, die fast schon schwarz waren, schimmerten ihr warm entgegen und das Honiggelb von Lukes Augen waberte zu ihr herüber und ließ ihren Körper schwer werden, als würde sie gerade durch zähen, dickflüssigen Honig waten.

Wie in Zeitlupe nickte sie.

»Großartig! Nun, da alle wissen, was sie erwarten wird … let's go!« Luke klatschte aufgeregt in die Hände, bevor er nach Caseys und Caras Händen zu seinen Seiten griff.

Zögerlich griff Lucy nach Casey und Nathans Hand und sah noch einmal alle der Reihe nach an. Celeste und Cara hatten bereits die Augen geschlossen, und nachdem Luke und Casey sich noch ein letztes Mal erwartungsvoll angegrinst hatten, schlossen auch sie die Augen.

Lucys Herz schlug ihr bis zum Hals. Es schien nicht von der Trägheit ihres Körpers, der immer noch vollkommen überwältigt von der Wirkung des taikas war, betroffen zu sein. Stattdessen schlug es nur noch schneller, um den Rest ihres

Körpers daran zu erinnern, dass sie noch lebte und in einer Situation steckte, die sie überhaupt nicht einschätzen konnte.

Nathan drückte ihre rechte Hand und dieser Ausdruck seiner Nähe und Unterstützung, die Erinnerung, dass er bei ihr war, ließ ihr Herz ein wenig zur Ruhe kommen.

Sobald sie die Augen geschlossen hatte, sprach Luke: »Enkeli, sei uns deiner gnädig und gewähre uns Einlass, denn wir ersuchen dich, um in den taivas einzutreten.«

Einige Zeit geschah nichts, doch Lucy traute sich nicht, die Augen zu öffnen, um nachzusehen, ob sich schon etwas verändert hatte. Stattdessen dachte sie darüber nach, mit wem der Anwesenden sie in einen Heaven kommen würde. Leise Aufregung regte sich in ihrem Bauch und sie fühlte, wie sich ein Lächeln auf ihr Gesicht stahl, als sie daran dachte, dass sie gleich womöglich mit Casey einen ihrer Träume ausleben würde. Doch was waren ihre Träume überhaupt? Und was, wenn sie mit ihren Ängsten konfrontiert werden würde? Bedeutete das, dass sie gleich Lucifer gegenüberstehen würde? Was, wenn sie mit Nathan an diesen furchtbaren Ort unterhalb der Erde, der von Lava und dem Gestank von Schwefel durchzogen war, gelangen würde und Lucifer dort auf sie wartete? Würde er ihr wehtun? Würde er Nathan wehtun?

Gerade als sie ihre Hände Casey und Nathan entziehen wollte, um nicht mehr mitzuspielen, fühlte sie ein starkes Ziehen im Bauch, wie in dem freien Fall auf einer Achterbahn. Der Sog riss sie davon und sie verlor die Hände ihrer Freunde.

Lucy schnappte nach Luft. Es war zu spät. Sie war allein. Und sie befand sich nicht mehr auf dem Boden von Nathans Schlafsaal, da war sie sich sicher.

Ganz gleich, wo sie gelandet war, dieser Boden war kalt und glatt.

Erleichtert stellte sie fest, dass es nicht Lucifers Versteck war, denn das Gestein unter der Erde war uneben. Doch wo war sie dann?

Vorsichtig öffnete sie die Augen und wurde von hellen Lampen geblendet. Als sie erkannte, wo sie sich befand, erschauderte sie.

Jemand räusperte sich neben ihr und sie war sich sicher, dass ihr schlimmster Albtraum wahr geworden war.

Neben ihr stand nicht Lucifer. Aber fast nicht weniger schlimm. Mit vor Zorn verengten Augen blickte Celeste auf sie hinab und bleckte angewidert die Zähne, als sie sich in dem Korridor der Washington High umsah. Vermutlich war das für sie auch ihr schlimmster Albtraum: Mit Lucy zusammen auf der Erde gefangen zu sein. Auch wenn es nur für sieben Minuten war.

Celeste öffnete den Mund, um ihr ohne Zweifel etwas Erniedrigendes an den Kopf zu werfen, als ein Schrei durch die Schule hallte und sich alle Härchen an Lucys Körper aufstellten. Sie wusste nicht, wie oft sie gebetet hatte, dieses Geräusch nie wieder hören zu müssen.

Auch Celeste war bei dem Schrei kreidebleich geworden und sah Lucy aus weit aufgerissenen Augen an.

Weiß sie, was jetzt passiert?

Schnell stemmte sich Lucy auf die Füße. Alle Benommenheit des taikas war wie weggewischt.

»Komm mit«, wies sie Celeste an und verschwand in Richtung des Hausmeisterbüros. Sie mussten sich bewaffnen, denn sie würden kommen, und die beiden würden kämpfen müssen. Erneut. Gegen die Harpyien.

4

Seven Minutes in Heaven or Hell?

»Was für eine kranke Scheiße läuft hier?«, zischte Celeste ihr im Gehen zu. »Wo im Namen der Erzengel sind wir und was war das für ein Schrei?«

Lucy antwortete nicht, sondern lief schnurstracks in das Hausmeisterbüro und sah sich nach dem Wischmopp und dem Besen um, die Nathan und sie noch vor wenigen Wochen verwendet hatten, um gegen Mrs Ramsey und ihre Freundin anzukämpfen.

»Lucy!«, donnerte Celeste ihr entgegen und riss sie kraftvoll an den Schultern herum, sodass sie gezwungen war, Celeste in die dunkelbraunen Augen, die anders als Caseys keinerlei Wärme ausstrahlten, zu schauen.

Ein weiterer Schrei schallte den Korridor hinab und Celestes Finger bohrten sich tiefer in Lucys Schultern. Das Drängen in ihrem Blick wurde intensiver, wenn auch ganz kurz etwas wie Angst in ihnen aufblitzte, doch es war so schnell verschwunden, dass Lucy sich fragte, ob es überhaupt da gewesen war.

Zitternd holte sie Luft. Die Vorstellung, dieselbe Hölle wie vor wenigen Wochen zu durchlaufen, durchflutete sie mit Angst. Heiß und schmerzhaft füllte sie jeden Zentimeter ihres Körpers aus und drohte, sich einen Weg ihre Kehle hinaufzubahnen, doch mühsam schluckte Lucy die aufkommende Übelkeit hinunter.

»Wir sind in meiner Highschool in genau dem Moment, als uns die Harpyien angegriffen haben.« Ihre Stimme klang kraftlos.

»Valo stehe uns bei.« Celeste fuhr sich mit beiden Händen durch ihre Haare. Anders als ihre beiden Schwestern trug sie es zu einem kurzen Bob geschnitten mit einem Side-Cut auf der linken Seite. »Wir … wir müssen hier weg, wir müssen uns bewaffnen! Wo ist eure Waffenkammer?« Erneut packte sie Lucy an den Schultern und sah sie eindringlich an.

Lucy entwich ein Schnauben, das an ein spöttisches Lachen erinnerte. »Wir sind auf der Erde. Die meisten Menschen besitzen nicht einmal Waffen und in Schulen werden sie schon gar nicht gelagert.« Sie drückte Celeste den Besen in die Hand. »Das hier ist das, was einem Speer am nächsten kommt, also finde dich damit ab.«

Mit weit aufgerissenen Augen sah Celeste sie an, doch Lucy hatte nicht die Geduld, noch länger mit ihr zu diskutieren. Sie musste sich darauf konzentrieren, sich erneut ihrer mörderischen Mathematiklehrerin zu stellen.

Kaum war sie zurück auf den Gang hinausgetreten, hörte sie auch schon das verräterische Klack-Klack der über den Boden schabenden Krallen der Harpyien. Im selben Moment wie Celeste das Büro des Hausmeisters verließ, um ohne Zweifel erneut Widerworte zu geben, erschienen Mrs Ramsey und ihre Freundin am anderen Ende des Ganges.

Celeste schnappte geräuschvoll nach Luft. »Bist du lebensmüde? Wir können nicht unbewaffnet hier stehen bleiben. Die bringen uns noch um!«

»Möglich, aber beim letzten Mal haben sie es auch nicht geschafft«, gab sie monoton zurück.

»Beim letzten Mal?! Bei den Erzengeln, was will dieser Heaven uns eigentlich verdeutlichen? Dass du absolut unüberlegt und leichtsinnig an Dinge rangehst, die deutlich außerhalb deiner Handlungsfähigkeit liegen?«

»Oder er will dir zeigen, dass du mir mehr zumuten kannst, als du es aktuell tust.« Lucy presste die Lippen fest aufeinander. Was für ein beschissenes Partyspiel ist das eigentlich? »Wir dürfen die Schule nicht verlassen. An der freien Luft hätten wir schon verloren, deshalb bleib dicht bei mir, damit wir uns im Notfall gegenseitig den Rücken freihalten können«, riet sie Celeste.

»Sie hätten fliehen sollen, als Sie noch die Chance dazu hatten«, krächzte Mrs Ramsey, während die andere Harpyie um Lucy und Celeste herumging und die beiden Rücken an Rücken standen, so wie Lucy es vor wenigen Wochen noch mit Nathan getan hatte. Doch anders als beim letzten Mal war sie vorbereitet, als sich die Harpyien auf sie stürzten.

Adrenalin rauschte durch ihre Adern und sie fühlte sich wie vom Blitz getroffen. Voll von elektrisierender Energie. Sie pulsierte durch ihren Körper und kribbelte in ihren Fingerspitzen.

Sie stemmte sich mit so viel Gewicht gegen ihre Gegnerin, dass der Wischmopp direkt in zwei brach, aber dieses Mal blieb sie standhaft und strauchelte nicht nach vorn. Die ›Ente‹ schlug erneut mit ihren Klauen nach Lucy, welche sich geschickt wegduckte, eine kleine Drehung vollzog und in dem Zuge mit der spitzen Seite einer Wischmopphälfte der Harpyie einen tiefen Schnitt am Oberschenkel zufügte. Mrs Ramsey schrie wuterfüllt auf und wich humpelnd ein paar Schritte zurück. Blut durchnässte ihr schwarzes Federkleid und füllte die Luft mit einem metallischen Geruch.

Camaels Kampftraining schien wohl doch auf Lucy abzufärben. Stolz erfüllte ihre Brust, der allerdings augenblicklich verpuffte, als sie sich schwer atmend nach Celeste umsah, die mit ihren Besen durch die Luft schnitt und auf die andere Harpyie eindrosch, als wolle sie sie teilen wie Butter. Ein Schlag nach dem anderen prasselte auf die Harpyie nieder, die gar nicht wusste, wie ihr geschah, und sich deshalb Schritt für Schritt zurückzog. Ihr Schrei, als Celeste gezielt mit einem Treffer auf ihre Klauen beide Hände der Harpyie brach, klingelte in Lucys Ohren nach, während sie mit ansah, wie Celeste sich mit ihrem vollen Gewicht der Harpyie entgegenwarf. Sie fiel zu Boden, unfähig, ihre gebrochenen Klauen gegen Celeste zu erheben, und starrte Celeste aus ihren pechschwarzen Augen heraus an, während diese ihr mit dem Besenstiel die Luft abdrückte. Die Harpyie fing schon an zu zucken, immer panischer, getrieben von dem Drang nach Sauerstoff, doch Celeste ließ nicht locker.

In dem Moment sah Lucy in ihrem Augenwinkel plötzlich Mrs Ramsey auf Celeste zusteuern, immer noch wahnsinnig schnell trotz der Verletzung am Bein, die Lucy ihr zugefügt hatte. So schnell sie konnte, deckte sie Celeste, die weiterhin auf dem Boden auf der anderen Harpyie hockte und ihr die Luft abdrückte. Mit dem Schnabel nach ihr schnappend, versuchte Mrs Ramsey, Lucy zu erwischen, während ihre Klauen gegen die Wischmopphälfte drängten, die Lucy ihr entgegenhielt. Mühselig stemmte sie sich gegen die Harpyie. Ihr ganzer Körper schrie nach Erlösung und ihre Muskeln brannten. Schnell holte Lucy mit der anderen Hälfte des Mopps aus und schlug ihrer Gegnerin damit auf den Kopf. Augenblicklich ließ Mrs Ramsey von ihr ab und stolperte den Kopf schüttelnd rückwärts.

»Hey, das war gar nicht so übel.«

Mit einem schnellen Seitenblick stellte Lucy fest, dass Celeste neben ihr stand. Die Harpyie zu ihren Füßen regte sich nicht mehr. Doch dafür nahm sie eine andere Bewegung wahr. Ein Blick auf den Boden reichte aus, um ihr Herz zum Stillstand zu bringen.

Dort, in einer immer größer werdenden Blutlache, lag Nathan. Seine Brust hob und senkte sich schwach und als er zitternd die Augen öffnete und sie ansah, verzogen sich seine Lippen zu einem verzerrten Lächeln. »Hey, Dornröschen.« Seine Stimme war kaum mehr als ein herzzerreißendes Krächzen.

Lucy wusste nicht, wann sie sich bewegt hatte, doch plötzlich hockte sie an seiner Seite und strich ihm die verschwitzten Haare aus der Stirn. Wie war er hierhergekommen? Er war nicht Teil dieses Heaven, also was war passiert?

Sie fühlte, wie Tränen in ihr aufstiegen, und sie konnte nichts dagegen tun, dass sie ihr in Strömen die Wangen hinunterflossen. Genauso erbarmungslos wie das Blut, das aus einer Verletzung an Nathans Seite floss.

»Nathan«, wimmerte sie.

»Mach dir keinen Kopf, das wird schon wieder.« Er schenkte ihr erneut den kläglichen Versuch eines Lächelns, ehe er schmerzerfüllt das Gesicht verzog. Sein Gesicht wurde zunehmend blasser und als seine rasselnde Atmung schließlich ein Ende fand, riss es ihr das Herz aus der Brust. Ein Schluchzen bahnte sich den Weg durch ihre Kehle und als es ihr entkam, sackte sie auf Nathans leblosen Körper zusammen, wo sie von weiteren Schluchzern erschüttert wurde.

Nathans sonst so vor Wärme strotzender Körper fühlte sich

kalt an.

Was war gerade geschehen? So hatte ihre letzte Begegnung mit den Harpyien nicht geendet. Was auch immer soeben passiert war, war Lucy unbegreiflich.

Was ist passiert?

Er kann nicht tot sein.

Was ist passiert?

Nichts als Verständnislosigkeit und Schmerz kreisten in ihrem Kopf umeinander, während sie weiterhin zusammengesunken auf Nathans erstarrtem Körper kauerte und von starkem Schluchzen geschüttelt wurde. Die Augen fest verschlossen, zuckte Lucy zusammen, als sie eine Hand auf ihrer Schulter spürte.

»Lucy.« Es war Celeste. Die dunklen Augen voller Mitleid blickte sie auf Lucy hinab. »Das hier ist nicht echt. Es ist nur der Heaven, der dich mit deiner Angst, Nate zu verlieren, konfrontiert.«

»Aber …« Sie wusste nicht, was sie sagen sollte. Auch wenn sie sich dagegen sträubte, das soeben Erlebte, die präsente Leiche als real wahrzunehmen, fühlte es sich dennoch wahrhaftig an.

Bekräftigend drückte Celeste ihre Schulter und wollte gerade etwas erwidern, als sich ihre Augen vor Schreck weiteten. »Vorsicht!«

Lucy blickte auf und sah noch im letzten Moment, wie Mrs Ramsey ihre rasiermesserscharfe Klaue hob. Um nach dem zerbrochenen Wischmopp zu greifen, blieb keine Zeit mehr, deshalb tat sie das Erste, was ihr in den Sinn kam. Noch immer am Boden kniend, stieß sie mit ihrem gesamten Gewicht gegen Celeste, die alles andere als damit gerechnet hatte. Taumelnd stolperte sie zur Seite, während Lucy nur noch die Arme schützend vor ihr Gesicht hielt.

Entschieden biss Lucy die Zähne zusammen, um keinen Laut von sich zu geben, als sich die Krallen ihrer Mathelehrerin bis auf den Knochen in ihr Fleisch gruben und fest gepackt hielten.

»Du idiotischer Halbengel!« Celestes Gesichtszüge waren von Zorn verzogen und ehe Lucy sich versehen hatte, rammte Celeste der Harpyie ihre blanke Faust ins Gesicht. Reflexartig ließ die Kreatur von ihr ab und Celeste baute sich vor der immer noch am Boden kauernden Lucy auf. Der Blutverlust, der durch die tiefe Wunde an ihrem Arm verursacht war, verschleierte ihr die Sicht. Doch Celeste stand nun der Harpyie gegenüber, die sich wutentbrannt schreiend auf sie stürzte, was sie mit einem ebenso lauten Schrei beantwortete, als auch schon erneut der Sog in Lucys Bauch einsetzte und sie instinktiv die Augen schloss.

Nathans kalter Körper, der immer noch neben ihr lag, wurde von ihr gerissen und stattdessen spürte sie zwei warme Hände in ihren. Der Schmerz in ihren Armen wurde immer weniger, bis er schließlich gänzlich verschwand und nur noch eine Art Phantomkribbeln übrigblieb. Celestes Kampfschrei wurde immer leiser und als sie schließlich die Augen öffnete, saß sie erneut mit ihren Freunden auf dem Boden im Schlafsaal der Akademie. Alle anderen sahen absolut glückselig aus, während sie und Celeste schwer atmeten.

»Das war absolut krank!«, stieß Celeste atemlos hervor und alle sahen erschrocken zu der normalerweise am schwierigsten zu beeindruckenden Drillingsschwester. Doch Lucy kümmerte sich nicht darum. Ohne einen weiteren Gedanken daran zu verschwenden, was sie tat oder wer dabei zusah, stürzte sie sich auf Nathan und fiel ihm laut schluchzend um den Hals.

Dieser erwiderte augenblicklich ihre Umarmung und hielt sie einfach nur fest.

Während Lucy weiterhin den Kopf an Nathans starker Brust vergraben hielt, erzählte Celeste den anderen, was geschehen war. Da sie alle immer noch auf dem Boden des Schlafsaals saßen, hockte Lucy auf Nathans Schoß und er wiegte sie sanft hin und her, bis sie sich beruhigt hatte.

Zaghaft sah sie ihm in seine Augen, in denen die stürmische See tobte, seine Augenbrauen besorgt zusammengezogen. Lucy holte tief Luft und konzentrierte sich mit aller Kraft, drei Sekunden einzuatmen und drei Sekunden die Luft anzuhalten, bevor sie diese erneut in derselben Zeit ausatmete.

Beruhige dich.

Ein letztes Mal drückte sie Nathan fest an sich, um sich zu vergewissern, dass er tatsächlich hier war – warm und am Leben – und kletterte von seinem Schoß.

»Also von so einem krassen Heaven habe ich noch nie gehört«, sagte Luke fassungslos.

»Ich auch nicht.« Celestes Stimme klang bitter.

»Dann scheint es wohl von großer Notwendigkeit gewesen zu sein, euch beide dem Ganzen auszusetzen«, meinte Casey ernst.

»Wie soll das denn zu verstehen sein?«, fragte Celeste aufgebracht. »Dass die Erde ein unnützer Ort ist, wusste ich schon vorher, doch dass Menschen auch noch so lebensmüde sind und keine Waffenkammern haben, war selbst für mich eine Überraschung.«

Es war unangenehm ruhig, weil keiner der Anwesenden wusste, welche Erklärung es für die Nahtoderfahrung geben könnte. Und so sehr sie sich wünschte, dass sie diese Erinnerung nie wieder hätte durchleben müssen, waren ihr doch einige – nicht gerade unwichtige – Dinge klar geworden, während sie zusammen mit Celeste um ihr Leben gekämpft hatte und Nathan in ihren Armen gestorben war. Vermeintlich gestorben. *Nicht wirklich gestorben*, erinnerte sie sich und strich reflexartig den Daumen über Nathans Handrücken, welcher augenblicklich die Geste mit einem festen Händedruck erwiderte.

»Ich habe dich beschützt«, stellte Lucy klar. Alle Augenpaare wandten sich abrupt ihr zu. Anscheinend hatten sie nicht bemerkt, wie sie von Nathan abgelassen hatte. »Ich würde zu gerne sagen, dass das, was wir gerade erlebt haben, einfach nur unnötige Folter war, aber ich sehe den Zweck des Ganzen.«

»Ich habe dich nicht darum gebeten«, presste Celeste zwischen zusammengebissenen Zähnen hervor.

Mit großen Augen sahen die anderen die sonst so überragende Kriegerin an.

Unbeeindruckt erwiderte Lucy Celestes Blick, die den Eindruck machte, als wäre sie lieber gestorben, als von Lucy gerettet zu werden. »Ich weiß, du hältst mich für schwach und unnütz, aber vielleicht musstest du sehen, dass ich es nicht bin. Dass ich auch kämpfen, dass ich beschützen kann. Dass ich euch allen nichts Böses will und dass ich es würdig bin, an der Akademie zu trainieren.«

»Du …« Celeste schaute zur Seite, so als würde sie sich für ihre folgenden Worte schämen. »Ich habe trotzdem keinen Schutz gebraucht. Es war nur ein Heaven. Nicht real.«

Bei Celestes Worten – so nüchtern sie auch sein mochten – machte sich eine vage Genugtuung in Lucy breit. Denn es war zwar noch lange kein Dank, doch die Tatsache, dass Celeste ihr nicht widersprach, fühlte sich wie der kleinste Hauch

Anerkennung an.

»Ich weiß.« Lucy lächelte Celeste zaghaft an, die nur abwertend schnaubte und die Augen verdrehte.

»Wow, bei Celeste einmal das letzte Wort zu haben, gleicht der Unmöglichkeit.« Casey schüttelte fassungslos den Kopf. »Diesen Tag würde ich mir an deiner Stelle im Kalender markieren, Luce. Als ›Der Tag, an dem Celeste Sanchez klar wurde, dass sie mich falsch eingeschätzt hatte‹.«

»Halt die Klappe!«, fauchte Celeste ihre Schwester an, aber Lucy achtete nicht weiter auf die beiden.

Stolz machte sich in ihrer Brust breit, als sie sich bewusst machte, was sie soeben getan und geleistet hatte. Sie hatte sich erneut gegen die Harpyien wehren können, ohne Nathan. Und ohne diesen seltsamen Energieschub von damals. Das Lächeln in ihrem Gesicht wurde breiter, denn wenn dieser Heaven ihr eins gezeigt hatte, dann, dass sie tatsächlich schon besser zu kämpfen gewusst hatte als bei ihrer ersten Begegnung mit den Harpyien.

Vielleicht bin ich hier doch nicht so falsch.

»Also«, Luke klatschte in die Hände. »Bereit für eine zweite Runde?«

Lucy schüttelte vehement den Kopf im selben Moment, als Celeste »Auf keinen Fall!« rief.

Luke zog einen Schmollmund und Casey rief empört: »Nun kommt schon. Ja, ihr hattet vielleicht eine extreme Version des Heaven, aber die Wahrscheinlichkeit, dass so etwas nochmal passiert, ist quasi gleich null!«

»Eben!«, pflichtete Luke ihr bei.

Auch Cara nickte. Sie hatte sich noch gar nicht zu dem Spiel oder den Vorkommnissen von Lucys und Celestes Heaven geäußert, aber es war deutlich, dass auch sie eine

Verfechterin dieses Spiels war.

Zaghaft strich Nathan mit seinem Daumen über ihren Handrücken und Lucy wandte sich ihm zu. Sie hielten sich immer noch an den Händen, ohne dass sie es gemerkt hatte. Es fühlte sich gut an. Normal. Vertraut.

»Ich kann verstehen, wenn du dieses Spiel nicht mehr spielen willst. Verdammt, ich würde vermutlich nicht mehr spielen wollen, nachdem ich erlebt habe, was du durchgemacht hast, aber es kann auch der echte Wahnsinn sein. Was ich gerade mit Casey erlebt habe …« Er schüttelte ungläubig den Kopf, die Augen leuchteten, als wären sie noch an dem Ort, den er beschrieb. »Es war magisch. Der reinste Märchentrip. Ich wünsche mir einfach nur, dass du auch die Gelegenheit erhältst, so etwas zu erleben.«

Nach der Reihe sah Lucy in die Gesichter der anderen. Keiner drängte sie zu einer Entscheidung, doch in all ihren Augen glänzte es so wie bei Nathan. Selbst Celeste hatte ihre mürrische Stimmung abgelegt und senkte ihr Kinn, um ihre Zustimmung zum Ausdruck zu bringen.

»Okay«, sagte Lucy schließlich. »Eine letzte Runde. Und wenn diese auch so katastrophal endet, nehme ich zurück, was ich eben gesagt habe.« Sie sah Luke ernst in die Augen. »Denn dann sind die Partys auf der Erde besser als die in Valo.«

Nathan lachte, doch Luke machte den Eindruck, als hätte sie ihm gerade gesagt, dass er als Nächstes in einen Heaven mit den Harpyien geschickt würde.

Wieder fassten sie sich an den Händen und Luke sprach die Worte von eben, die ihr Bewusstsein in einen Heaven schickten.

5

*Meine Erleuchtung auf einer
Insel im Himmel*

Das Gefühl des freien Falls einer Achterbahnfahrt erfasste Lucy und sie kniff die Augen stärker zusammen. Caseys Hand wurde ihr erneut entrissen, doch Nathans blieb fest in ihrer liegen. Der Boden unter ihr wurde warm und weich. Eine sanfte Brise wehte durch ihr Haar und sie hörte das leise Geräusch von Wellen, die an ein Ufer spülten.

Lucy schlug die Augen auf und kniff sie reflexartig wieder zusammen. Mit der Hand schirmte sie ihre Augen vor der Sonne ab und lugte zwischen ihren vorsichtig geöffneten Lidern hindurch. Langsam verschwanden die vor ihr tanzenden Lichtpunkte und sie konnte ihre Umgebung vollständig wahrnehmen. Sie saß an einem Strand und so weit sie blicken konnte, sah sie Wasser.

Wo sind wir?

»Ich weiß es nicht genau, aber ich glaube, wir sind noch in Valo«, antwortete Nathan und ihr wurde in dem Augenblick klar, dass sie ihre Frage laut gestellt hatte.

Ihr Kopf schnellte zu ihm. Er saß neben ihr, wie soeben im Schlafsaal, und hielt immer noch ihre Hand. Erleichterung machte sich in ihr breit und die Spannung, die sie seit dem letzten Heaven befallen hatte, fiel mit einem Mal von ihren

Schultern. Langsam ließ sie ihren Blick erneut über ihre Umgebung wandern. Die beiden saßen an dem Strand einer Insel. Hinter ihnen, wo der Strand endete, wuchs ein dichter Wald und vor ihnen war Wasser, so weit das Auge reichte. Tiefe Ruhe befiel ihren Körper und sie war sich sicher, dass ihr an diesem Ort keine Gefahr drohte.

»Valo? Bist du sicher?« Lucy zog die Stirn kraus. »Ich wüsste nicht, wo in Valo so eine große Menge Wasser sein sollte. Hätten wir es nicht gesehen, als wir die Stadt betreten haben?« Sie hielt den Blick auf den Horizont gerichtet. Es war keine Spur von Land zu entdecken. »Für mich sieht das eher nach dem Ozean aus.«

Nathan stand auf und zog Lucy mit sich. Langsam spazierten sie den Strand entlang. Der Sand weich unter ihren Füßen, die Sonne hoch am Himmel.

»Wir sind nicht am Meer, so viel steht fest.«

Fragend wandte Lucy den Kopf zu Nathan, welchem ein Lachen entwich, als er ihren Blick sah. Das Geräusch löste ein aufgeregtes Kribbeln in ihr aus und sie konnte nichts dagegen tun, dass sich auch auf ihrem Gesicht ein Lächeln breitmachte.

»Guck nicht so, als hätte ich gerade gestanden, dass ich heimlich ein Swiftie bin.« Er lachte erneut und dieses Mal verwandelte sich das aufgeregte Kribbeln in ein Summen, das in ihrem gesamten Körper vibrierte. Gott. Sie würde alles tun, damit er nicht aufhörte, dieses Geräusch von sich zu geben.

Scheinbar nichts von ihrem aufflammenden Verlangen mitbekommend, fuhr Nathan fort: »Als Sirene erkennt man den Ozean, selbst wenn man blind, taub und vollkommen orientierungslos vor ihm steht. Glaub mir.« Er nickte zu dem Wasser. »Das ist nicht der Ozean.«

Die Augen auf das sie umgebende Gewässer gerichtet,

konzentrierte sie sich. Nathan hatte recht. Es lag weder der verführerische Hauch von Salz in der Luft, noch war der Strand mit dem ozeanüblichen Strandgut übersät. Weit und breit war auch keine Möwe oder sonstiger Meeres- und Strandbewohner zu sehen. Doch Valo?

Lucy blickte sich um. Außer dem Wald, dessen dichtes Unterholz nahezu nahtlos in Sand überging, und dem Wasser, das sachte an das Ufer der Insel spülte, war weit und breit nichts zu erkennen. Nicht ein Funkeln am Horizont ließ die leuchtende Stadt, in der die Engel lebten, erahnen.

»Auch wenn das nicht der Ozean vor uns ist … wie kommst du darauf, dass wir noch in Valo sind?«, fragte sie schließlich.

»Ehrlich gesagt, keine Ahnung.« Den Blick starr in die Ferne gerichtet, als würde er nach einer Antwort am Horizont suchen, setzte Nathan langsam einen Fuß vor den anderen. »Es fühlt sich für mich einfach nicht nach der Erde an. Es ist zu perfekt, weißt du?« Er wandte sich zu ihr und das intensive Blau seiner Augen verschlug Lucy den Atem. »Es sind keine Autos, Baustellen oder Flugzeuge zu hören. Es gibt keinerlei Anzeichen von Zivilisation oder Verschmutzung. Es ist … es ist so unberührt. So etwas existiert nicht in der Welt der Menschen, wenn du mich fragst. Selbst durch die unberührten Tiefen des Regenwaldes gibt es mittlerweile begleitete Führungen, auch wenn diese lebensgefährlich sind und die Ökosysteme aus dem Gleichgewicht bringen. Menschen tun einfach alles, um das nächste Instagram-Bild mit den meisten Likes zu bekommen, und nehmen dabei keinerlei Rücksicht auf das, was sie dabei vielleicht zerstören. Sie scheren sich nicht um die damit verbundenen Risiken. Es gibt keinen Fleck auf der Erde, auf den die Menschen keinen Anspruch erheben. Dabei machen sie sich keinerlei Gedanken darüber, dass es

Dinge gibt, die man so lassen sollte, wie man sie vorfindet.«

Bei Nathans Worten war das Blau seiner Iriden immer dunkler geworden. Die Trauer, die Lucy seinen Worten entnahm, war in seinen Augen wie eine dunkle Regenwolke aufgezogen. Es verschlug ihr die Sprache, wie sehr Nathan wie ein Engel und weniger wie ein achtzehnjähriger Teenager klang, dessen Leben aus Partys und Mädchen bestand, wie sie bis vor kurzem gedacht hatte.

Ein dicker Knoten formte sich in ihrem Magen, als ihr bewusst wurde, wie voreingenommen sie ihm begegnet war und wie lange sie gebraucht hatte, um zu erkennen, was hinter all der Bad-Boy-Fassade steckte. Von der Seite sah er auf den ersten Blick noch genauso aus wie damals auf den Korridoren der Washington High: Der selbstbewusste Gang, die frech geschwungenen Lippen, die rabenschwarzen Haare, die ihm verspielt in die Stirn fielen ... Nicht zu vergessen die ozeanblauen Augen, die verschmitzt zwischen den dichten Wimpern hervorblitzten. Doch auf den zweiten Blick erhaschte man eine Sicht auf den Mann, den Engel, der sich dahinter verbarg. Seine selbstbewusste, starke Haltung, die Sicherheit versprach. Das freundliche Lächeln, das sein Gesicht erhellte. Seine nicht zu übersehenden Augen, die Lucy so oft vergessen ließen, wie man atmete, doch sie genauso gut im Hier und Jetzt ankern konnten, wenn sie drohte, in allem, was passierte, zu ertrinken.

»Dieser Ort ist davon verschont geblieben. Als wäre er ...«

»Als wäre er heilig«, stimmte Lucy ihm zu. »Ich spüre es auch.«

Während Nathans Worten war es ihr gelungen, das Gefühl von Geborgenheit, das sie seit ihrem Ankommen verspürt hatte, zuzuordnen. Nathan hatte recht: Dieser Ort war unberührt und er war keinesfalls auf der Erde. An ihm haftete eine Seligkeit, die nur im Himmel möglich war, doch nicht einmal in der Stadt Valos herrschte solch eine innere Ruhe, sodass sie sich sicher war, dass dieser Ort etwas ganz Besonderes war.

»Ich glaube, wir sind auf der Insel im sielun järvi. Dem Seelensee.« Nathan blieb stehen und die beiden standen sich nun gegenüber. »Auf dieser Insel werden aus den Seelen der verstorbenen Menschen Engel gemacht.«

Lucy schluckte ehrfürchtig. Der Ort, an dem die Engel geschaffen wurden. Ein wahrhaft heiliger Ort. Ein Ort, den die meisten Engel vermutlich nie betraten.

»Warum sind wir hier?«, wunderte sich Lucy.

»Wenn ich das wüsste. Aber Heaven haben nicht immer eine offensichtliche Belehrung. Casey hat mir eben erzählt, dass es auch nicht immer um eine Erfahrung geht, die ein Engel machen oder verarbeiten muss, sondern auch oftmals um ein Gefühl, das einen beschäftigt, das durchlebt werden muss. Ohne weiteren Hintergedanken.« Er hob die Hand und strich Lucy eine Haarsträhne hinter ihr Ohr. »Manchmal zwingt der Heaven das Leben mit all seinen Problemen für einen kurzen Moment in den Hintergrund und setzt einem genau das vor die Nase, das in diesem einen Moment wichtig für ihn ist.« Nathan trat einen Schritt auf sie zu und obwohl sie sich immer noch nur an der Hand hielten, war sie sich seiner Nähe mehr als bewusst.

Ihr ganzer Körper wurde von einer wogenden Wärme durchspült wie von einer Welle und ihr Bauch kribbelte vor Aufregung, als Nathan sich zu ihr hinunterbeugte.

»Etwas, das richtig ist«, raunte er. Sein Gesicht war nun nur noch wenige Zentimeter von ihrem entfernt und sein Blick wanderte zu ihren Lippen hinab.

Die Luft um die beiden herum war geladen und nun kam es Lucy doch so vor, als wäre sie am Meer. In der Luft hing der deutliche Geschmack des salzigen Ozeans und ein Blick in die von Verlangen tobenden Augen Nathans reichte aus, dass das Summen in ihr anschwoll und sich drückend in ihrer Mitte breitmachte. Die Vorstellung, dass sie der Grund war, warum in ihnen dieser Sturm tobte, die Vorstellung, dass ihretwegen Wellen um Wellen in ihm um Oberhand miteinander rangen, ließ sie auf ihre Unterlippe beißen, damit sie nicht mit davon gerissen wurde.

»Tu das nicht«, stieß Nathan heiser hervor.

»Was?« Sie war genauso atemlos.

Himmel, wie kann er so eine Wirkung auf mich haben?

»Ich will der Einzige sein, der auf dieser Lippe rumknabbert.«

Das raue Kratzen seiner Stimme sandte einen Schauer ihre Wirbelsäule hinab und sie schluckte verzweifelt, um ihre plötzlich trockene Kehle zu befeuchten. Doch nichts half. Alles in ihr kribbelte und juckte – ja, brannte darauf –, sodass sie dem Drängen nachgab. Sich vollkommen hingab. Und das der Person, die so ungewollt und gezwungenermaßen in ihr Leben getreten war und die Lucy nun nicht mehr missen wollte.

Nathan war nicht nur eine Konstante für ihr aktuell mehr als überforderndes Leben geworden. Er war vor allem derjenige geworden, dem Lucy als erstes von ihren Erfolgen und Misserfolgen erzählen wollte. Derjenige, dem sie um den Hals fallen wollte, wenn sie sich freute, und in dessen Armen sie sich verstecken wollte, wenn ihr alles zu viel wurde. Die Person, an die sie vor dem Schlafengehen als Letztes dachte und die am Morgen als Erstes ihre Gedanken befiel. Er war derjenige, in den sie … verdammt. In den sie sich verliebt hatte.

Angst schnürte ihr die Brust zu. Was … was sollte sie denn jetzt nur tun? So war das nicht geplant gewesen. Der Aufenthalt hier in Valo, ihr Auftrag … Doch ein Blick in Nathans strahlende Augen ließ sie ihre aufkeimende Angst und Sorgen in den Hintergrund rücken, denn es gab nur noch eins, das sie jetzt tun wollte. Zu dem Verlangen in ihrer Mitte gesellte sich nun auch noch ein ganzer Schwarm Schmetterlinge, der es unmöglich machte, es nicht zu fühlen. Mit jeder Faser ihres Körpers. Und Lucy wusste, wenn sie diesen Gefühlen nicht bald ein Ventil gab, würde sie platzen.

»Worauf wartest du dann noch?«, flüsterte sie und hatte kaum mehr Zeit, sich Nathan emporzubeugen, da waren seine Lippen schon auf ihren.

Seine Hände lagen augenblicklich an ihrem Gesicht und hielten sie fest, während sie eine Hand in seinen Nacken legte und die andere in sein Haar krallte. Seine Berührung war ganz zart, was im direkten Gegenzug zu dem Kuss stand, den die beiden gleichermaßen heiß und gierig miteinander teilten. Lucy öffnete ihre Lippen und ließ ihre Zunge über seine Lippen streichen. Das Geräusch, das daraufhin Nathans Kehle verließ – eine Mischung aus scharfem Einatmen und einem Stöhnen –, ließ ihre Knie weich werden und sie tat es gleich noch einmal.

Wenn sie geglaubt hatte, dass in ihr nicht noch mehr Verlangen Platz haben könnte, hatte sie nicht mit Nathans Zunge gerechnet, die sich nun ihren Weg in Lucys Mund suchte und von diesem Besitz ergriff. Atemlos stöhnte Lucy an seinem Mund auf und ihre Hand krallte sich, nach Halt suchend, noch tiefer in sein dichtes, samtenes Haar.

Nun wanderten seine Hände ihren Körper hinab. Immer tiefer und tiefer, bis sie auf ihrem Hintern lagen und er vorsichtig zudrückte. Lucy stöhnte. Schwindelig vor Lust lehnte sie sich Nathan entgegen und wusste kaum noch, wo oben und wo unten war. Ihren Körper an seinen gepresst, konnte sie *ihn* spüren. Von dem Gefühl beflügelt, von Nathan genauso gewollt, genauso begehrt zu werden, wie sie ihn wollte und begehrte, presste sie sich weiter gegen ihn. Nathan entfuhr ein scharfes Zischen und er ließ von ihr ab, während er ihre Körper, die Hände an Lucys Armen, vorsichtig auseinander zwang.

»Lucy, ich ...« Seine Brust hob und senkte sich schnell und eine weitere Welle an Zuneigung spülte über sie hinweg, als sie feststellte, dass sie beide gleichermaßen außer Atem waren. Nathan schloss die Augen und verzog das Gesicht, als hätte er Schmerzen, bevor er sie gequält ansah. »Wenn wir nicht aufhören, dann weiß ich nicht ... dann kann ich nicht ...« Er stieß frustriert den Atem aus, was sich verdächtig nach einem *Fuck* anhörte, bevor er weitersprach: »Ich kann nicht denken, wenn ich dir so nah bin. Ich habe keine Kontrolle mehr, wenn du ... wenn du tust, was du gerade getan hast. Und ich ... ich muss erst wissen, ob du das auch wirklich willst, ob du mich willst, bevor ... bevor wir das hier tun.«

Sie traute ihren Ohren kaum. Wie konnte ihm entgangen sein, wie sehr sie sich soeben nach ihm verzehrt hatte? In seinen Augen sah sie hinter all den Gefühlen, die dort immer noch umhertobten, kleine Zweifel sitzen.

Entschieden machte sie einen Schritt auf ihn zu und schloss die Lücke, die er geschaffen hatte, als er sich von ihr gelöst hatte.

»Nathan, ich …« Sie hielt inne.

Etwas erlangte ihre Aufmerksamkeit am Rande des Waldes, doch als sie hinsah, war dort nichts außer dem Dickicht der Bäume und Sträucher. Aber … irgendetwas zog sie dorthin. Hinein in den Wald und was auch immer in seinen Tiefen verborgen lag. Unbehagen und Neugier fluteten gleichermaßen ihren Körper. Angestrengt versuchte sie eine Gestalt ausfindig zu machen oder irgendetwas, das ihr einen Hinweis darauf geben könnte, ob es ein Freund oder ein Feind war, der sie beobachtete. Der sie *rief.*

»Lucy.«

Himmel, nein. Sie hatte wahrlich genug von Unbekannten, deren Stimmen sie in ihrem Kopf hörte. Doch irgendetwas war diesmal anders. In ihrem Inneren zog es sie in Richtung des Waldes. Sie machte einen Schritt näher an das Dickicht heran. Schüttelte irritiert den Kopf und versuchte sich zu wehren, aber ihr Körper war wie ferngesteuert. Sie machte einen weiteren Schritt.

Was. Passiert. Hier?

Panik kroch ihr den Rücken hoch.

Nathan folgte ihr. Irritiert schnellte sein Blick zwischen ihr und dem Wald hin und her, was sie anhand seiner ruckartigen Bewegung im Augenwinkel erkannte. Allerdings schien er diese Anziehung nicht zu spüren, denn er wandte sich ihr unvermittelt wieder zu und fragte besorgt: »Lucy? Ist alles in Ordnung?«

Noch bevor Lucy antworten konnte, ihn um Hilfe bitten konnte, kündigte das erneute Achterbahngefühl die Rückkehr in den Schlafsaal an. Sie gab sich dem Gefühl hin, erleichtert, wieder in die Realität zurückzukehren, obwohl es sich diesmal ein wenig unangenehm anfühlte. Das Etwas, das sie in den

Wald lockte, wollte sie dortbehalten, während sie gezwungen war, die Insel und den Heaven zu verlassen. Und obwohl sie so schnell wie möglich von der Insel verschwinden wollte, hielt sie selbst noch ein wenig an dem Heaven fest. Noch immer drängte ihr Körper danach, in den Wald zu gehen.

Ein Keuchen entfuhr ihr. Als das Gefühl, innerlich zerrissen zu werden, zu drängend wurde, schloss sie die Augen und ließ sich endlich mitreißen.

Erst als sie erneut die Hände von Casey und Nathan in ihren fühlte, atmete sie erleichtert auf und ihr wurde bewusst, dass sie die Luft angehalten hatte, während sie in den Wald auf der Insel gestarrt hatte.

6

Is This How The World's
Gonna Remember Me?

»Bei den Erzengeln, Leonardo! Du siehst ja immer noch so schlimm aus.« Jenny bedachte mich mit einem besorgten Blick und schloss die schwere Eichentür zu meinem Versteck.

Ich lächelte bemüht und zuckte augenblicklich vor Schmerz zusammen. In den wenigen Tagen seit meinem letzten Besuch bei meinem Bruder waren meine Verletzungen nicht besser geworden. Mein ohnehin bereits entstelltes Gesicht schimmerte in allen Regenbogenfarben und ich konnte keinerlei Miene verziehen, da sofort alles schmerzte. Ich war mir sicher, dass mein Kiefer angebrochen war. Lucifer hatte mich übel zugerichtet, aber ich sollte mich glücklich schätzen, von ihm nur zusammengeschlagen worden zu sein. Er hätte so viel Schlimmeres mit mir anstellen können als die Schläge und Tritte, die mein sowieso schon verkrüppelter Körper abbekommen hatte, während er mich verhöhnt hatte.

So wagte ich mich jedenfalls nicht aus dem kleinen Zimmer im Keller des leerstehenden Hauses am Rande Denver Downtowns – oh, machten wir uns nichts vor, ich war nicht in der körperlichen Verfassung, dies zu tun –, weshalb Jenny alle paar Tage nach mir sah.

Mit möglichst neutraler Mimik erwiderte ich: »Du hast

mich schon in schlimmerer Verfassung gesehen, Erikson.«

Sie hob zweifelnd die Augenbraue. »Ehrlich gesagt, nein, und das weißt du.«

Als ich fest die Lippen aufeinanderpresste, anstatt ihr zu antworten, stieß sie den Atem aus.

»Jetzt sei nicht so ein stolzer Engel, de Caziers. Langsam solltest du doch darüber hinweg sein, dass du …« Sie holte tief Luft. »Dass nichts mehr so ist, wie es einmal war. Du kannst nicht mehr –«

Mein Geduldsfaden riss. »Was kann ich nicht mehr?«, fuhr ich sie an. »Meinst du etwa heilen oder etwa normal gehen, vielleicht auf beiden Augen sehen? Oder meinst du etwa das Offensichtliche? Dass ich nicht mehr fliegen kann? Dass ich kein Engel mehr bin?« Ich schnaubte verächtlich. »Ja, du hast recht. Ich sollte einfach mal drüber hinwegkommen, dass mir meine Bestimmung, verdammt, mein Leben genommen wurde.«

»Leonardo, ich …«, stammelte Erikson sichtlich bedrückt. Sie hatte sich immer noch keinen Zentimeter von der Tür fortbewegt, seit sie eben mein Versteck betreten hatte.

»Glaub mir, ich weiß nur zu gut, was ich alles nicht mehr kann.« Ächzend rutschte ich aus meinem Schreibtischstuhl und humpelte zu den zwei Sesseln vor meinem Schreibtisch hinüber, wo ich auf einem Platz nahm. Ich gestikulierte zu dem anderen und Jenny folgte meiner Aufforderung. »Ich bin einfach noch nicht so weit, mein Leben, meine Bestimmung aufzugeben«, gestand ich meiner besten Freundin flüsternd.

»Was meinst du denn, worin deine Bestimmung besteht, Leonardo?« Ihre rostfarbenen Augen musterten mich besorgt.

»Ich …« Ehrlich gesagt überrumpelte mich ihre Frage ein wenig.

Worin besteht meine Bestimmung? Habe ich überhaupt noch eine?

Lucy konnte ich aktuell nicht beschützen, Annabell wollte mich nicht mehr um sich wissen und Lucifer hatte mir mehr als deutlich gemacht, dass er mich töten würde, sollte ich ihm noch einmal begegnen.

»Ich bin noch nicht bereit zu gehen.« Schlagartig flutete Panik meinen Körper und ich sprang auf die Beine. Zurück zu meinem Schreibtisch humpelnd, ignorierte ich die Schmerzen und durchforstete energisch die Papiere, die auf dem Tisch lagen. »Es ist noch so viel zu tun, so viel ungewiss … Lucy ist noch nicht vorbereitet, ich muss …«

»Leonardo.«

Ich zuckte zusammen, als Jenny behutsam ihre Hand auf meinen Oberarm legte. Es überraschte mich immer noch, wenn sie sich in ihrer Engelsgeschwindigkeit bewegte, die ich schon seit Langem nicht mehr beherrschte. Wie auch, ich war schließlich kein Engel mehr. Den bitteren Geschmack, der mir aufgestoßen war, herunterschluckend, sah ich sie an.

»Du hast Valo vor dem Untergang bewahrt, du hast die Prophezeiung gefunden, ja verdammt, du hast Lucy allem voran das Leben geschenkt, damit sie die Welt nun vor dem Untergang bewahren kann. Du …« Tränen schimmerten in ihren Augen. »Du hast bereits deine Bestimmung erfüllt. Nun ist es an der Zeit, zurückzutreten und das zu genießen, was dir noch bleibt, bis …«

Ihre Stimme brach, doch ich wusste auch so, was sie sagen wollte. Das, worum wir beiden schon die ganze Zeit herumtänzelten und was wir nicht wagten anzusprechen. Meine nicht heilenden Verletzungen sprachen für sich. Es war uns beiden bewusst, dass mein herannahender Tod nicht mehr lang auf sich warten ließ, und es gab nichts, das wir tun konnten, um ihn aufzuhalten.

Ich versuchte, die herannahenden Tränen zu unterdrücken, doch der Druck hinter meinen Augen war zu groß. Die Sicht vor meinem funktionierenden Auge verschwamm, doch auch mein erblindetes Auge blieb nicht trocken. »Wer wird auf sie aufpassen, wenn ich nicht mehr da bin?«

Behutsam nahm Jenny meine verschrumpelte Hand in ihre, die genauso makellos aussah wie immer. »Austin und ich werden sie nie verlassen, das verspreche ich dir.« Sie schenkte mir ein Lächeln, das in ihrem traurigen Gesicht eher wie eine Grimasse aussah. »Außerdem ist Nate die ganze Zeit bei ihr.«

Ich schnaubte verächtlich. »Nate! Der bringt doch nichts als Ärger. Ich weiß echt nicht, wie —«

»Nun hör schon auf! Immerhin war es deine Idee. Du solltest es ihm nicht ankreiden, dass er tut, was du von ihm verlangst.«

Ich grummelte. Sie hatte ja recht. Das bedeutete allerdings nicht, dass ich es guthieß. Doch leider gab es keine andere Möglichkeit und wir mussten sichergehen, dass alles haargenau klappte.

»Wie läuft es?« Ich versuchte, meine Stimme ruhig und kontrolliert klingen zu lassen, aber innerlich kochte ich vor Wut. Doch ich ließ sie zu, denn sie zu unterdrücken, würde bedeuten, dass ich anfangen würde, das schlechte Gewissen wahrzunehmen, das tief in mir drin zu summen begann und immer lauter und lauter wurde. Da war ich lieber wütend auf Nate.

»Als ich ihn das letzte Mal gesprochen habe, lief alles bestens.« Eriksons Worte ließen mich aufhorchen, denn sie passten nicht zu dem Ausdruck auf ihrem Gesicht. Sie verzog

72

es, als hätte sie gerade in eine Zitrone gebissen.

»Was ist es?«, wollte ich wissen.

Zerknirscht sah sie mich an. »Ich glaube, auch er ist nicht gerade begeistert von dem Plan.«

»Und du denkst, ich als ihr Vater bin das?« Ich schüttelte den Kopf, doch musste augenblicklich aufhören, weil sich alles anfing zu drehen.

»Wir hätten vielleicht nach einer anderen Möglich-«

»Nein!«, sagte ich wahrscheinlich etwas zu energisch. »Es gibt keine andere Möglichkeit.«

Betreten nickte Erikson.

Auf ihr Schweigen hin wurde mein Gewissen nun doch unüberhörbar. »Meinst du, sie wird mir verzeihen?«

Sofort verkrampften sich ihre Finger um meine. »Ach, Leonardo …«

7

Wahrheit. Wahrheit und nichts als die Wahrheit

Was zur Hölle war das? Hatte Lucifer es unbemerkt nach Valo geschafft? War er mit ihr und Nathan im Heaven auf der Insel gewesen? Nein, das konnte nicht sein. Das war unmöglich, oder?

Noch immer konnte Lucy das Gefühl, das soeben im Heaven von ihr Besitz ergriffen hatte, nicht in Worte fassen, aber es hatte sich anders angefühlt als die Male, an denen sie bei ihrem Onkel gewesen war. Es hatte sich richtig angefühlt, der Stimme zu vertrauen, doch die Tatsache, dass dieses Drängen ihr keine Wahl gelassen hatte, als diesem Ruf zu folgen, machte sie wiederum misstrauisch. Was, wenn –

»Nate und du wart ganz schön angespannt, als ihr aus eurem Heaven zurückgekehrt seid«, riss Casey sie aus ihren Gedanken.

Lucys Puls beschleunigte sich. Diese Baustelle gab es auch noch. Mist! Eigentlich hätte ihr klar sein müssen, dass Casey sie noch darauf ansprechen würde. Nachdem soeben alle aus ihren jeweiligen Heaven zurückgekehrt waren, hatte so viel Spannung zwischen Lucy und Nathan gelegen, dass selbst die schüchterne Cara sie mit wissenden Blicken bedacht hatte. Wie sollte sie da nun Caseys anstehendem Kreuzverhör entkommen, das sie sicher schon den ganzen Weg zurück in ihren Schlafsaal geplant hatte? Jetzt, da die beiden allein waren und umgezogen auf ihren Betten saßen, gab es jedoch kein Entkommen. Und Casey kam direkt zur Sache.

»Habt ihr's miteinander getrieben?«

»Haben wir …? WAS?« Vehement schüttelte Lucy mit dem Kopf, während ihr Hitze den Hals hinaufkroch. »O Gott, nein!«

Casey, die im Schneidersitz auf ihrem Bett Lucy gegenübersaß, zuckte lediglich mit den Schultern. »Hey, kein Judgement meinerseits, wenn du's getan hättest. Wir sind alle erwachsen hier und solange alles einvernehmlich ist und keiner zu Schaden kommt, kann man machen, was man will.«

Lucy nickte zögerlich. Dass sie erst in drei Wochen achtzehn werden würde, verschwieg sie.

»Du musst es mir natürlich nicht sagen, aber … was ist das zwischen euch? Es ist offensichtlich, dass er auf dich steht – und ich bin mir auch ziemlich sicher, dass du auf ihn stehst –, aber du zögerst. Warum?«

Caseys Frage war wie ein Faustschlag in die Magengrube. Immerhin konnte Lucy ihr schlecht von ihrem Onkel erzählen. Wenn die Engel erfahren sollten, dass der Teufel Kontakt zu ihr hatte, würden sie sie wegsperren, das war ihr bewusst. Es misstrauten ihr sowieso schon genug Anwärter aufgrund ihrer Familiengeschichte in Valo. Sie konnte und wollte Nathan auf keinen Fall in die Sache mit hineinziehen. Es war bereits schlimm genug, dass er mit ihr hier an der Akademie war. Das machte Lucys Entscheidung schon schwierig genug, aber noch eine weitere Person auf die Liste der potenziellen Opfer Lucifers zu setzen, die er gegen sie verwenden konnte, um seinen Willen zu bekommen … das würde sie sich niemals verzeihen.

Und dennoch … alles in ihr verzehrte sich nach ihm. Tat weh, weil sie sich verbat, dass daraus mehr wurde.

Sie dachte an den Heaven zurück. Wie gut es sich angefühlt hatte, Nathan zu küssen, wie sehr sie sich danach sehnte, es wieder zu tun und sogar mehr zu tun. Dazu schlich sich in ihre Gedanken die Erkenntnis, die sie auf der Insel erlangt hatte, dass sie womöglich ernste Gefühle für ihn entwickelt hatte. Doch plötzlich tauchte das Bild von dem sterbenden Nathan aus dem anderen Heaven auf. Wie er blutend vor ihr gelegen hatte und langsam das Leben in seinen sonst tobenden Augen erloschen war, und sie erschauderte. Ohne dass sie es verhindern konnte, füllten sich ihre Augen mit Tränen und ihre Sicht verschwamm.

»Hey, es ist alles gut!« Lucy spürte, wie ihre Matratze nachgab, als Casey sich neben sie setzte und sie in den Arm nahm. Fest schlang sie ihre Arme um Lucy und strich beruhigend ihren Rücken auf und ab. »Ich wollte dir nicht zu nahe treten, tut mir leid.«

Vorsichtig löste sie sich aus der Umarmung und wischte sich mit dem Handrücken über die Augen, damit sie wieder sehen konnte. Dann holte sie tief Luft. »Keine Sorge, du bist mir nicht zu nahe getreten. Es ist nur …« Sie stockte.

Verdammt. Es macht keinen Unterschied mehr. Auch wenn wir nicht weiter auf unsere Gefühle eingehen … sie sind da. Und allein deswegen ist er bereits in Gefahr.

Angst schnürte ihr die Kehle zu. Wenn Nathan etwas geschehen sollte, wenn es auch ihre Schuld sein sollte, dass er von der Bildfläche verschwand so wie ihr Vater damals, dann … Den Verlust weiterer geliebter Menschen würde sie nicht verkraften.

Ein Schauer durchfuhr ihren Körper und sie versuchte das aufkommende Schluchzen hinunterzuschlucken.

Ihre Mitbewohnerin hielt sie weiterhin im Arm, ließ Lucy alle Zeit der Welt, um zu entscheiden, ob sie ihr erzählen wollte, was sie so traurig machte, oder eben nicht. Sollte sie sich Casey gegenüber wirklich öffnen? Interessierte es sie überhaupt?

Tu es, sagte sie sich mit Nachdruck.

Casey war seit einer Ewigkeit zu etwas Ähnlichem wie einer Freundin geworden. Denn abgesehen von Jenny war dies Lucy schon seit der Middle School nicht mehr passiert. Doch Freundschaften bauten auf Vertrauen auf und wenn sie wollte, dass Casey zu einer Freundin wurde und nicht nur ihre Mitbewohnerin blieb, dann musste sie anfangen, mit offenen Karten zu spielen. Natürlich nicht in jeglicher Hinsicht, doch zumindest soweit, dass Casey verstand, warum sie sich oftmals zurückzog.

»Mein ganzes Leben lang war ich sehr einsam, weißt du? Mein Vater war weg, meine Mutter hatte mit Depressionen zu kämpfen und meine Großeltern hatten alle Hände voll zu tun, mich und meine Mutter zu versorgen. Freundschaften ließen sich nur schwer schließen, wenn man nie jemanden mit nach Hause nehmen konnte, weil die Mutter ein emotionales Wrack war, und man stieß auch eher auf Verständnislosigkeit als auf Mitgefühl, wenn man seinen Freunden erzählen musste, dass man nicht mit ihnen ins Kino konnte, weil man auf die eigene Mutter aufpassen musste ...« Zögernd blickte Lucy von ihren Händen, die sie im Schoß gefaltet hielt, zu Casey, doch sie saß weiterhin neben ihr und wartete geduldig darauf, dass Lucy fortfuhr. Diesmal senkte sie nicht den Kopf, versteckte ihre Verwundbarkeit nicht, sondern zeigte sie offen, in der

Hoffnung, dass Casey sie verstehen und nicht verurteilen würde. »Wenn man so oft in seinem Leben verlassen wurde wie ich …«

»Da hat man Angst, dass es niemals aufhört«, half Casey ihr aus, als sie nach den richtigen Worten suchte.

Lucy schluckte den Kloß, der sich in ihrer Kehle gebildet hatte, hinunter. »Genau.«

»Glaubst du denn, dass Nate dich verlassen würde?«, fragte Casey vorsichtig.

Ratlos zuckte sie die Schultern. Sie wusste, dass Casey nicht an dieselbe Art Verlassen dachte wie sie, aber darüber konnte sie nicht sprechen. Außerdem gesellte sich bei Caseys Frage nun eine andere Sorge zu den bereits vorhandenen. Der Gedanke an Nathans vorherige Beziehungen und wie lange sie jeweils gehalten hatten, ließ ihre Handflächen feucht werden.

»Ich weiß es nicht. Er und ich … wir hatten nicht den besten Start miteinander und in den letzten Wochen ist so viel passiert …« Sie durchfuhr ein Schauer bei der Erinnerung. »Er ist nicht immer so charmant, wie er sich gibt. Da ist diese Seite an ihm … sie beunruhigt mich«, gab Lucy zu. Viel zu deutlich hatte sie Nathan vor Augen, wie er wutverzerrt über Nick stand und mit der Faust zum Schlag ausholte.

»Hm.« Casey zog die Stirn kraus. »So habe ich ihn tatsächlich noch nicht erlebt. Ist er denn oft so?«

»Nein.« Sie überlegte. »Also, das heißt, er war schon eine lange Zeit nicht mehr so.«

»Vielleicht ist es dann Vergangenheit?«

Erstaunt blickte Lucy Casey an. »Wie meinst du das?«

»Na ja … du hast gesagt, ihr habt die letzten Wochen viel durchgemacht. Vielleicht haben diese … ich nenne sie jetzt mal ›besonderen Situationen‹ solches Verhalten bei ihm ausgelöst?«

Lucy wusste nicht, was sie sagen sollte. War es möglich? Dass Nathan in all den Momenten, in denen er sich wie der arrogante Quarterback, für den sie ihn immer gehalten hatte, verhalten hatte, nicht der wahre Nathan gewesen war? Immerhin hatte sie erst eben feststellen müssen, wie falsch sie ihn am Anfang eingeschätzt hatte.

»Hör zu.« Casey griff nach Lucys Händen, die sie wieder unbewusst ineinander verknotet hatte, und löste sie vorsichtig voneinander. »Ich sage dir nicht, dass du alles vergessen sollst, was er je getan hat, sondern rate dir lediglich, auf dein Bauchgefühl zu hören. Denn ich habe den großen Verdacht, dass du tief in dir drin weißt, was du zu tun hast.«

Casey hatte recht. Spätestens auf der Insel im Heaven hatte sie gemerkt, dass sie sich in ihn verliebt hatte. Doch das Bild von Nathans sterbendem Körper in ihren Armen wollte einfach nicht verschwinden.

»Aber was ist, wenn ich ihn trotzdem verliere?«, flüsterte sie.

»Das kann man nie wissen. Nur weil die Möglichkeit besteht, dass du am Ende verletzt wirst, solltest du, meiner Meinung nach, nicht auf eine vermutlich lange Zeit des Glücklichseins verzichten.« Ein Lächeln stahl sich auf Caseys Gesicht. »Vor allem, wenn es nicht sicher ist, dass ihr euch trennt. So wie ihr euch immer anschmachtet, bin ich mir sicher, dass ihr füreinander bestimmt seid. Also versperr dir nicht diese Chance. Trau dich!«

Sie drückte Lucy fest an sich und Lucy atmete auf. Erleichterung flutete ihren Körper. Es hatte unglaublich gutgetan, Casey all diese Dinge zu erzählen und im Gegenzug alles andere von Casey zu hören. Es war die richtige

Entscheidung gewesen, sich ihr anzuvertrauen, und sie war unendlich dankbar, so einen Engel wie Casey nicht nur als Zimmergenossin, sondern auch als Freundin zu haben.

»Danke.«

Casey antwortete nicht, sondern drückte sie noch ein wenig fester an sich.

Schließlich lösten sich die beiden voneinander.

»Und was soll ich jetzt tun?«

»Na, was wohl? Rede mit ihm.« Verständnislos schnaubte Casey und stieß Lucy spielerisch gegen die Schulter.

Lachend rieb sie sich diese und freute sich dafür umso mehr über Caseys empörtes Gesicht, als Lucys Kissen unerwartet in diesem landete.

Die leise Stimme in ihrem Inneren, die sich verdächtig nach Lucifer anhörte und ihr vorwarf, dass sie soeben nicht nur sich selbst, sondern womöglich auch ihre neue Freundin angelogen hatte, versuchte sie mit aller Macht zu ignorieren.

»Hey.«

Nathan saß auf der Wiese vor dem Gebäude der Akademie und wandte sich ihr beim Klang ihrer Stimme zu, bevor er sich wieder abwandte. »Hey.«

Lucy setzte sich neben ihn und blickte so wie er hinauf in den Himmel. War es denn der Himmel? Schließlich befanden sie sich doch gerade schon im Himmel. Bedeutete das, dass der Himmel über Valo immer noch als Himmel galt oder war er etwa schon als Teil des Weltalls zu werten? War es überhaupt festgelegt oder war sie die Einzige, die –

»Warum hast du mich herbestellt?«, unterbrach Nathan ihre

Gedanken.

Noch vor wenigen Wochen wäre sie vermutlich rot angelaufen und hätte sich nicht getraut, ihm in die Augen zu sehen. Doch nicht heute. Sie konnte sich nicht länger verstecken und das ignorieren, das ohne Zweifel zwischen ihr und Nathan war.

»Ich wollte mit dir über uns reden.« Sie drehte sich so, dass sie nun vor ihm saß.

Seine Augenbrauen wanderten erstaunt in die Höhe, aber er sagte kein Wort. Deshalb sprach Lucy unbeirrt weiter.

»Ich will ehrlich mit dir sein.« Für einen kurzen Moment schloss sie die Augen und schluckte ihre aufkeimende Unsicherheit hinunter. »Ich mag dich. Ich mag dich, glaube ich, sogar sehr.« Nun hielt sie es doch nicht mehr aus und senkte den Blick auf den Rasen, in dessen Oberfläche sich ihre Hände krallten, damit sie nicht zitterten.

Sie zuckte überrascht zusammen, als Nathan ihr einen Finger unters Kinn legte und sie zwang, ihm in die Augen zu sehen, bevor er die Hand wieder sinken ließ. Das Blau seiner Iriden war so intensiv, dass ihr Mund ganz trocken wurde. Bildete sie sich das nur ein oder überschlugen sich gerade wirklich Wellen in ihnen? Die verschiedensten Blautöne wirbelten umher und vermischten sich. Lucy konnte derweil nichts anderes tun, als dabei zuzusehen.

»Wieso klingt das so, als würde nach dieser Aussage noch ein ›Aber‹ folgen?«

Weiterhin tanzten die verschiedenen Blautöne wild durcheinander, doch etwas anderes lenkte Lucys Aufmerksamkeit von ihnen ab. Nathan leckte sich rasch über die Unterlippe. War er etwa nervös? Dieser Gedanke war absolut abwegig, doch Lucy kam nicht darum herum, zu bemerken, dass Nathan nicht nur die ganze Zeit das Gras am Rupfen war, sondern sich nun auch unruhig durch die Haare fuhr.

»Aber«, setzte sie an und versuchte, nicht zu lächeln, als Nathan mit dem Herumzappeln aufhörte und erstarrte. Einzig das Blau seiner Augen überschlug sich weiter. »Ich habe Angst.«

»Angst?« Das Fragezeichen war ebenso seiner Stimme anzuhören wie seinem Gesicht anzusehen. »Wieso? Wovor?«

»Du hast mir deutlich gemacht, dass dir etwas an mir liegt, und mir liegt auch etwas an dir, nur … was ich bisher von dir und deinen Beziehungen zu anderen Frauen erlebt habe, spricht nicht gerade für eine rosige Zukunft«, gestand sie.

Nathan stieß die Luft aus. »Lucy, ich –«, setzte er an, aber sie fuhr fort: »Nicht nur das. Auch die Prophezeiung, die uns beide betrifft, verspricht alles andere als eine heile Aussicht … Wenn ich dich verlieren sollte, dann –«

Weiter kam sie nicht, denn Nathan war aufgesprungen und hatte sie mit sich in eine Umarmung hochgezogen.

»Wenn du auf eine Sache vertrauen kannst, Lucy, dann das hier: Ich werde dich niemals freiwillig verlassen«, flüsterte er ihr ins Ohr und verursachte ihr mit seinen Worten eine Gänsehaut. »Egal, was passieren wird, ich werde immer an deiner Seite sein.«

»Wie kannst du dir da so sicher sein?« Verdammt! Wieso klang ihre Stimme plötzlich so erstickt?

Langsam löste sich Nathan aus der Umarmung, trat einen Schritt zurück und nahm ihre Hände in seine. »Weil ich unschlagbar bin.« Ein überhebliches Lächeln zierte sein Gesicht.

Lucy entriss ihm ihre Hände und bewies ihm das Gegenteil

seiner Aussage.

»Autsch.« Nathan rieb sich über die Brust und zog einen Schmollmund. »Das hat wehgetan.«

»Das sollte es auch! Kannst du nicht einmal ernst bleiben? Ich versuche hier mit dir über meine Sorgen zu sprechen und dich interessiert es mal wieder nicht die Bohne, dass unser beider Leben in allem, was kommt, auf dem Spiel steht. Du …«

»Ich werde dich niemals verlassen.« Erneut nahm er ihre Hände, als sie verstummte. Die Frage musste ihr abzulesen sein, denn er fuhr fort: »Weil ich unwiderruflich, bis über beide Ohren in dich verliebt bin, Lucy.« Ein schüchternes Lächeln stahl sich auf seine Lippen und dieser Anblick allein ließ Lucys Knie weich werden. Aller Spott, der zuvor noch über sein Gesicht getanzt war, verschwunden. »Wir hatten vielleicht nicht den … besten Start, ich geb's zu.« Er lachte kurz auf und auch Lucy konnte nicht verhindern, dass sich ihre Mundwinkel hoben. »Und ich bin wirklich der Letzte, der dir jetzt sagen wird, dass ich mich komplett geändert hätte, seit wir die Erde verlassen haben. Denn das wäre gelogen.«

Lucys Herz rutschte ihr in die Hose. »Also …«

»Das Einzige, das ich dir sagen werde, ist, dass ich bei all den anderen Frauen – und das waren schon einige …« Er lachte selbstgefällig auf und Lucy verdrehte die Augen. Er war immer noch genauso ein eingebildeter Gockel wie eh und je. »Sie alle haben mir nicht einmal ansatzweise so viel bedeutet wie du. Ich weiß, das unterstreicht nur einmal mehr, was für ein Idiot ich gewesen bin, aber … aber ich kann jetzt auch nicht mehr ändern, was ich damals getan habe und wie ich mit anderen umgegangen bin. Ich kann nur noch bestimmen, wie ich mich jetzt anderen gegenüber verhalte, und vor allem kann ich das hier richtig machen.« Er deutete zwischen den beiden hin und her. »Das mit uns.« Erneut machte er einen Schritt auf sie zu und stand dicht vor ihr. »Wenn du mir diese Chance gibst.«

Mit wild klopfendem Herzen stand sie da und sah ihm in seine stürmischen Augen. Nathan hielt den Kopf gesenkt, um ihr ins Gesicht zu schauen, und auch wenn er so breit und groß vor ihr aufragte, glich er nicht wie üblich einem bedrohlichen Todesengel, sondern wirkte unerklärlich klein und zerbrechlich. Seine Ausstrahlung stand in solch einem Kontrast zu seinem Aussehen, dass Lucy die Luft mit einem Keuchen entwich. Wie er vor ihr stand, vollkommen ehrlich und offen, erschütterte ihr Innerstes. Und in diesem Moment wurde ihr bewusst, was sie wollte. Dass sie ihn wollte. Und dass sie ihn brauchte.

Jetzt.

Ohne zu zögern, legte sie ihre Arme in seinen Nacken und zog ihn an sich, schloss die letzten verbliebenen Zentimeter zwischen ihnen.

Nathan keuchte überrascht, als hätte er nicht damit gerechnet, doch keineswegs abgeneigt. Sein Mund öffnete sich und seine Zunge begrüßte die ihre. Sie vergrub ihre Hände in seinen Haaren, während die beiden langsam zu Boden sanken. Mit seinen Händen in ihrem Rücken dirigierte Nathan sie vorsichtig auf die Wiese, bis sie auf dem Rücken lag und er über ihr war. Sie verschwendete keinen Gedanken daran, was sie tat, spreizte ihre Beine und umschlang seine Hüften. Dabei entfuhr ihr ein Stöhnen.

»Gott, Lucy«, brachte Nathan zwischen zwei heißen Küssen hervor. Himmel! Wie heiser er klang!

Dass ihn diese Küsse anscheinend genauso heiß machten

wie sie, spornte sie nur noch weiter an. Sie wollte ihn fühlen. *Nein*, korrigierte sie sich. Sie musste.

Mit beiden Händen krallte sie sich in Nathans breiten Schultern fest, während sein Mund sich von ihrem löste und ihr Kinn bis zu ihrer Halsbeuge hinunterwanderte. Seine Liebkosungen, das verführerische Knabbern und das sachte Saugen, mit dem er ihren Hals bedachte, brachte sie um den Verstand.

Vorsichtig hob sie die Hüften und fing an, sich unter ihm zu bewegen. Zuerst zögerlich, doch kurz darauf warf sie alle Bedenken über Bord und rieb ihre Hüften bestimmt gegen seine. Ihre Mitte pulsierte heiß und verlangte nach mehr Körperkontakt – und weniger Kleidung – und auch seine Lust war mehr als deutlich zu spüren.

Lucy griff unter Nathans Flügel, an die Stelle, an der der Alkuun befestigt wird, und zog an ihm. Mit zittrigen Händen löste sie das Tuch, das um seinen muskulösen Oberkörper gebunden war, und fuhr mit den Fingerspitzen über seine Brust, die sich unter ihrer Berührung anspannte. Gleichzeitig keuchten die beiden auf.

Erfasst schauten sie sich in die Augen. Grün in Blau. Dieses unglaubliche, alles verschlingende Blau, das nun nicht mehr unruhig umherwirbelte, sondern tiefblau funkelte wie der Ozean an einem warmen Sommertag. Umrahmt von diesen dichten schwarzen Wimpern, waren sie das Einzige, das Lucy in diesem Moment wahrnahm.

Einen Moment hielt sie inne und ihr stockte der Atem. Wunderschön. Nathan war so wunderschön. Und er war hier. Mit ihr. Über ihr. Wollte sie. Sie sah es nicht nur in seinen Augen, nein, seine Härte zwischen ihren Beinen hatte ihn bereits vor Ewigkeiten verraten. Und je länger sie darüber nachdachte, desto weniger verstand sie, wieso sie aufgehört hatte, ihn zu küssen.

Augenblicklich presste sie ihren Mund erneut auf seinen, biss ihm vorsichtig in die Unterlippe, weil sie mittlerweile wusste, wie sehr er das mochte, und wurde sofort mit einem tiefen Laut aus seiner Kehle belohnt. Lucy ließ ihre Hände erneut über seinen festen Oberkörper wandern und als sie schließlich bei seiner Hose angekommen war, machte sie sich daran, die Knöpfe zu öffnen.

»Lucy«, raunte Nathan vollkommen atemlos.

Sie hatte es fast geschafft, nur noch ein kleines bisschen und …

»Lucy, warte!« Mit einem Ruck wich Nathan von ihr und lehnte sich auf seine Fersen zurück. Die Hände auf die Oberschenkel gepresst und die Augen zusammengekniffen, rang er um Atem und auch Lucy setzte sich auf und holte tief Luft.

Langsam verließ sie das heiße Verlangen, das bis eben noch Besitz von ihr genommen hatte, und ihr Herzschlag beruhigte sich. Zurück blieben einzig ein dumpfes Kribbeln in ihrer Mitte und eine leichte Verunsicherung, dass sie die Situation eben doch falsch gedeutet hatte und Nathan sie nicht auf diese Weise gewollt hatte.

»Shit«, fluchte er. Ein Lächeln zupfte an seinen Mundwinkeln und er fuhr sich mit der Hand über sein Gesicht. »Das war das Schwerste, das ich je gemacht habe, glaube ich.«

Das Blut in ihren Adern gefror zu Eis. Sie zu küssen, war also solch eine Zumutung?

Als er ihren Gesichtsausdruck sah, fügte er schnell hinzu: »Aufzuhören meine ich! Ich bin mir sicher, ich habe noch nie etwas so sehr in meinem Leben gewollt …« Er nickte kurz nach unten und sie folgte seinem Blick.

Sobald ihr bewusst wurde, dass sie auf seinen Schritt starrte, wurde ihr noch heißer als vor wenigen Minuten, als sie noch eng umschlungen mit ihm im Gras gelegen hatte.

»Und gestoppt habe ich das Ganze sowieso noch nie«, fuhr er fort. Mit einem ungläubigen Kopfschütteln machte er sich daran, seinen Alkuun erneut anzulegen.

Sie runzelte die Stirn. Warum schaute er sie so, ja fast schon erleichtert, an? »Warum hast du …?« Als ihr klar wurde, was sie gerade fragen wollte, beeilte sie sich zu sagen: »Also, wenn du es mir sagen möchtest, … weil es ist überhaupt nicht schlimm, wenn du nicht … du brauchst auch gar keine Rechtfertigung geben, ich verstehe das, ich –«

»Lucy!«, unterbrach Nathan sie und sie zuckte erschrocken zusammen. Lächelnd beugte er sich vor und drückte ihr einen kurzen, aber festen Kuss auf die Lippen, der sie erstarrt zurückließ. »Glaub mir, wenn ich dir sage, dass ich das gerade mit dir wollte. Das alles – und alles, was sicherlich danach gekommen wäre, wenn ich nicht unterbrochen hätte. Und vertrau mir, ich hasse mich gerade fast schon ein bisschen dafür, aber ich habe dir eben gesagt, dass ich das mit dir richtig machen möchte. Mit Dates und Blumen und Kuscheln und allem, was dazu gehört. Mit allem, was du brauchst, um zu erkennen, wie viel du mir bedeutest.«

»Und was ist, wenn ich das, was eben beinahe passiert wäre, brauche?«, murmelte sie und riss erschrocken die Augen auf.

Bitte, Boden, sei gnädig und öffne dich, damit ich verschwinden kann!

Sie schnappte erschrocken nach Luft, als sie erkannte, wie sich neben ihr tatsächlich ein Loch im Boden auftat, und

Nathan lachte laut auf, zog sie allerdings schnell zu sich, bevor sie auch nur die Chance hatte, ihren Plan in die Tat umzusetzen.

»Glaub mir, ich werde dir mit der Zeit alles geben, was du so brauchen könntest.« Mit einem anzüglichen Lächeln auf den Lippen bedachte er sie vielsagend. »Aber ich möchte, wie gesagt, das mit uns richtig angehen. Und mir ist bewusst, dass ich nicht allein bestimme, was richtig sein wird und was nicht, sondern wir beide gemeinsam … Aber wenn wir das erste Mal auf diese Art zusammen sein werden, möchte ich es im echten Leben tun. Nicht hier, in einer erträumten Wirklichkeit.« Er machte eine umschweifende Geste und erst jetzt wurde ihr wieder bewusst, wie es zu ihrem Treffen gekommen war.

Nach ihrem Gespräch mit Casey hatte sie sich schlafen gelegt und Nathan in einem selkeä unelma aufgesucht.

Sie stieß lang gezogen den Atem aus. »Ja, du hast recht. Ich denke, das hätte ich im Nachhinein tatsächlich bereut …«

Fast schon beunruhigend, wie einnehmend er manchmal auf sie wirken konnte, sodass sie alles um sie herum ausblendete und vergaß.

»Auch wenn das gerade ein wenig wehtat, bin ich froh, dass du und ich da einer Meinung sind.« Nathan setzte sich neben sie ins Gras und legte seinen Arm um ihre Schulter. Ohne zu zögern, ließ sie ihren Kopf gegen ihn sinken und schloss die Augen.

»Ich würde dir jetzt eigentlich versichern, dass wir alle Zeit der Welt hätten und wir nichts überstürzen müssten, aber du hast mir mehr als deutlich zu verstehen gegeben, dass du nicht länger warten kannst, mir die Kleider vom …«

»Sei ja still!«, rief Lucy empört, boxte ihm verspielt gegen den Oberarm und stieß im selben Moment einen kleinen

Schmerzensschrei aus. Verdammt! Fluchend rieb sie sich die Knöchel.

Nathan nahm ihre verletzte Hand leise lachend in seine großen warmen Hände. »Das Kämpfen sollten wir vielleicht wirklich noch einmal üben.«

Lucy schluckte. Stimmt, da war ja noch etwas. »Kannst du mir Nachhilfe geben?«

»Nachhilfe?«

Sie nickte. »Ich glaube, ohne Hilfe und extra Stunden außerhalb des Unterrichts schaffe ich es niemals auch nur ansatzweise, auf dasselbe Level mit dir und den anderen zu kommen.«

Als er sie weiterhin nur musterte, fügte sie ein »Bitte« hinzu und zog eine Schnute, von der sie meinte, süß zu wirken, doch Nathans Lachen ließ sie vermuten, dass sie einfach nur albern aussah.

»Okay, okay. Ich werde meine kostbare Freizeit außerhalb des Unterrichts dafür aufopfern, um mit dir zu trainieren, aber nur …« Er sah sie strahlend an und bei dem Aufblitzen seiner Augen setzte ihr Herz für einen Schlag aus. »… weil ich dich so gern hab.«

Lucy schnaubte. »Ich dachte, du bist über beide Ohren in mich verliebt?«, äffte sie seine Stimme nach.

»Hey! Mach dich nicht über meine Gefühle lustig, für die kann ich nichts!«

Er stürzte sich auf sie und knuffte sie spielerisch in die Seite.

Nun erneut auf dem Rücken, sah Lucy zu ihm hoch. So wie sein schwarzes Haar sein Gesicht umspielte und diese großen, prachtvollen Flügel im Hintergrund aufragten, war Nathan alles, was sie sah.

Ein breites Grinsen machte sich auf ihrem Gesicht breit und auch er strahlte auf sie hinab.

»Aber du hast recht.« Er beugte sich zu ihr hinunter und hauchte einen federleichten Kuss auf ihre Lippen, der in ihr die Lust auf mehr erweckte. »Ich bin bis über beide Ohren und noch weiter in dich verliebt, Dornröschen.«

Bei dem Klang ihres Spitznamens wollte sie schon zur Gegenwehr ansetzen, aber Nathan war schneller und bedeckte ihren Mund erneut mit heißen Küssen, sodass Lucy keine Chance und letztendlich auch keine Lust mehr hatte, ihm Paroli zu bieten.

8

Boot Camp à la Nathan

»**B**ist du fertig? Wir wollen gehen.« Celeste tippte ungeduldig mit ihrem Fuß auf und ab, während Casey sich noch einen Zopf band. Cara stand unschlüssig im Türrahmen.

Es war Samstagnachmittag und Lucy langweilte sich zu Tode. Nathan unternahm etwas mit Luke und Casey wurde gerade von ihren Schwestern abgeholt.

»Was habt ihr denn vor?«, fragte sie beiläufig. Sie machte sich nicht die Mühe zu fragen, ob sie mitdürfte. Ihr war bewusst, dass Celeste sie nicht dabeihaben wollte, und Cara hielt sich aus diesen Dingen meistens heraus.

Mit Schwung drehte sich Casey von dem großen Spiegel, vor dem sie stand, zu ihr um, sodass ihr langer Pferdeschwanz um ihren Kopf flog und sie auf der anderen Seite ins Gesicht schlug. »Wir wollten –«

»Das geht dich nichts an!«, ging Celeste dazwischen.

»Aber vielleicht möchte sie gern mitkommen?«, hielt Casey dagegen. Sie hatte die Hände in die Hüften gestemmt und funkelte ihre Schwester herausfordernd an.

»Sie wird nicht mitkommen. Ende der Diskussion.«

»Warum?«

O Mann, hätte Lucy gewusst, dass ihre Frage eine solche Kabbelei unter den beiden auslösen würde, hätte sie den Mund gehalten. Auch Cara wich langsam in den Korridor zurück.

»Weil wir als Schwestern gehen. Sie ist nicht Teil unserer Familie.« Mit einem Blick auf Lucy fügte sie hinzu: »Sie ist nicht einmal ein richtiger Engel.«

Bei Celestes Worten zuckte Lucy zusammen. Dumpfer Schmerz füllte ihren Magen wie schwere Steine, die sie hinunterzogen. Sie bemühte sich, ruhig ein- und wieder auszuatmen, um das verräterische Brennen, das sich hinter ihren Augen bemerkbar machte, zurückzudrängen.

»Aber …« Auch Casey ließ den Kopf traurig hängen, folgte dennoch ihrer Schwester, die entschiedenen Schrittes den Schlafsaal verließ.

Dass Celeste das Sagen unter den Drillingen hatte, war Lucy bereits kurz nach ihrer Ankunft an der Akademie aufgefallen. Die drei hatten nicht nur ein enges Verhältnis zueinander und verbrachten sowohl jedwede Zeit in der Akademie als auch außerhalb des Unterrichts miteinander, sondern schienen auch ihre eigene kleine Familie zu sein. Lucy hatte sich noch nicht getraut, Casey zu fragen, aber sie glaubte mitbekommen zu haben, dass die Eltern der Drillinge verstorben waren. Seitdem hielten sie aneinander fest, wobei Celeste, als Älteste der drei, die Führung übernommen hatte und ihre beiden Schwestern behütete wie ein Muttertier ihre Jungen.

Enttäuscht drehte sich Lucy auf ihrem Bett auf den Rücken und starrte an die Decke. Ihr war bewusst, dass Celeste ihr misstraute. Sie kannte Lucy nicht, wusste nur von ihrer Familiengeschichte Valos, die nicht gerade … ehrenhaft und ungefährlich war, und sorgte sich um ihre Schwestern. Trotzdem hatte sie sich die Hoffnung gemacht, dass sie nach dem Heaven gestern von Celeste akzeptiert werden würde. Stattdessen schien es fast noch schlimmer.

Immer noch bohrten sich ihre Worte von eben in Lucys Herz. Was hatte sie nur in ihrem vergangenen Leben getan, dass sie in ihrem jetzigen dazu verdammt war, von allen als Außenseiterin betrachtet zu werden? Sie wollte doch nur dazugehören.

»Ja, weiter so!« Nathans Schwert knallte mit einem dumpfen Tock auf ihres.

Sie hatten sich heute Morgen für die Übungsschwerter aus Holz entschieden. Im Kampftraining bei Camael verwendeten sie zwar schon richtige Schwerter, weil Holzschwerter als kindlich galten und Celeste schon öfter betont hatte, dass Engel, für die das Training mit echten Waffen noch zu gefährlich und unsicher war, es nicht verdient hätten, überhaupt zu kämpfen. Doch heute, am Sonntag, hatten Lucy und Nathan die Trainingshalle im Nordflügel der Akademie für sich allein.

Kaum zu glauben, dass es tatsächlich eine Zeit gab, in der die Anwärter nicht trainierten, aber in Valo war der Sonntag ein heiliger Tag. Es wurde nicht trainiert, gearbeitet oder sich versammelt. Jeden Sonntag verbrachte jeder Engel in Valo mit sich selbst und seinem Inneren, gedachte des ersten Engels und berief sich auf seine Tugenden. So zumindest hatte Casey es ihr erzählt, als Lucy sie gefragt hatte, wohin sie jeden Sonntag so klammheimlich verschwand.

»Hey, nicht unaufmerksam werden!«, rief Nathan und durchschnitt ihre Gedanken.

Angestrengt biss sich Lucy auf ihre Unterlippe. Der Schweiß stand ihr auf der Stirn und ihre Brust hob und senkte sich schwer. Sie und Nathan waren jetzt bestimmt schon zwei Stunden am Trainieren.

»So wird das nichts, Lucy.« Er seufzte resigniert. »Du musst deine Ellenbogen höher und deinen Arm näher an deinem Körper halten. So, wie du gerade dein Schwert fasst, ist deine Verteidigung offen.« Er ließ sein Schwert sinken, trat einen Schritt auf sie zu und rückte ihren rechten Arm, der das Holzschwert hielt, höher und näher an ihren Körper. »So ist es richtig.«

Trotz der wahnsinnigen Hitze, die sie durch das Training verspürte, kroch ihr bei seiner Berührung eine Gänsehaut den Rücken empor. Obwohl sie sich die Freitagnacht in ihrem Traum bis zum Erwachen geküsst und miteinander gelacht hatten, hatten sie sich vor dem heutigen Training nur einen kurzen, schüchternen Kuss gegeben. Zumindest war es von Lucys Seite aus so gewesen.

Als Nathan den gesamten Samstag mit Luke zusammen gewesen war und sie entgegen ihrer Hoffnung auch nicht im Traum besucht hatte, war sie ein wenig verunsichert gewesen, ob er seine Meinung bezüglich der beiden vielleicht geändert hätte. Doch Nathan hatte am Morgen schon vor ihrem Schlafsaal auf sie gewartet und sie sofort in seine Arme gezogen. Trotzdem war es bei diesem einen kleinen, unschuldigen Kuss geblieben.

»Lucy!«, ermahnte sie Nathan, der gespielt entrüstet auf ihren Arm stierte, der augenblicklich gesunken war, sobald er ihn losgelassen hatte.

»Tut mir leid«, nuschelte sie und kniff frustriert die Augen zusammen. »Es ist einfach nur so schwer. Ich kann dieses blöde Ding kaum noch hochhalten.«

Ihr gesamter Körper stand in Flammen, doch nichts kam an

das Gefühl in ihrem Arm heran, wenn man es denn überhaupt noch als Gefühl bezeichnen konnte. Er war furchtbar schwer und wenn sie sich nicht mit aller Kraft auf ihn konzentrierte, fiel er einfach schlapp an ihrem Körper hinab.

»Okay, vielleicht reicht das auch heute mit dem Training.«

»Wirklich?« Ein erleichtertes Lächeln machte sich auf ihrem Gesicht breit und sie spürte, wie ihre Lebensgeister förmlich zurück in ihren Körper flossen.

»Mit dem Schwerttraining, ja. Das Hand-to-Hand Combat kommt als Nächstes.«

»Was?« Entsetzt wäre eine Untertreibung, um Lucys Stimmlage zu beschreiben. Alle Erleichterung, die soeben noch durch ihren Körper geströmt war, verwandelte sich in pure Verzweiflung und zog sie auf die Knie. Ihr Schwert rutschte ihr aus der Hand und landete mit einem dumpfen Geräusch auf dem mit Matten ausgelegten Boden.

»Mach mir jetzt nicht schlapp.« Nathan legte sein Schwert weg und zog sie an beiden Händen wieder auf die Beine. »Ich weiß, es ist hart, aber selbst von dieser kleinen Trainings-einheit hast du schon Fortschritte davongetragen. Du darfst jetzt nur nicht aufgeben!«

Aufmunternd schaute er sie an. Auf seiner Stirn perlte sich der Schweiß und Lucy bemerkte, dass auch seine Atmung stoßweise ging. So spurlos, wie sie es vermutet hatte, ging das Training wohl nicht an ihm vorbei. Sie ließ ihren Blick weiter über sein Gesicht wandern. Die dichten Wimpern, die markanten Wangenknochen, der geschwungene Mund und diese tiefblauen Augen, die sie jedes Mal mit ihren Blicken festhielten. Sie erkannte so viel Zuspruch und Zuneigung in ihnen, dass sie entschlossen nickte.

»Okay. Noch Hand-to-Hand Combat und danach ist Schluss

für heute, einverstanden?«

»Abgemacht«, stimmte er ihr zu und stupste ihr gegen die Nase.

»Hey!«, protestierte sie und wollte sich bei ihm rächen und es ihm gleichtun, aber Nathan duckte sich geschickt unter ihrer ausgestreckten Hand hindurch. Er drehte sich elegant, wodurch er plötzlich hinter ihr stand, von wo aus er beide Arme um sie schlang und sie festhielt, sodass sie sich nicht mehr bewegen konnte.

»Wenn du dich dran störst, würde ich an deiner Stelle heute aufpassen, damit du beim nächsten Mal nicht mehr in solche Situationen kommst.« Er lachte über ihre Proteste hinweg.

»Du bist voll verschwitzt, das ist voll ekelig!«, nörgelte sie und versuchte das Gefühl von heißer aneinanderklebender Haut loszuwerden, wodurch sie nur noch mehr Gelächter erntete.

»Ich weiß nicht, ob es dir aufgefallen ist, Dornröschen, aber ich bin nicht der Einzige. Und immerhin kann ich mit Sicherheit behaupten, dass *ich* noch nicht müffele.«

Empört schnappte Lucy nach Luft. »Wie bitte?«

»Du hast mich schon verstanden«, gab er schmunzelnd zurück und entfernte sich ein paar Schritte.

»Nimm das zurück.«

Belustigung blitzte in seinen Augen auf, wie ein Schatz tief verborgen im Ozean. »Und wenn nicht?«

»Dann wirst du es bereuen.« Lucy scheiterte kläglich darin, bedrohlich zu klingen, was Nathans amüsiertes Lächeln nur weiter entfachte.

»Das will ich —«

Mit einem Satz stand sie vor ihm. Den Schwung ausnutzend, holte sie mit ihrem Arm aus, um Nathan in einer

Bewegung zu packen und ihn mit einem gekonnten Handgriff zu Boden zu befördern, wie sie es in Camaels Unterricht gelernt hatten. Sie hielt Nathan mit dem rechten Arm am Oberkörper fest gepackt, während ihr linker Arm und ihr rechtes Bein zeitgleich vorschnellten, um ihn auf die Matte zu drücken. Auch wenn Nathan sichtlich nicht mit dem Angriff gerechnet hatte, blieb er felsenfest stehen.

Frustriert stieß sie einen Schrei aus und ließ ihn los. Zornig zog sie ihren Pferdeschwanz fester. Wieso nur schaffte sie in ihrem Leben nicht einmal die einfachsten Dinge? Sie wusste, dass Nathan sich schon den ganzen Tag ihr gegenüber zurückhielt. Sie wusste, wie er kämpfte, was er alles konnte, so als hätte er sein ganzes Leben lang nichts anderes gemacht, als hier in Valo an der Akademie zu trainieren.

Und ich? Ich habe gerade erst gelernt, wie man sich richtig anzieht. Bitter stießen ihr diese Gedanken auf.

»Wenn das deine Art von Rache ist, kann ich damit leben.« Nathans Kommentar machte es nur noch schlimmer.

Wutentbrannt fiel sie über ihn her. Diesmal allerdings hatte er mit ihrem Angriff gerechnet. Er blockte ihre Faust ab und wirbelte um sie herum, um sie vermutlich erneut festzuhalten, doch jetzt duckte sie sich unter seinen greifenden Armen hindurch, streckte dabei ihr Bein aus und zog es in einer fließenden Bewegung mit sich im Kreis. Dabei traf sie Nathan gezielt in den Kniekehlen und ihm knickten die Beine weg.

Lucy erhob sich rasch, aber hatte noch zu viel Schwung, sodass sie das Gleichgewicht verlor und ein paar Schritte zur Seite taumelte. Es machte wenige Sekunden aus, aber Nathan nutzte diese und war erneut hinter Lucy, sobald sich diese gefasst hatte.

»Das war nicht schlecht«, raunte er ihr ins Ohr. »Aber wir

müssen dringend an deinem Stand und deinem Gleichgewicht arbeiten.«

Zwei weitere Stunden später glaubte Lucy, aus so ziemlich jeder Pore ihres Körpers zu schwitzen. Sie und Nathan waren simultan die einzelnen Angriffs- und Verteidigungstechniken durchgegangen, die sie bereits im Unterricht besprochen hatten, und Nathan hatte sie genauestens dabei beobachtet, während Lucy sie allein ausgeführt hatte. Danach hatten sie sich in der Praxis geübt und Lucy musste erstaunt feststellen, dass sie nicht die Einzige war, die auf der Matte gelandet war. Wenn Nathan sie nicht extra hatte gewinnen lassen, sah sie sich sogar am Montag nicht mehr mit keinem einzigen Sieg das Kampftraining verlassen.

Erschöpft stemmte sie die Hände in die Hüfte und ließ ihren Kopf nach hinten fallen. Ein stolzes Lächeln zierte ihre Lippen.

»Du wirst immer besser«, versicherte ihr Nathan. »Um deine Kraft und Ausdauer noch ein wenig zu verbessern, solltest du allerdings am besten noch jeden Abend zusätzliche Liegestütze, Kniebeugen und Sit-ups machen. Ich werde Casey Bescheid geben, dass sie darauf achtet, dass du es auch durchziehst.«

»Du hast –«

»Nur dein Bestes im Sinn und tue das, worum du mich gebeten hast, wenn ich dich erinnern darf. Immerhin war es dein Wunsch, von mir trainiert zu werden.«

Schmollend hielt Lucy den Mund. Er hatte recht, aber vor allem hatte sie keine Kraft mehr, um mit ihm zu diskutieren. »Na schön.«

»Super. Dann ab mit dir unter die Dusche, langsam wird es echt eine Zumutung …«

Lucy warf Nathan einen scharfen Blick zu. Dann rannte sie mit Anlauf auf ihn zu und sprang ihn an. Wie ein Klammeräffchen hing sie an ihm und drückte ihren verschwitzten Körper an ihn. »Eine Zumutung, ja? Ist das so?« Feixend hob sie einen Arm und näherte sich seinem Gesicht.

Nathan, der sie zwar fest umschlungen hielt, versuchte sein Gesicht, das einen gespielt gequälten Ausdruck trug, so weit wie möglich von ihr fernzuhalten. »Nein, bitte nicht. Hab Erbarmen!«, witzelte er und die beiden brachen in Gelächter aus.

9

Paradise Calling

Schon am darauffolgenden Tag verpuffte Lucys Zuversicht. Noch immer war sie den anderen Anwärtern haushoch unterlegen. Auch wenn sie nun um einiges länger durchhielt als zu Beginn, landete sie jeden einzelnen Kampf auf der Matte oder fand sich mit einer Waffe an der Kehle wieder. Selbst als die Woche sich dem Ende neigte, hatte sich daran nichts geändert.

»Sei nicht enttäuscht, ich habe das Gefühl, dass du besser geworden bist«, versuchte Casey ihr Mut zu machen, doch das war nur ein schwacher Trost. Für all die Mühe und das Training von Sonntag hatte sie sich mehr erhofft. »Es ist noch kein Meister vom Himmel gefallen.«

Ihre Freundin zog sie zurück auf die Füße und reichte ihr erneut ihr Schwert.

Genervt pustete sich Lucy ein paar Strähnen, die sich aus ihrem Pferdeschwanz gelöst hatten, aus der Stirn. Casey stand ihr makellos gegenüber. Ihre dunkelbraunen Haare waren kunstvoll zu einem dicken Zopf geflochten und ihre Wangen zierte ein zartes Rosa. Lucy wollte gar nicht wissen, wie sie aussah. Ihr Kopf glühte und sie war mal wieder komplett nass geschwitzt. Und trotzdem war sie nur am Verlieren.

Doch das war nicht einmal das, was Lucy am meisten zur Verzweiflung brachte. Jeden Abend vor dem Schlafengehen setzte sich Casey nun auch auf ihr Bett, um sie an ihre zusätzlichen Übungen zu erinnern, und nervte Lucy so lange, bis sie nachgab. Spätestens am Mittwoch taten ihr sämtliche Muskeln ihres Körpers so sehr weh, dass all der Fortschritt, den sie in den Kämpfen erreicht hatte, erneut verloren war.

Als am Samstagmorgen dann plötzlich ein gut gelaunter Nathan vor ihrem Schlafsaal stand und sie zum Training abholen wollte, hätte Lucy am liebsten direkt wieder kehrtgemacht und sich ihre Bettdecke über den Kopf gezogen. Doch bevor sie die Tür schließen konnte, hatte er lachend nach ihren Händen gegriffen und sie zu sich gezogen.

»Nichts da, du kommst mit.«

»Ich kann nicht, ich spüre meinen Körper ja kaum noch.«

»Höre ich da gerade eine Ausrede?« Nathan zog amüsiert eine Augenbraue in die Höhe.

»Ausrede? Das ist keine Ausrede, das ist die Wahr-«

Mit einem Mal lagen seine Lippen auf ihren und ein entspanntes Seufzen entwich ihrer Kehle.

Nathan löste sich von ihr und schaute ihr tief in die Augen, während ihr Herzschlag kräftig in ihrer Brust rumorte. Er legte den Kopf schief und eine Hand an seine Ohrmuschel, als wollte er angestrengt etwas lauschen. »Ah, viel besser!«, rief er jetzt und strahlte sie an.

Lucy zog die Stirn kraus. *Wovon zum Teufel spricht er?*

Da sie keinerlei Anstalten machte, sich zu bewegen, setzte er hinterher: »Da nun das Gejammer aufgehört hat, dachte ich, wir könnten los? Ich möchte heute einiges mit dir geschafft bekommen, weil wir morgen nicht trainieren werden.«

»Wieso?«, wollte sie wissen.

Ein geheimnisvolles Lächeln zierte seine Lippen. »Weil wir etwas zusammen unternehmen werden.«

»Etwa ein Date?«, platzte es perplex aus ihr heraus.

Er scheint seine Worte von letzter Woche wohl wahrhaftig ernst zu meinen, dachte sie. Und so sehr sie es auch versuchte, sie konnte sich Nathan nicht beim Daten vorstellen, doch … das würde sich morgen anscheinend ändern, immerhin waren sie jetzt ein Paar, oder? Sie hatten zwar letzte Woche beschlossen, es miteinander zu versuchen, doch was dieses *es* genau auf sich hatte, hatten sie nicht besprochen.

»Ja, ein Date. Unser erstes offizielles Date, wenn ich es anmerken darf. Die unzähligen Male, die ich dir mit meinen Küssen den Boden unter den Füßen weggezogen habe, zählen nämlich nicht.«

Schnaubend verdrehte sie die Augen. »Ja, klar. Darf ich dich dran erinnern, wer von uns beiden zu schwach war, um einen unserer Küsse überhaupt erst durchzustehen, und ihn unterbrechen musste?«

Amüsiert beobachtete sie, wie ihm sein selbstsicherer Ausdruck vom Gesicht glitt, aber leider hatte er sich viel zu schnell wieder gefasst und setzte sein unverkennbar schelmisches Grinsen auf. »Wenn du magst, können wir den Kuss gerne noch einmal so wiederholen. Mal sehen, wer dann zuerst einknickt, Dornröschen …«

Bei seinen Worten lief ihr ein angenehmer Schauer den Körper hinab und sie musste schlucken, um die aufkeimenden Bilder in ihrem Kopf zu verdrängen.

Die Luft um sie herum war erneut aufgeladen mit feuchter Salzluft.

»Gib mir fünf Minuten, um mich fürs Training fertig zu machen, dann komm' ich.«

Schnell schloss sie die Tür. Keine Sekunde länger hätte sie es in seiner Gegenwart ausgehalten, ohne schwach zu werden.

Nach dem Training stand sie erneut schwer atmend vor Nathan und stützte ihre Hände auf die Knie. Sie waren heute nicht nur den Schwertkampf und das Hand-to-Hand Combat durchgegangen wie beim letzten Mal, sondern hatten auch den Speerkampf durchgenommen. Dieser war von allen Disziplinen die, die Lucy am schlechtesten beherrschte. Dementsprechend erleichtert war sie jetzt, dass das Training vorbei war.

»Das war gut, so können wir uns erlauben, morgen Pause zu machen.« Schweiß glänzte ihm auf der Stirn und verlieh seiner Haut denselben Glanz, der in seinen Augen zu erkennen war.

»Gut?«, keuchte Lucy. »Welcher Definition nach war das gut?«

»Der, die besagt, dass kontinuierliches Training langsam, aber stetig zum Erfolg führt.«

Widerwillig schnaubte sie. *Langsam, aber stetig ... schneller fände ich definitiv besser.*

»Dann geh dich mal duschen und ruh dich noch ein wenig aus, damit du fit für morgen bist.«

»Ich dachte, wir trainieren morgen nicht?«, brachte sie entgeistert hervor.

»Tun wir auch nicht, aber ich habe einen Ausflug geplant, der erfordert, dass wir dorthin fliegen, und dafür brauchst du ausreichend Kraft.«

Lucy machte große Augen. Einen Ausflug? »Wohin fliegen wir denn?«

Nathan lächelte verschmitzt und zwinkerte ihr zu. »Lass dich überraschen, Dornröschen.«

Der schneeweiße Sand unter ihren Füßen war angenehm warm, und so grub sie ihre Zehen noch tiefer hinein. Die Wellen spülten seelenruhig an den Strand.

Seit sie mit Nathan auf der Insel im Heaven gewesen war, hatte sie keine solch innere Ruhe verspürt. Dieser Ort glich ihrer Vorstellung eines Paradieses. Der Himmel erstreckte sich wolkenlos über ihnen und der Ozean war von einem solch satten Türkis, dass es fast schon künstlich aussah.

Selig ließ Lucy ihren Blick zu dem Engel neben ihr wandern. Nathan war gerade dabei, sich eine Erdbeere genüsslich in den Mund zu schieben. Sie schmunzelte.

Heute Morgen hatte er sie an ihrem Schlafsaal abgeholt und sich zusammen mit ihr und einem Picknickkorb im Gepäck auf den Weg zu dieser ruhigen kleinen Insel auf die Bahamas gemacht. Nun saßen die beiden auf der karierten Decke, die Nathan stolz aus dem Korb gezaubert hatte, im Schatten der Palmenbäume, die den Rand des Strandes zierten, und verspeisten all die Köstlichkeiten, die Nathan für sie vorbereitet hatte. Er hatte an alles gedacht. Von fruchtiger Zitronenlimonade über frisch belegte Sandwiches zu süßen Keksen mit Schokoladensplittern. Ihr Highlight jedoch waren die in Schokolade getauchten Erdbeeren.

Als er merkte, dass sie ihn anschaute, wanderten seine Mundwinkel nach oben. »Und?«, fragte er.

Sie tat sich unwissend. »Und was?«

»Ist unser erstes offizielles Date ein Erfolg?«

Nathans Tonfall klang lässig, doch an seiner plötzlich verkrampften Körperhaltung erkannte sie, dass er tatsächlich auf ihre Antwort gespannt war. So, als müsste er ihr etwas beweisen.

»Es gefällt mir.«

Augenblicklich entspannte er sich. Dann fragte er empört: »Es gefällt dir? Mehr nicht?«

Lucy lachte. »Okay, es gefällt mir sehr.«

»Weißt du, wie viel Planung in diesem Picknick steckt? Wie ich auf meinen Knien vor den Erzengeln betteln musste, um Valo mit dir verlassen zu dürfen?« Trotz seiner Worte lächelte er sie breit an.

»Du Ärmster!« Sie legte sich gespielt bedauernd die Hände aufs Herz und schob die Unterlippe vor. »Nicht direkt deinen Willen zu bekommen, muss furchtbar schwer für dich gewesen sein.«

Auch Nathan schmollte nun. »Du kannst dir gar nicht vorstellen, wie.«

Bei seinem Anblick wurde ihr ganz anders. Die Art und Weise, wie ihm die schwarzen Haare locker in die Stirn fielen. Wie er, die Beine überkreuzt, nach hinten auf seine Hände gestützt auf der Decke saß und seine Flügel hinter seinen breiten Schultern aufragten. Sie hätte sich für diesen Gedanken am liebsten geohrfeigt, aber verdammt, sah er sexy aus.

»Muss ich dich etwa trösten?« Sie biss sich auf die Unterlippe, in gespannter Erwartung, ob er auf ihren Flirtversuch einging.

»Unbedingt.«

Sobald das Wort seine Lippen verlassen hatte, beugte sie sich zu ihm. Sie umfasste sein Gesicht mit einer Hand, während sie die Augen schloss und ihre Lippen auf seine legte. Zufrieden seufzte Nathan und zog sie zu sich.

Lucy schlang ein Bein um seine Hüfte und setzte sich

rittlings auf ihn. Sie nahm sein Gesicht in beide Hände und strich mit ihren Daumen über seine Wangen. Ein Schauer durchfuhr seinen Körper und Hitze keimte in ihrer Mitte auf.

Nathan schlang seine Arme fest um ihren Körper und presste sie an sich. Währenddessen saugte er vorsichtig an ihrer Unterlippe, sodass sie aufkeuchte. Als seine Zunge die ihre berührte und von ihrem Mund Besitz ergriff, verließen ihre Hände sein Gesicht und gingen auf Wanderschaft. Bei seinen breiten Schultern machten sie halt. Lucy krallte sich an Nathan fest, weil sie glaubte, sonst vollkommen den Boden unter sich zu verlieren.

Ihre Küsse wurden immer fordernder, wilder, leidenschaftlicher. Nathan hielt ihre Oberschenkel nun fest gepackt, so als versuchte auch er krampfhaft, nicht vollkommen die Kontrolle zu verlieren.

Die salzige Meeresluft umhüllte sie und verstärkte das Gefühl, ihm nahe zu sein – sich ihm vollständig hinzugeben.

Schwer atmend löste sie ihre Lippen von seinen, bevor sie anfing, sich einen Weg sein Kinn hinab zu seiner Halsbeuge zu küssen. Sie küsste, saugte und knabberte, mal zarter, mal fordernder. Seine Flügel spannten sich an und aus seinem Inneren drang ein tiefes Knurren. Augenblicklich hielt sie inne und saugte erneut an der Stelle hinter seinem Ohr. Als sie so dieselbe Reaktion bei ihm hervorrief, lachte sie leise in sich hinein und zuckte im selben Moment zusammen.

Mit einem Satz lag sie unter Nathan. Den warmen Sand unter der Decke weich in ihrem Rücken, Nathan heiß und alles andere als weich über ihr. In seinen Augen tobte erneut der Ozean. Sie blitzten auf und auch wenn sie es nicht für möglich gehalten hatte, waren sie so viel schöner, so viel blauer als der Ozean wenige Meter vor ihr.

»Lucy.« Ihr Name war kaum mehr als ein Flüstern, das seine Lippen verließ, und doch hallte es in ihr nach wie die schönste Melodie, die sie je gehört hatte.

»Alles, was du willst«, versprach sie ihm. Sie musste gar nicht weiter darüber nachdenken. Sie wusste, sie würde mit ihm alles machen, ihm alles, sogar sich selbst, geben, wenn er es nur wollte.

Mit einem Ruck riss er sich von ihr los. »Fuck!«, stieß er aus und raufte sich die Haare. Er wandte sich ab und flüchtete zum Wasser.

Lucy blieb fassungslos auf der Decke liegen, doch nur wenige Sekunden später sprang sie auf und lief ihm nach. »Nathan!«, rief sie, doch er lief weiter. »Nathan, warte doch!«

Das Wasser war angenehm kühl und umspülte ihre Knöchel, als sie ihn erreichte. Stirnrunzelnd betrachtete sie ihn.

Er hatte die Augen fest zugekniffen und verzog das Gesicht.

»Nathan, was ist passiert?« Vorsichtig berührte sie ihn an der Schulter, aber er zuckte augenblicklich zusammen und rückte von ihr ab.

»Nicht«, presste er zwischen zusammengebissenen Zähnen hervor.

Erschrocken wich sie zurück. »Nathan, habe ich irgendetwas —«

»Hast du nicht!«, fuhr er sie an und sie machte einen weiteren Schritt in Richtung Strand. Auf der Stelle trat ein gequälter Ausdruck auf sein Gesicht. »Tut mir leid, ich wollte dich nicht so anfahren. Ich … ich will dich einfach nicht Dinge tun lassen, die du nicht wirklich tun willst.«

Lucy verstand nicht, was er meinte. »Das tust du nicht. Ich will das mit uns, das kannst du mir glauben.«

Er lachte bitter auf. »Das tue ich ja, aber … Ach, verdammt, du verstehst das nicht!«

»Dann erklär es mir.« Was auch immer es war, das ihn so aufwühlte, sie musste es wissen.

Erschöpft stieß er den Atem aus, doch er nahm ihre Hand und führte sie zurück zum Strand, wo sie sich in den Sand setzten.

Eine Zeit lang sagte keiner der beiden etwas. Lucy vergrub ihre Zehen erneut im Sand, während Nathan gedankenverloren mit seinem Finger in den Sand zeichnete. Bevor die Stille zu unangenehm werden konnte, löste Nathan die Spannung.

»Hast du dich schon einmal gefragt, warum ich so unwiderstehlich bin?«

Verächtlich schnaubte sie. War das sein Ernst? Darüber wollte er jetzt reden?

»Nun, das hat einen Grund«, fuhr er unbeirrt fort. »Es hat nichts mit meinem Charme, meinem Aussehen, ja, rein gar nichts mit mir zu tun.«

Lucy zog die Augenbrauen zusammen. Sie war sich nicht sicher, worauf er hinauswollte. »Was meinst du damit?«

»Es ist einzig und allein die Sirenenseite in mir.« Er ließ den Kopf in den Nacken fallen und starrte ausdruckslos in den Himmel. »Ich kann alles und jeden dazu bringen, das zu machen, was ich will. Sie zu seelenlosen Zombies machen, die meinen Wünschen Folge leisten und sich nicht dagegen wehren können.«

Lucy blieb die Luft weg. Er konnte was?!

Augenblicklich wich all die Wärme, die sie soeben noch verspürt hatte, von ihr. Wenn das die Wahrheit war, dann war Nathan eins der gefährlichsten Wesen, die es gab. Doch … wie war das möglich?

Sie hatte immer vermutet, dass er etwas an sich hatte, das andere um ihn herum schwach werden ließ und sie sich ihm gerne fügten, aber … dass er es bewusst steuern und nach seinem Ermessen ausnutzen konnte? Bei dem Gedanken breitete sich eine Gänsehaut über ihren Körper aus.

»Lucy«, flehte er. »Sag doch was. Bitte.«

Ihre Gedanken rasten. Was sollte sie denn dazu sagen? Der Junge, in den sie sich verliebt hatte, konnte Lebewesen kontrollieren wie ein Marionettenspieler seine Puppen. Konnte täuschen, manipulieren, beherrschen.

»Tust du es bei mir?«, brachte sie schließlich hervor.

Erschrocken riss er die Augen auf. »Nein!«, versicherte er ihr. »Das kannst du mir glauben. Es ist nur manchmal ein wenig schwer, es zu unterdrücken.« Er richtete seinen Blick aufs Meer und stierte in die Ferne. »Es ist meine Natur. Sirenen leben von der Manipulation. Sie können es gar nicht abstellen, es ist ein angeborener Instinkt.«

Bei der Traurigkeit, die seine Stimme nun zierte, wurde Lucys Herz schwer. Sie fasste nach seiner Hand und drückte sie.

Dankend schenkte er ihr ein Lächeln.

»Ich bin nur zur Hälfte Sirene, daher ist es einfacher für mich, diese Kraft tief in mir drin zu halten, aber es ist unglaublich anstrengend. Ich bin ständig gereizt und stehe unter Strom. Wenn ich diese Kraft nicht ab und an gezielt freilasse, kann es dazu führen, dass ich mich nicht mehr unter Kontrolle habe … Das Footballspielen hat mir immer geholfen, mich zu fokussieren, diese innere Unruhe zu bündeln und in produktive Energie umzuwandeln, aber das hat nicht immer gereicht.«

Mit seinen Worten rückte ein Puzzleteil an seinen Platz.

Und plötzlich ergab alles einen Sinn. Nathans unerklärliche Anziehung auf alle Umstehenden, seine Gereiztheit ihr gegenüber und seine vielen körperlichen Auseinandersetzungen, die ihm mehr als nur einmal eine Schulsuspendierung eingebracht hatten. Nathan, wie er Lisa dazu gebracht hatte, sich in dem Klassenzimmer zu verbarrikadieren, als die Harpyien angegriffen hatten, und Mrs Ramsey, die behauptet hatte, seine Lockgesänge seien bei ihr wirkungslos.

Es entschuldigte keinesfalls seine Gewaltausbrüche, aber es beantwortete Lucys Frage, warum er dazu neigte, schnell die Kontrolle über sich zu verlieren. Nathan musste die ganze Zeit einen Teil von sich unterdrücken. Einen Teil, der wie ein Urinstinkt versuchte, aus ihm herauszubrechen, und den er sich verbat freizulassen.

»Bitte schau mich nicht so mitleidig an, Lucy.« Er lächelte sie verbittert an und drückte kurz ihre Hand. »Ich kenne es gar nicht anders.«

»Das macht es nicht einfacher.«

»Ich weiß.« Er seufzte. »Eigentlich habe ich mich recht gut im Griff. Ich erkenne Situationen, in denen ich meinen Sirenen-Ruf freilassen kann, ohne anderen meinen Willen aufzudrängen, mittlerweile blind und lasse es in diesen Situationen schon fast automatisch geschehen. Doch neuerdings ist meine größte Sorge, dass ich mich bei dir nicht kontrollieren kann.« Sofort waren wieder die Sorgenfalten von eben zurück. »Mir fällt es zunehmend schwerer, mich in deiner Gegenwart zusammenzureißen, und gerade in Situationen wie eben … da ist es einfach passiert, ich weiß auch nicht.«

Sie runzelte die Stirn. »Ich bin ziemlich sicher, dass dieser

Kuss eben genauso von mir wie von dir ausging.«

»Ich weiß, aber als es … na ja, intensiver wurde, hatte ich mich anscheinend nicht im Griff, denn auf einmal hast du mich aus diesen glasigen Augen angeguckt und mir alles, was ich will, versprochen.« Er kniff die Augen zusammen, so als könnte er es nicht ertragen, länger darüber nachzudenken. »Ich will, dass du mich willst, weil *du* mich willst. Nicht, weil ich will, dass du mich willst. Ob bewusst oder unbewusst, spielt keine Rolle.«

Er sah so verzweifelt aus, dass es ihr das Herz brach.

»Vielleicht sollten wir in diesen Momenten dann eine Pause einlegen.«

»Du meinst so wie jetzt?«, fragte er verbittert.

»Na ja, fast.« Lucy schmunzelte. »Vielleicht solltest du beim nächsten Mal nicht davonlaufen, sondern mir einfach sagen, was los ist. Wir könnten mit der Zeit gucken und ausprobieren, was dir in diesen Situationen hilft, um dich wieder zu beruhigen.«

Zweifelnd sah er sie an. »Wirklich?«

»Wirklich«, versicherte sie ihm. »Ich vertraue dir, dass du niemals etwas tun würdest, was ich nicht von mir aus möchte.«

Und um es ihm zu beweisen, beugte sie sich zu ihm und legte sanft ihre Lippen auf die seinen.

Zurück auf der Picknickdecke aßen die beiden noch das restliche Essen auf, erzählten sich von Gott und der Welt und lachten miteinander.

Als die Sonne langsam anfing im Meer unterzugehen, der Himmel sich orangerot verfärbte und das Wasser zum Glühen brachte, gestand Nathan ihr: »Dies ist übrigens die Insel, wo ich herkomme. Also«, verbesserte er sich, »ich meine natürlich die Insel, auf der mich damals der alte Fischer und seine Frau aufgegabelt haben.«

»Aber wir sind hier doch mitten im Nirgendwo«, stellte sie fest.

»Ja.« Er lachte kurz auf. »Aber ich hab' wohl so laut geschrien, dass man mich von Nassau aus, der Hauptstadt der Bahamas, die sich auf der Nachbarinsel befindet, gehört hat. Vermutlich habe ich sie mit einer Art Sirenenklang angelockt.«

»Und die beiden haben sich nie gefragt, wie du auf dieser einsamen Insel gelandet bist?«, wunderte sie sich.

Nathan zuckte die Schultern. »Als Seeleute haben sie, glaube ich, einfach akzeptiert, dass ich ein Kind des Meeres bin. Schließlich gibt es genügend Geschichten über das Bermudadreieck, das hier in der Nähe ist und fürchterlichen Meeresungeheuern als Zuhause dient.« Herausfordernd wackelte er mit den Augenbrauen.

Spielerisch stieß sie gegen seinen Arm. »Sei nicht so. Es haben dort schon viele Menschen ihr Leben verloren.«

Bei der Angst, die für eine Sekunde in seinen Augen aufflammte, bereute sie ihre Worte sofort. Shit.

Die beiden schwiegen erneut.

Schließlich fragte Lucy: »Wie bist du nach Amerika gekommen?«

Nathans Gesicht zierte ein zartes Lächeln, während er sich an seine Zeit bei seinen Zieheltern zurückerinnerte. »Die beiden waren Amerikaner. Sie lebten in Miami, aber waren hier in den Bahamas und der Karibik viel mit ihrem Boot unterwegs, um zu fischen. Sie nahmen mich einfach mit.« Er stieß ungläubig die Luft aus. »Ich glaube, die beiden haben mich nie bei der Regierung angemeldet. Das war ein Drama, als ich ins Heim gekommen bin …« Nathan schien sich wieder in seinen Gedanken zu verlieren, bis er auf einmal wie vom Blitz getroffen aufsprang. »Lucy, schau nur!«

Er zog sie mit sich auf die Füße und gemeinsam rannten sie zum Wasser. Die Sonne versank nun die letzten Meter im Meer, das aussah, als würde es lichterloh in Flammen stehen.

»Wow«, war alles, was Lucy über die Lippen kam, während sie staunend dieses Naturphänomen in Augenschein nahm.

»Ja«, stimmte Nathan ihr zu, doch als sie sich zu ihm umwandte, war sein Blick auf sie anstatt des Meeres gerichtet.

Ihr wurde warm ums Herz. Sich auf die Zehenspitzen stellend beugte sie sich zu ihm hoch. »Danke für dieses perfekte Date, Nathan.«

Seine Augen blitzten auf und sie war sich sicher, dass es nichts mit seinen Sirenenkräften zu tun hatte, die dahinter schlummerten. Sie funkelten einzig und allein ihretwegen.

Er beugte sich zu ihr hinab und legte seine Lippen auf ihre.

Als die beiden sich voneinander lösten, fasste er sie bei der Hand. »Ich glaube, wir sollten jetzt aufbrechen, wenn wir keinen Ärger mit den Erzengeln wollen.«

Sie nickte zustimmend und gemeinsam machten sie sich daran, ihr Picknick zusammenzuräumen, während es mit jeder Sekunde dunkler wurde.

Als die beiden sich in die Luft erhoben und über das Meer flogen, meinte Lucy, eine Bewegung im Wasser wahrzunehmen, aber als sie hinsah, kräuselte sich lediglich das Wasser an der Oberfläche.

Vermutlich nur ein Fisch, dachte sie sich. Doch je weiter sie über das offene Meer flogen, desto unsicherer wurde sie. Denn Fische sangen nicht.

10

Was stimmt nicht mit mir?

Ruhe. Alles in Lucy war tiefenentspannt, obwohl es in der Trainingshalle alles andere als ruhig war. Das rhythmische Aufeinanderschlagen der Schwerter erfüllte die Luft und sie atmete schwer. Doch anders als sonst kämpfte sie nicht darum, nicht direkt auf der Matte zu landen, sondern hielt ihrem Gegner stand. Und sie hielt ihm diesmal nicht nur stand, sie kämpfte, um ihn auf die Matte zu zwingen.

Camael war schon gegangen und hatte die Anwärter dem üblichen freien Training überlassen, das endete, sobald jeder zwanzig Siege errungen hatte. Zwar hatte Lucy auch heute noch kein einziges Mal gegen Celeste gewonnen, doch gegen Kain schien sie zumindest eine Chance zu haben.

Die beiden standen sich gegenüber und lieferten sich einen erbitterten Kampf. Kain war von Lucys neuer Technik augenscheinlich überrascht, denn er presste verbittert seine Kiefer aufeinander. Damit war er nicht allein.

Viele der Anwärter hatten einen Kreis um sie herum gebildet und feuerten sie an. Allerdings überwiegend Kain. Die Einzigen, die Lucy zujubelten, waren Nathan, Luke und Casey. Cara versteckte sich halb hinter Celeste, die mit verschränkten Armen dastand und stumm zusah. Immerhin feuerte sie nicht Kain an, das bedeutete schon mal etwas.

Lucys Muskeln brannten, ihre Lunge kämpfte um Sauerstoff

und ihr Körper schrie sie an aufzugeben. Trotzdem verspürte Lucy diese innere Ruhe, die sie ankerte, ihren Stand festigte und sie anstachelte, schneller zu werden.

Links. Rechts. Links. Ducken.

Lucy ließ sich in die Hocke fallen, so wie Nathan es ihr all die Male bei ihren Extrastunden an den Wochenenden gezeigt hatte, streckte ihr rechtes Bein und schwang sich in einer geschmeidigen Umdrehung um die eigene Achse. Dabei kickte sie Kain gezielt in die Kniekehlen, sodass ihm die Beine weggerissen wurden und er mit dem Rücken auf dem Mattenboden aufschlug. Flink richtete sie sich wieder auf und hielt ihm ihr Schwert an die Kehle.

Triumphierend ließ sie ihren Blick durch die Reihen an Zuschauern wandern. Ihre Freunde jubelten und die restlichen Anwärter verzogen entweder spöttisch das Gesicht oder schenkten ihr ein anerkennendes Lächeln.

Außer Atem steckte sie ihr Schwert in die Scheide an ihrer Seite und reichte Kain die Hand, um ihm aufzuhelfen, doch dieser funkelte ihr nur zornig entgegen. Noch bevor sie seine Absicht erkannte, fletschte er wutentbrannt die Zähne, holte mit seinem Schwert aus und zielte auf ihren Oberschenkel.

Im letzten Moment warf sich Cara vor die Klinge und fiel aufschreiend zu Boden. Blut strömte aus ihrem Bein, das statt Lucys getroffen worden war.

Zitternd starrte sie auf Cara hinab, die sich vor Schmerz windend das Bein hielt, und ihr Blick wanderte zurück zu Kain, der ganz blass geworden war.

»Ich … ich wollte nicht …«, stammelte er, doch Lucy machte dicht.

Vage nahm sie wahr, dass in der Traube an Anwärtern um sie herum Tumult ausgebrochen war. Celeste wurde von Luke und Nathan zurückgehalten, sodass sie sich nicht auf Kain stürzen konnte, während Casey zu ihrer verletzten Schwester am Boden eilte.

Gleißendes Licht bereitete sich aus und verzerrte Lucy die Sicht. Ein hoher Schrei dröhnte in ihren Ohren. Sie wankte, taumelte ein paar Schritte nach vorn und fing sich dann wieder.

Kain starrte sie aus angsterfüllten Augen an. Wann war er aufgestanden? Immer noch hallte der Schrei in ihren Ohren und langsam verarbeitete ihr Gehirn das zuvor Geschehene.

Sie hatte Kain im Zweikampf besiegt. Sie hatte ihm aufhelfen wollen, aber er hatte ihr, als der Kampf schon vorbei gewesen war und sie ihre Waffe weggesteckt hatte, sein Schwert ins Bein rammen wollen.

Warum zum Teufel hat er das getan?

Hat er nicht gesehen, dass ich unbewaffnet war?

Oder hat er mich absichtlich verletzen wollen?

Das Licht wurde immer heller und riss Lucy aus ihren Gedanken. Sie musste die Augen zusammenkneifen, um noch etwas erkennen zu können.

Wo ist Kain hin?

Sie fand ihn mehrere Meter unter sich und stellte fest, dass sie selbst nicht mehr den Boden der Trainingshalle berührte, sondern hoch oben flog.

Sie zuckte zusammen. *Was passiert mit mir?*

Der Schrei dröhnte weiterhin durch die Halle und klingelte in ihren Ohren, bis ihr auffiel, dass sie diejenige war, die schrie. Schnell schloss sie den Mund, um den Klang zu unterbrechen, und mit einem Mal knallte ihr der Lärm vom Boden her entgegen.

»Was im Namen der Erzengel passiert hier?«

»Sie ist von Lucifer besessen!«

»Ich wusste, sie ist eine Gefahr für Valo!«

»Wir müssen sie aufhalten, bevor sie noch jemanden verletzt!«

Unter ihr riefen alle Anwärter wild durcheinander. Noch immer erhellte das Licht so stark den Raum, dass sie nicht sonderlich viel erkennen konnte, doch Kain war verschwunden.

An seiner Stelle stand Nathan und blickte ihr flehend entgegen. »Lucy«, formten seine Lippen, aber sie vernahm keinen Ton.

Sie wusste, dass hier etwas gewaltig schieflief. Dass sie vermutlich genauso verängstigt sein sollte wie die Engel unter ihr und genauso verzweifelt wie Nathan, doch sie fühlte … nichts. Rein gar nichts. Wie in Trance schwebte sie schwerelos an der Decke der Trainingshalle der Akademie und empfand weder Ruhe noch Angst, Wut noch Verzweiflung, sondern einfach gar nichts. Ihr war bewusst, dass ihr dies Angst machen sollte. Doch auch das änderte nichts.

Stattdessen wusste sie mit hundertprozentiger Sicherheit, dass sie sich nicht mehr sorgen musste. Sie war unbesiegbar, unsterblich. Sie war … göttlich. Und es war absolut fantastisch.

Erleichtert lachte sie auf und schloss die Augen. Sie streckte ihre Arme seitlich von ihrem Körper und legte den Kopf in den Nacken. Selbst mit geschlossenen Augen nahm sie wahr, dass das Licht um sie herum noch heller wurde, und sie war sich sicher, dass es sie bald verschlucken würde.

Instinktiv schoss ihre Hand hervor und fing einen Speer auf, den ihr einer der Anwärter entgegengeworfen hatte. Sie warf ihn gekonnt zurück und wusste auch mit verschlossenen

Augen, dass der Speer sein Ziel nicht verfehlt hatte. Ein sanftes Lächeln breitete sich auf ihrem Gesicht aus und sie holte tief Luft. Sie fühlte sich so mächtig.

Nun brach auf dem Boden blanke Panik aus. Die Schreie wurden lauter und verleiteten sie dazu, die Augen zu öffnen und zu schauen, was passierte. Die Hälfte der Anwärter floh aus der Halle, während sich der Rest daran machte, sich bis an die Zähne zu bewaffnen. Währenddessen versuchten Nathan und Luke dem Wettrüsten ein Ende zu bereiten und stellten sich ihren Kameraden entgegen. Nathan war dabei um einiges handgreiflicher als Luke, aber anders als vor wenigen Wochen scherte es sie nicht, wenn Nathan die Faust gegenüber anderen erhob.

Plötzlich flogen die Türen der Trainingshalle auf und alle sieben Erzengel stürmten herein.

»Was ist hier los?«, donnerte Camael und sofort schnellten sieben Paar Edelsteinaugen zu ihr empor. Während ein paar überrascht die Augen weiteten, verengten andere sie zu Schlitzen.

»Lucienna.« Michaels Stimme verkörperte pure Kraft. Augenblicklich schwang er sich in die Lüfte und flog auf sie zu.

Aufmerksam beobachtete sie, wie er sich ihr näherte. Sie war neugierig, was er vorhatte.

»Komm mit mir.« Sein Befehlston war eindeutig. Widerworte wären ausweglos. Er hielt ihr die Hand hin. Michael wollte ihr nicht wehtun, sie war sich sicher.

Sie wusste nicht, wieso, aber sie vertraute dieser inneren Stimme, die sie dazu aufforderte, seine Hand zu ergreifen. Sobald sich seine Finger fest um ihre geschlossen hatten, ließ das Leuchten um sie herum nach und sie sackte in sich zusammen. Ihre ganzen Ängste und Zweifel, ihre Panik und Erschöpfung kamen mit einem Mal wieder und sie sauste nach unten. Schnell packte Michael sie mit beiden Händen und umschloss sie fest, während alles an ihrem Körper erschöpft erschlaffte. Er brachte sie zurück zu Boden, wo Nathan stand und sie ihm abnahm. Lucy merkte noch, wie er sie beschützend an sich drückte, als sie auch schon die Erschöpfung einholte und ihr die Augen zufielen.

Der penetrante und ihr leider schon viel zu vertraute Geruch von Schwefel erfüllte ihre Nase. Und obwohl Lucy wusste, wo sie war, blickte sie sich panisch um. Ausgang. Es musste diesmal doch einen Ausgang aus dieser Hölle geben!

Nichts als schwarzer Stein umgab sie, bis auf den einen schmalen Gang, der sich wie die letzten Male auftat.

Noch immer suchte sie verzweifelt nach einem Ausweg, als Lucifers Stimme aus dem Gang drang: »Jetzt hör auf, dich im Kreis zu drehen, Lucy, und komm her! Ich habe keinen Nerv, mich noch länger mit dir oder einem Mitglied deiner Familie herumzuschlagen.«

Widerwillig setzte sie einen Fuß vor den anderen und machte sich zu ihrem Onkel in der großen Halle mit dem Magmasee auf. Alles in ihr sträubte sich, doch welche Wahl hatte sie? Lucifer hatte bereits bei ihrem letzten Besuch mehr als deutlich gemacht, dass er nicht davor zurückschreckte, ihr wehzutun. Zudem hatte sie sich auch im Klaren sein müssen, dass sie ihrem Onkel früher oder später erneut gegenüberstehen würde. Immerhin hatte sie von ihm den Auftrag erhalten, den Schlüssel zur Gläsernen Brücke zu stehlen und ihm zu bringen. Doch wenn sie ehrlich war, hatte sie diesen in all dem Chaos, das der Umzug nach Valo mit sich gebracht hatte, fast vergessen. Zumal sie nicht einmal wusste, was und wo dieser Schlüssel überhaupt sein sollte. Lucy hatte gehofft, beim Betreten Valos auf der Brücke selbst Informationen darüber zu finden. Vielleicht ein Schlüsselloch, in dem er steckte, oder ein Tor, das die gesamte Brücke nach außen hin verriegelte.

Ihre Schritte hallten von den Wänden nieder, während sie die Halle betrat. Die Hitze, die an diesem scheußlichen Ort herrschte, trieb ihr den Schweiß auf die Stirn und sie wischte ihn sich mit dem Handgelenk fort. Automatisch fixierten ihre Augen den schaurigen Thron, der an der einen Seite der Halle stand und dessen Präsenz allein so unheilvoll war, dass es Lucy die Brust einengte.

»Kommen wir direkt zum Punkt.« Die Worte ihres Onkels erfüllten den Raum. »Ich wollte mich dir wirklich ergeben zeigen und dir Zeit lassen, dich einzugewöhnen, dich in Valo zurechtzufinden und so weiter und so fort.«

»Ja, aber —«

»Unterbrich mich nicht!«, brüllte ihr Onkel. »Du bist nun schon mehrere Wochen in Valo, und wenn ich mich recht entsinne, hast du mir etwas versprochen.«

»Ich weiß, ich —«

»Und da ich noch keinerlei Beweis dafür finden konnte, dass du überhaupt danach gesucht hast«, sprach Lucifer weiter, »frage ich mich, ob du dich noch an unsere Abmachung halten wirst.«

»Ja, das wer-«

»Ich habe dich gewarnt, was passiert, wenn du mich zu lange warten lässt. Also dachte ich mir, du bräuchtest vielleicht noch ein wenig Motivation«, säuselte er weiter. Auch wenn Lucy ihn nicht sehen konnte, hörte sie sein hämisches Grinsen. »All die Nächte hat mich dein Vater besucht und ich habe mir einen Spaß daraus gemacht, so zu tun, als würde ich ihn nicht bemerken. Es war so einfach, verstehst du?« Er kicherte vergnügt. »Wie bei einem Kind, mit dem man Verstecken spielt und so tut, als könne man es nicht sehen, obwohl es sich nur die Hände vors Gesicht hält.« Wieder lachte er, doch diesmal rutschte es in eine tiefe Boshaftigkeit. »Es war fast schon schade, als ich dieses Katz-und-Maus-Spiel mit ihm beenden musste, um dir die Erinnerung zu verpassen, dass keiner, den du liebst, vor mir sicher ist!«

Mit einem Mal wurde Lucy eiskalt und auf ihrer verschwitzten Haut stellten sich die Härchen auf. »Was hast du getan?« Ihre Stimme kaum mehr als ein Flüstern. Die Angst um ihren Vater formte einen dicken Klumpen in ihrer Magengegend.

Lucifers Stimme war mit einem Mal monoton und ernst. Nichts von seiner üblichen grausamen Belustigung war zu hören, als er sprach: »Ich habe meinem kleinen Bruder nur vor Augen geführt, dass er nie besser sein wird als ich. Dass er mich nie aufhalten wird. Und dass er in seinem jämmerlichen Zustand schon gar nichts mehr anrichten kann.«

Blut rauschte in ihren Ohren. Der Klumpen in ihrem Magen verwandelte sich bei dem Gedanken an ihren Vater in einen Tatendrang, der sie immer lauter anflehte, sich in Bewegung zu setzen. Lucifer, wo auch immer er sein mochte, den Hals umzudrehen für das, was auch immer er ihrem Vater angetan hatte, und sicherzugehen, dass er nie wieder in der Lage sein würde, jemandem wehzutun.

»Was. Hast du. Getan?«, wiederholte sie ihre Frage erneut und betonte jedes einzelne Wort.

Die Wände begannen zu beben und sie vernahm erneut ein Leuchten, das zwar schwach, aber deutlich um sie herum pulsierte. Als ihr Onkel nicht mehr antwortete, verlor sie die Geduld.

»WAS HAST DU GETAN, LUCIFER?«

Mit einer Wucht knallte etwas, oder eher gesagt jemand, gegen sie und riss sie zu Boden.

»Du magst stark sein, kleine Lucy, aber du bist als Engel noch mehr als grün hinter den Ohren. In den fünf Minuten, die du auf der Akademie verbracht hast, hast du nicht einmal den Bruchteil dessen gelernt, dessen ich mächtig bin.«

Sie spürte Lucifers Atem an ihrem Hals kitzeln und ihre Nackenhaare stellten sich auf.

»Denk also nicht einmal daran, dich gegen mich aufzulehnen.«

Das Licht um sie herum wurde immer schwächer, bis es plötzlich erlosch und Lucifers Gewicht drückte ihr langsam, aber stetig die Luft ab. Doch so leicht ließ sie sich nicht unterkriegen. Sie ließ sich nicht länger sagen, was sie tun konnte und was nicht. Nicht von den Erzengeln und schon gar nicht von ihrem Onkel.

Sie bleckte die Zähne. »Was. Hast. Du. Getan?«, forderte sie.

»Ihn dem Tod nähergebracht«, zischte er gehässig, hob Lucys Körper abrupt an und schlug sie mit solcher Wucht auf den Boden zurück, dass alle Lichter ausgingen.

11

Friends at last

Mit einem Ruck saß sie kerzengerade und hatte keine Zeit, ihre Umgebung in Augenschein zu nehmen, da sie jemand an den Schultern packte und zurückdrückte.

»Was …?«, wollte sie wissen und wehrte sich vehement gegen die immer mehr werdenden Hände, die sie festhielten, doch wurde von einer warmen Stimme unterbrochen.

»Es ist alles gut, Lucy. Dir passiert nichts.«

Der Druck auf ihren Schultern ließ nach und sie sah sich um. Sie lag in ihrem Bett in der Akademie und alles schien wie immer. Oder …? Nein, denn es war sicherlich alles andere als normal, dass sie in ihrem Bett lag, während Casey, Cara, Celeste und Luke um sie herumstanden und besorgt auf sie hinunterblickten.

Was ist passiert?

Lucy konnte sich nicht richtig dessen entsinnen, was geschehen war, bevor sie wieder in ihrem Bett zu Bewusstsein gekommen war, und sie fühlte sich panisch an den Moment, als ihre Flügel gewachsen waren, zurückerinnert.

»Was ist los?«, fragte sie. Ihre Stimme zitterte leicht, während sich ihr Körper mit einer Gänsehaut überzog. Sie suchte nach Nathan in der Schar der Anwesenden, die immer noch mit verzogenen Gesichtern auf sie hinabstierten. »Wo ist Nathan?«

Mit einem Ruck saß sie erneut in ihrem Bett und wollte die Beine über die Kante schwingen, als ihr jemand seine starke Hand auf das Bein legte und leicht zudrückte. Lucy blickte auf und sah in die dunkelbraunen Augen Celestes.

»Bleib liegen, Lucy. Wir erklären dir alles.« Mit diesen Worten ließ sie sich daneben nieder, während Lucy zurück in ihre Kissen sank.

Luke setzte sich ebenfalls an ihr Bettende und Cara und Casey setzten sich auf Caseys Bett.

»Woran kannst du dich noch erinnern?«, fragte Celeste mit zusammengezogenen Augenbrauen.

»Ich …« Lucy überlegte. Woran erinnerte sie sich noch? Woran sollte sie sich denn erinnern? Was war passiert?

Wo ist Nathan?

Sie fühlte eine Welle an Energie durch ihren Körper rauschen. Sie kribbelte in ihren Fingerspitzen und ließ ihre Zunge taub werden. Wenn sie sich nicht bald in Bewegung setzte, um Nathan zu finden, würde sie explodieren. Da war sie sich sicher.

»Nathan hatte eine kleine Auseinandersetzung mit den Erzengeln und ist deshalb gerade anderweitig beschäftigt, aber wir sollen dir von ihm ausrichten, dass er zu dir kommt, sobald er wieder zurück ist«, sagte Cara, die vermutlich als Einzige verstanden hatte, was gerade in ihr vorging, und sie nicht wie die anderen mit vor Schreck geweiteten Augen anstarrte, als könnte sie jeden Moment eine Axt hinter ihrem Rücken hervorholen und alle Anwesenden niedermetzeln.

»Auseinandersetzung?« Leider hatte Caras Bemerkung nicht dazu beigetragen, dass sie sich beruhigte, sondern noch mehr Fragen aufgeworfen. »Sobald er zurück ist? Wo zum Teufel ist er denn hin?«

Bei der Erwähnung des Wortes Teufel ging ein Fauchen durch die Gruppe und Luke spuckte sogar dreimal hinter sich. Doch Lucy kümmerte sich nicht weiter darum. Sie wollte nur wissen, was passiert war, warum Nathan eine Auseinandersetzung mit den Erzengeln gehabt hatte und warum er allem Anschein nach weggeschickt worden war. Für wer wusste wie lange.

»Es gab einen … nun ja, Zwischenfall beim Kampftraining eben«, sagte Casey und hielt dabei den Blick auf ihre Hände gesenkt, die sie nervös in ihrem Schoß knetete. »Du warst nicht ganz unbeteiligt …«

»Du warst der Auslöser, um es direkt zu sagen«, fügte Luke hinzu und schenkte ihr ein mitleidiges Lächeln.

»Kain war der Auslöser«, fauchte Celeste. »Lucy hat lediglich reagiert.«

»Und wie sie das hat.« Luke blies die Wangen auf und nun richteten sich erneut alle Augenpaare auf sie.

»Nathan ist zurück auf der Erde.«

Lucy hatte Schwierigkeiten, Caseys Worte zu verarbeiten. Sie hallten in ihr wie ein Echo nach.

»Zumindest für einen Tag. Morgen darf er wieder zurück, glaube ich.«

»Was ist passiert?«, wollte sie endlich wissen. Sie richtete ihre Aufmerksamkeit auf Celeste, die immer noch neben ihr saß und ihre Hand auf Lucys Bein liegen hatte.

»Du bist passiert.«

Nachdem sie ihr berichtet hatten, was nur wenige Stunden zuvor in der Trainingshalle der Akademie geschehen war, wusste sie nicht, was sie sagen sollte.

Sie schluckte. Ein fader Geschmack hatte sich auf ihrer Zunge breitgemacht, der immer mehr an Intensität zunahm, je mehr Celeste erzählte. An der Stelle, als sie von Kains Hinterhalt gesprochen hatte, war ihr Blick sofort zu Cara geschwenkt, deren Bein bandagiert war. Erst jetzt fielen Lucy die Krücken auf, die an Caseys Bett lehnten.

»Tut es sehr weh?«, fragte sie zögerlich.

Es war ihr furchtbar unangenehm, dass Cara ihretwegen verletzt war. Auch Caras schüchternes Lächeln und ihr »Mach dir um mich keine Sorgen, ich habe schon Schlimmeres beim Training einstecken müssen« milderten ihr schlechtes Gewissen in keiner Weise.

»Aber ich –«

»Du trägst keine Schuld. Kain ist einfach ein schlechter Verlierer und ein hinterhältiger kleiner Feigling!«, presste Celeste hervor, sichtlich bemüht, vor Wut nicht die Fassung zu verlieren. »Deine anschließende Reaktion war absolut nachvollziehbar und hättest du nicht … das gemacht« – sie fuchtelte mit der Hand in der Luft herum – »hätte ich mir diesen Engel persönlich vorgeknöpft.«

»Aber ich weiß nicht einmal, was das war. Abgesehen davon kann ich mich nicht daran erinnern, wie ich das alles gemacht habe.« Sie stöhnte verzweifelt auf. Wurde ihr Leben denn auch nie einfacher? Was hatte sie in ihrem vorherigen Leben so Schlimmes getan, dass es nicht einmal bergauf für sie laufen konnte?

»Das wissen wir auch nicht, aber wir werden dir helfen, es herauszufinden, wenn du magst«, meldete sich Luke mit sanfter Stimme zu Wort. Die ganze Zeit, während die Drillinge sie über die vergangene Kampfstunde unterrichtet hatten, war er ruhig geblieben. »Ich gehe gleich mit dir in die Bibliothek, die auch Valos Archive beherbergt, wenn du dich bereit dazu fühlst.«

»Wir müssen noch bei den Erzengeln Bericht erstatten. Bis jetzt haben wir das vor uns hergeschoben, weil wir bei dir sein wollten, wenn du aufwachst«, sagte Casey.

»Wir haben es Nate versprochen«, fügte Cara hinzu.

Lucy nickte. Ein warmes Gefühl machte sich in ihrer Brust breit. Sie war ihren Freunden dankbar, dass sie für sie da waren. *Freunde*. Es war nicht das erste Mal, dass sie so über die kleine Gruppe an jungen Engeln dachte, die in ihrem Schlafsaal um sie versammelt waren, aber es fühlte sich dennoch unwirklich an. Doch keinesfalls unangenehm. Nachdem sie ihr ganzes Leben lang das Gefühl gehabt hatte, überall nur anzuecken, schien sie hier endlich irgendwo angekommen zu sein. Und das, obwohl ihr Leben sie immer noch von einer Katastrophe zur nächsten schmiss.

Die Drillinge erhoben sich und verließen gemeinsam ihr Zimmer. Im Türrahmen blieb Celeste allerdings noch einmal stehen und drehte sich zu ihr um. »Danke, dass du meine Schwester verteidigt hast, Lucy. Das werde ich nie vergessen.«

Immer noch ein wenig wackelig auf den Beinen, folgte sie Luke durch Valos Straßen. Lucy war erstaunt, wie unendlich ruhig es war. Es gab keine Autos, die die Straßen blockierten, keine Sirenen, die durch die Gegend jaulten, und keine Menschen, die sich über das Großstadtgetümmel hinweg anschrien. So waren die Straßen einfache Wege, die sich durch die verschiedenen Gebäude hindurchschlängelten. Dennoch war kaum jemand auf ihnen unterwegs, was nicht ganz unverständlich war. Schließlich konnten Engel fliegen. Warum die Erzengel trotzdem die Wege in einer Stadt erbaut hatten, in der niemand zu Fuß ging, war ihr ein Rätsel.

Auch Luke hatte fliegen wollen, aber Lucy hatte ihn gebeten, mit ihr zu gehen, da sie sich immer noch ein wenig geschwächt fühlte. Es war nur zur Hälfte eine Ausrede, denn obwohl ihre Beine sich tatsächlich noch wackelig anfühlten, wollte sie einfach mal wieder einen Spaziergang machen.

Während die beiden nebeneinanderher gingen, sah sie sich um. Valo unterschied sich nur wenig von einer Stadt auf der Erde. Es gab Wohngebiete mit schicken marmornen Villen, Einkaufszentren aus schillernden, gigantischen Hochhäusern und Regierungsgebäude, die wie antike griechische Tempel aussahen. Das wohl wichtigste Regierungsgebäude war der große runde Tempel im Herzen Valos. Er war der offizielle Regierungssitz der Erzengel. In ihm war Lucy in ihrem selkeä unelma gewesen, als sie von den Erzengeln nach dem Angriff der Harpyien gerufen worden war, und in ihm hatten auch damals die Verhandlungen ihres Vaters stattgefunden, wie Mr Brown ihr eines Tages erzählt hatte. Außerdem musste sie auch morgen früh, noch vor Beginn des Unterrichts, zu den Herrschern Valos in den Tempel, hatte Casey ihr noch mitgeteilt, bevor die Drillinge zu ihrem Verhör gegangen waren.

»Das dort drüben ist übrigens die Akademie der Schutzengel.« Luke deutete auf ein unscheinbares Gebäude aus sandsteinfarbenem Marmor.

»Dieses kleine Gebäude?« Lucy konnte nicht glauben, dass die Akademie, an der die Schutzengel ausgebildet wurden, aus einem einzelnen Gebäude bestand, während die Akademie der

Wächter mehrere Gebäudeflügel, Schlafsäle und einen eigenen Campus umfasste.

»Ja, es werden kaum noch Engel zum Schutz der Menschen ausgebildet. Früher war die Akademie der Wächter der Ort, an dem Engel lernten, Menschen zu beschützen. Aber das ist schon lange nicht mehr so.«

»Warum? Ist das Beschützen der Menschen nicht der Ursprung und die Aufgabe der Engel?«

»Das war es einst, aber die Engel haben schon vor langer Zeit aufgehört, sich um die Menschen zu sorgen.«

Lucy war sprachlos. »Warum?«

Luke sah sie an, als bekäme er nichts von ihrer Fassungslosigkeit mit. »Ganz einfach: Menschen sind nichts weiter als die Vorstufe potenzieller Engel. Viele von ihnen werden in Valo als Engel wiedergeboren, da nur die Schlimmsten von ihnen in die Hölle kommen. Und je mehr Menschen sterben, desto mehr Leben kommt nach Valo. Es ist gut für die Wirtschaft.« Er zuckte die Achseln. »Der Kampf gegen Lucifer damals hat fast die gesamte Wächterschaft ausgelöscht. Es muss für Nachschub gesorgt werden.«

Lukes Worte stießen ihr bitter auf. Der Anblick der leuchtenden Stadt, deren Architektur sie gerade noch bewundert hatte, drehte ihr nun den Magen um.

Wie kann jemand so skrupellos sein?

»Wenn euch die Menschen so egal sind, warum gibt es dann überhaupt noch eine Schutzengelakademie? Warum sich die Mühe machen, ein neues Gebäude für sie zur Verfügung zu stellen, anstatt sie direkt zu schließen?« Lucy war ihre Verärgerung anzuhören, doch entweder überging Luke sie oder er nahm sie tatsächlich nicht wahr.

»Ein paar wenige Engel wollen als Schutzengel auf der

Erde leben und den Menschen nah sein. Sie sehen in ihnen den Ursprung unseres Lebens, denn es ist nicht abzustreiten, dass es ohne Menschen auch keine Engel gäbe. Für sie gilt die Menschheit als bedeutend und somit schützenswert. Allerdings ist das eine Minderheit. Die meisten sehen sie als niedere Spezies, weil sie – im Gegensatz zu uns – schutzbedürftig sind.« Luke verengte die Augen und blickte auf das Gebäude der Schutzengelakademie und Lucy meinte, in ihnen doch so etwas wie Missfallen zu erkennen. »So sind viele der Schutzengelanwärter als Ausweichmöglichkeit dort. Um an der Akademie der Wächter aufgenommen zu werden, muss man eine sehr strenge und schwierige Prüfung bestehen, das schafft nicht jeder. Einige, die durchfallen, besuchen die Akademie der Schutzengel, um wenigstens eine akademische Ausbildung zu absolvieren, bevor sie in das Leben und die Gesellschaft Valos eingeführt werden.«

»Geht ihr denn nicht zur Schule?«

Luke lachte beherzt auf. »Schule? Du meinst sowas, wie ihr auf der Erde habt, um rechnen und schreiben zu lernen?« Wieder lachte er und schüttelte amüsiert den Kopf. »Nein, Lu. So etwas brauchen wir nicht. Engel werden mit dem Weltwissen geboren. Lediglich das kämpferische Training und das dazugehörige strategische Denken wird in der Akademie weiter geschult, aber da dies nur für die Wächter nötig ist, werden auch nur diese an der Akademie unterrichtet. Sobald du also deine Volljährigkeit mit achtzehn erreichst, ist es deine Aufgabe, dich um einen Werdegang zu kümmern.«

Lucy schwieg. Sie war immer noch fassungslos darüber, was Luke ihr gerade erzählt hatte, und doch hätte es sie nicht überraschen sollen. Die Erzengel regierten Valo wahrhaftig mit einer Strenge, die keinerlei Abweichungsmöglichkeit bot für diejenigen, die sich nicht vollkommen gefügig machen wollten.

Wieder dachte sie an ihr bevorstehendes Verhör. Auch wenn es kein solches war, sondern nur eine »Berichterstattung«, wie Celeste sie zurechtgewiesen hatte, fühlte sich Lucy wie eine Kriminelle, die ein Verbrechen begangen hatte. Alle wurden verhört und sie selbst musste morgen vor den Erzengeln … ja, was eigentlich? Aussagen? Sich verteidigen? Ein Geständnis ablegen? Sie wusste selbst nicht einmal, was mit ihr geschehen war, als Kain mit seinem Schwert ausgeholt und nach ihr geschlagen und stattdessen Cara getroffen hatte. Bei der Erzählung der anderen war zwar die Erinnerung an den Nachmittag zurückgekommen, aber das hatte ihr dennoch keine Erklärung gegeben, warum das alles passiert war. Das Einzige, woran sie sich erinnern konnte, war, dass sie wie ferngesteuert gewesen war. Mit einem Mal war sie wie leergefegt gewesen. Ihre Erschöpfung, ihre schmerzenden Muskeln, all das war nicht mehr existent gewesen und alles, was sie gewollt hatte, war, Cara zu beschützen. Wenn sie doch nur …

»Lucy?« Luke war stehen geblieben.

Sie standen vor einem großen Gebäude aus graumeliertem Marmor. Es ragte bestimmt zwanzig Meter über ihnen in die Höhe und war mindestens das Doppelte breit. Massive Säulen zierten den Eingang, zu dem einige Treppenstufen hinaufführten.

Erschrocken blickte Lucy von seiner Hand, die plötzlich auf ihrer Schulter lag, in sein Gesicht.

Sein dunkelbraunes Gesicht zierten Sorgenfalten und in seinen honigfarbenen Augen meinte sie Unruhe zu erkennen, vielleicht sogar Angst. Doch seine Worte passten nicht zu dem, was sie sah. »Wir finden schon heraus, was los ist. Da bin ich mir sicher.«

Er nickte ermutigend, als müsste er sich selbst davon überzeugen.

Schließlich folgte sie ihm in die Bibliothek.

Sobald sie durch die schweren Eisentüren hindurchgetreten waren, die eher den Titel Tore verdient hätten, blieb Lucy mit offenem Mund stehen. Das Innere des Gebäudes war atemberaubend. Die Bibliothek bestand aus einem großen Raum, dessen Wände vollständig mit Regalen bestückt waren. Diese reichten hoch bis zu der Reling, die die komplette Innenseite entlanglief und so eine Art zweite Etage bot. Allerdings gab es keine Treppe, sodass Lucy davon ausging, dass man fliegen musste, um die oberen Regale zu erreichen. Auch der Platz jenseits der Wände war über und über mit Regalen voller Bücher. Manche von ihnen sahen noch ungelesen aus, während manch andere den Eindruck erweckten, auseinanderzufallen, sobald man sie auch nur im falschen Winkel anschaute.

Langsam drehte sich Lucy um die eigene Achse, um die volle Pracht in sich aufzunehmen. So eine Bibliothek hatte sie noch nie in ihrem Leben gesehen und sie wurde augenblicklich zu ihrer neuen Traumbibliothek, die bis zu diesem Moment die aus dem Film »Beauty and the Beast« gewesen war.

Immer mal wieder standen zwischen den Regalen Tische in kleinen Gruppen zusammen und wurden von grünen Lampen erhellt. Dabei war ein weiterer Unterschied zu den Bibliotheken auf der Erde, die Lucy besucht hatte, die Tatsache, dass nahezu jeder einzelne Platz besetzt war. Nicht nur das, allgemein war die Bibliothek stark besucht. Überall flogen Engel umher; manche hielten ihre Nase so tief in

Büchern vergraben, dass sie beinahe mit anderen kollidierten. Wieder andere standen vor den Regalen und suchten nach gewissen Büchern, während andere an den Tischen saßen und akribisch auf irgendwelchen Schriftrollen schrieben. Trotz dieses Tumults war es unbeschreiblich ruhig in Valos Bibliothek. Lucy vernahm kein Flügelschlagen, kein Flüstern, kein Husten. Einzig das Rascheln von Papier, wenn ein Engel eine Seite umblätterte, und das gelegentliche Kratzen einer Feder auf Papier.

Sie zuckte zusammen, als Luke ihr wie aus dem Nichts ins Ohr raunte: »Ich würde vorschlagen, wir fangen bei den Büchern über Mischwesen, Engelskräfte und die Familienchronik der de Caziers an.«

Aus Angst, nicht so leise wie Luke sprechen zu können, nickte sie stumm und folgte ihm, als er in den Tiefen der Regale verschwand. Wenig später trug jeder von ihnen mindestens zehn Bücher, die durchforstet werden mussten. Auf einem der wenigen freien Plätze an den Tischen hinten in einer Ecke ließen sie sich nieder und machten sich an die Arbeit.

Nach und nach leerte sich die Bibliothek und Lucys Augen wurden immer schwerer, während die kleine Tischlampe warmes Licht auf die Bücher vor ihr spendete und ihr Lampenschirm smaragdgrün schimmerte. Bis jetzt hatten sie noch nichts gefunden, das darauf hindeuten könnte, was mit ihr im Kampftraining passiert war. Warum sie wie besessen zur Decke emporgeflogen war und geleuchtet hatte wie ein Stern an der Spitze eines Weihnachtsbaums.

Das Einzige, das Lucy hatte aufhorchen lassen, war ihr Stammbaum, den sie in der Chronik der Familie ihres Vaters gefunden hatte. *Ihrer Familie*, verbesserte sie sich.

Erschrocken hatte sie nach Luft geschnappt und dafür einige empörte Blicke von den umstehenden Engeln eingefangen, als sie erkannt hatte, wie groß die Familie der de Caziers war. Oder eher: gewesen war. Denn sie waren alle ausnahmslos tot und der Baum endete mit ihrem Vater und Lucifer. Auch wenn das nicht der Wahrheit entsprach. Im Text stand geschrieben, dass Lucifer in der Schlacht um Valo gefallen war, wie sämtliche andere verbliebende Familienmitglieder auch. Über ihren Vater stand geschrieben, dass er hingerichtet worden war, was stimmte, doch von seinem Überleben fand sie kein Wort. Genauso wenig wie sich in dem Buch etwas über sie finden ließ. Mit keiner Silbe wurde auch nur irgendwo erwähnt, dass Leonardo eine Tochter hatte, dass sie ein Engel war wie er und an der Akademie ausgebildet wurde wie alle ihre Vorfahren.

Mit einem schmerzhaften Ziehen in der Magengrube klappte Lucy das Buch zu und wollte sich sofort das Nächste schnappen, als Luke sie aufgeregt an die Hand fasste.

»Ich glaube, ich habe etwas gefunden!«

»Was?«, rief sie erstaunt und zuckte augenblicklich zusammen, als empörtes »Sschhhh!« aus allen Richtungen zu ihr drang. Es waren wohl doch noch mehr Engel anwesend, als sie gedacht hatte.

»Sorry!« Sie zog entschuldigend den Kopf ein. »Was hast du?« Sie richtete ihre Aufmerksamkeit vollends auf Luke.

Dieser schob ihr das Buch, in dem er bis gerade gelesen hatte, zu. Es war ein Buch zu den Engelskräften.

Gespannt fing Lucy an zu lesen: »Die Fähigkeiten, die ein Engel nach dem Wachsen seiner Flügel entwickelt, sind ein Indiz für seine Herkunft und seine magische Stärke. Dabei sind einige Kräfte seltener als andere. Während jeder Engel dazu in der Lage ist, mit anderen Engeln über das geteilte Gedankennetzwerk zu kommunizieren …« An dieser Stelle stoppte Lucy und riss ruckartig den Kopf nach oben. »Engel können über ein geteiltes Gedankennetzwerk kommunizieren?«

»Ja, wieso?« Luke zuckte gelassen mit den Schultern. »Wusstest du das nicht? Eigentlich müsstest du es doch auch aktiv ausblenden, um es nicht mitzubekommen.«

»Nein, das tue ich nicht. Wieso sollte ich?«

»Na, weil es sonst ganz schön laut und anstrengend werden kann, wenn du unaufgefordert die Gedanken deiner Mitengel um dich herum pausenlos ertragen musst.« Mit gerunzelter Stirn musterte er sie. »Du hörst also tatsächlich nichts?«

»Nein, bei den Erzengeln, wenn ich dir doch sage –«

»Und du hast noch nie Stimmen in deinem Kopf gehört, Dinge, die man dir mitteilen wollte, ohne dass der Engel in deiner Nähe war oder tatsächlich gesprochen hat?«, rätselte er weiter.

»Nein, ich …« Doch sie hielt inne. Sie hatte schon einmal eine Stimme gehört, obwohl die Person physisch nicht in ihrer Nähe gewesen war. »Ich habe einmal meinen Vater gehört.«

»Deinen Vater?« Luke blinzelte sie an. »Er lebt noch?«

Sie nickte. »Ich bin eines Nachmittags beim Fliegen von einer Harpyie angegriffen und verschleppt worden. Ich hatte gedacht, es wäre vorbei, weil niemand wusste, wo ich war, doch dann hörte ich meinen Vater nach mir rufen, der mir sagte, dass Hilfe unterwegs sei. Wenig später tauchten auch schon Nathan mit Jenny und Mr Brown auf, um mich zu befreien.«

Luke rieb sich nachdenklich das Kinn. »Das ist seltsam … Dein Vater sollte als Kaatuneet über keinerlei Engelskräfte mehr verfügen, was eine Verbindung zum Gedankennetz unmöglich macht. Allerdings behauptest du auch, keinen Zugang zu diesem zu haben. Vielleicht …« Hinter seinen honiggoldenen Augen blitzte es auf und sein Gesicht erhellte sich. »Vielleicht können du und dein Vater als weder vollständiger Mensch noch vollständiger Engel auf einem ganz eigenen und unabhängigen Gedankennetzwerk kommunizieren. So wie die Erzengel auch ihr individuelles Netzwerk abseits des Engelnetzwerks haben.«

Lucy überlegte. Hatte Luke etwa recht? Immerhin schien es dieses Gedankennetzwerk unter Engeln wahrhaftig zu geben und wenn die Erzengel als separate Abstufung der Engel noch ein persönliches hatten, dass sie nutzen konnten, warum dann nicht auch ihr Vater und sie?

»Aber warum haben die Erzengel dann auch Zugriff auf das universelle Engelnetzwerk?«

»Weil die Erzengel auch Engel sind, nur eben eine Stufe mächtiger. Du und dein Vater hingegen …« Er verzog mitleidig die Miene. »Ihr seid nicht einmal vollwertige Engel, also quasi weniger mächtig als gewöhnliche Engel.«

Fassungslos den Kopf schüttelnd, richtete sie ihre Aufmerksamkeit erneut dem Buch vor ihr zu. Mit Luke über das Wichtigkeitsempfinden von Engeln zu diskutieren, wäre vermutlich genauso erfolgreich, wie gegen eine Wand zu reden. Also las sie weiter: »Darüber hinaus werden die meisten anderen Kräfte über Generationen hinweg vererbt. Manche überspringen einige, andere tauchen nur in besonders mächtigen Engeln einer Familie auf. Einzig der erste Engel, Josua, der Hüter der Schicksale aller Geschöpfe, besaß Fertigkeiten, die er von niemandem vererbt bekommen hatte. Auch die Erzengel selbst hatten ihm keine ihrer signifikanten

Kräfte gegeben. Zumindest nicht absichtlich, denn es wird vermutet, dass der erste Engel einen Teil von Michaels Licht in sich trug, was niemals hätte passieren sollen. Allerdings ist diese Annahme auch nicht ganz richtig. Es war vielmehr die Göttlichkeit selbst, die sich in seiner Erschaffung manifestiert hatte. Diese zeigte sich, wenn er Situationen gegenüberstand, in denen er sich gezwungen sah, über sich hinauszuwachsen. Wenn jemand in Gefahr war oder etwas beschützt werden musste und Josua sich mit dem Rücken an der Wand befand, schickte ihm die Göttlichkeit die Kraft, sich allem entgegenzusetzen. So war er in der Lage weiterzukämpfen, zu beschützen, obwohl er bereits am Ende seiner Kräfte war. Er ließ sich nicht aufhalten, bis die Gefahr vorüber war. In den Jahren, in denen er gelebt hatte, musste er diese Kraft nur zweimal anwenden, doch leider setzte sie nur ein, wenn es um jemand anderen ging, der in Gefahr war. Seine eigene Unversehrtheit schien kein Auslöser der göttlichen Kraft zu sein und so kam er eines Tages bei einem Hinterhalt ums Leben. Seitdem ist die Kraft kein einziges Mal bei einem anderen Engel verzeichnet worden. Es wird davon ausgegangen, dass sie mit Josua, der nie Nachfahren hatte, verschwunden ist.«

Lucy runzelte die Stirn. Der Text endete auf dieser Seite und auf der nächsten prangte ein Gemälde eines Engels. Er hatte feuerrotes Haar, flog hoch oben in der Luft und war von einem leuchtenden Schimmer umgeben. Kälte breitete sich in ihr aus und sie schluckte.

»Genauso sahst du heute aus«, raunte Luke ihr zu.

Lucy antwortete nicht. Es hatte ihr die Sprache verschlagen.

Sie sollte die verschollen geglaubte Kraft des ersten Engels besitzen? Wie war das möglich? Und was zum Teufel hatte das zu bedeuten?

Sie musste unbedingt ihren Vater sprechen und fragen, ob er etwas wusste und ihr helfen konnte, die Zusammenhänge zu verstehen.

Ruckartig stand sie auf, sodass ihr Stuhl lautstark über den Marmorboden schabte. Dieses Mal beachtete sie die zornigen Tuscheleien der anderen Engel um sie herum nicht und machte auf dem Absatz kehrt. Sie war bereits zwischen den hohen Regalen verschwunden, als Luke blitzartig neben ihr stand.

»Was hast du vor, Lucy?« Seine Augen ruhten auf ihr, doch sie erkannte, wie aufgewühlt er war. Ihn ließ diese ganze Sache wohl auch nicht kalt, doch es war kein Vergleich zu dem, was sich gerade in ihrem Inneren abspielte. »Die Tatsache, dass du diese Kraft besitzt, macht dich unglaublich angreifbar, verstehst du das nicht? Wir sollten vorsichtig sein, wie wir nun weiter vorgehen. Falls es sich rumsprechen sollte, dass du Josuas Kraft besitzt, werden die Engel dir mit noch mehr Abneigung gegenüberstehen, weil du, eine Außenseiterin, die nicht einmal ein vollwertiger Engel ist, …« Er verzog das Gesicht, als würde auch ihm diese Tatsache fies aufstoßen. »… die Kraft der Göttlichkeit besitzt. Es ist, als würde das Erbe Josuas, ja, das Erbe Valos, mit Füßen getreten werden. Du mochtest eben im Training unbesiegbar gewesen sein, doch nur weil du Cara beschützen wolltest. Die Geschichte beweist, dass die Kraft der Göttlichkeit dir nichts nützt, wenn es darum geht, dich selbst zu beschützen.«

Lucy starrte ihm fassungslos ins Gesicht. »Autsch.«

»Tut mir leid.« Luke schnitt eine Grimasse. »Jetzt höre ich auch, wie das geklungen hat. Manchmal ist es immer noch schwer für mich, Valos Mentalität von absoluter Perfektion abzulegen. Dabei sollte gerade ich wissen, wie es ist, wenn dich die anderen als minderwertig betrachten, als eine Fehlfunktion. Wenn du so bist wie ich, musst du quasi doppelt, wenn nicht gar dreifach, darauf bedacht sein, immer mit dem Strom zu fliegen und ja keine Gründe zur Anstößigkeit zu liefern.«

»So wie du?« Lucy blinzelte verwirrt. »Was meinst du?«

Luke hob eine Augenbraue. »Ernsthaft? Du kannst dir nicht denken, worüber ich rede? Immerhin mache ich schon lange kein Geheimnis mehr daraus.«

Ratlos schüttelte sie nur den Kopf.

»Ich stehe auf Männer.«

»Ich weiß, aber daran ist doch nichts falsch.«

»Das sehen die Erzengel leider anders. Es entspricht nicht Valos Norm! Ich werde nicht dazu beitragen, weitere Engel zu zeugen und die Akademie mit neuen Anwärtern zu beehren.« Er schloss die Augen und atmete tief ein und aus. »Für Valo und den Bestand seiner Bewohner bin ich von keinerlei Wert.«

Innerhalb eines Wimpernschlags lag Lucy in seinen Armen. Sie drückte so fest zu, dass ihm keuchend die Luft entwich. Die beiden gaben sicherlich ein ulkiges Bild ab. Lucy, die mindestens eineinhalb Köpfe kleiner als Luke war und ihn tröstend in den Armen hielt, während sie ihren Kopf fest an seine Brust gepresst hielt.

»Lass dir niemals einreden, dass du wertlos bist, Luke. Du bist mutig, loyal und klug. Und auch, wenn wir uns noch nicht so lange kennen, warst du heute für mich da. Das würden nach der Showeinlage, die ich euch geboten habe, nicht viele tun, das weiß ich. Du bist gütig, liebevoll und vielleicht ein wenig selbstverliebt, aber das ist bei Engeln angeboren, schätze ich.« Sie lachte an seiner Brust und spürte die leichte Vibration, als er einstimmte. »Du bist so vieles, Luke, doch auf keinen Fall wertlos.« Ein letztes Mal schmiegte sie sich an ihn, dann ließ sie ihn los.

Mit geröteten Wangen lächelte er sie an und seine Augen glänzten feucht. »Du magst zwar nur ein Halbengel sein, Lucy, doch die meisten von uns könnten sich noch eine Scheibe von dir abschneiden.«

»Ihh! Bitte nicht.« Sie zog die Nase kraus.

Luke lachte nur. »Und wie sollen wir jetzt vorgehen?«

»Wir gehen zurück zur Akademie. Du gehst zu den Drillingen und fragst, wie deren Verhör war, dann erzählst du ihnen, was wir herausgefunden haben. Ich werde versuchen, meinen Vater –« Sie stockte, als sie sich erinnerte, was mit ihrem Vater geschehen war.

Er war verletzt worden. Von Lucifer. Sie musste unbedingt nach ihm sehen. Musste wissen, ob es ihm gut ging. Aber vorher musste sie noch eine Sache herausfinden. Es war Zeit, sich der Sache zu stellen, anstatt sie weiterhin zu verdrängen. Immerhin hatte Lucifer ihr bewiesen, dass er zu keinerlei Scherzen aufgelegt war und es ernst meinte. Sie würde ihm den Schlüssel der Gläsernen Brücke bringen müssen. Und sie musste endlich anfangen, danach zu suchen.

»Luke?« Lucys Mund war mit einem Mal ganz trocken und sie betete, dass er ihr nicht ansah, wie nervös sie war. »Was weißt du über den Schlüssel der Gläsernen Brücke?«

Nachdenklich kratzte sich Luke am Hinterkopf. »Der Schlüssel der Gläsernen Brücke ist im Besitz der Erzengel, meines Wissens. Durch ihn haben sie die Kontrolle darüber, wer Valo betreten darf und wer nicht.«

»Weißt du, wo sich dieser Schlüssel befindet? Oder wie er aussieht?« Schnell biss sie sich auf die Zunge, um nicht noch mehr solcher auffälligen Fragen zu stellen.

Misstrauisch bedachte Luke sie und Lucy gab sich innerlich eine Backpfeife. Hätte sie doch nur nicht die letzte Frage gestellt.

»Er wird sich sicherlich irgendwo im Tempel der Erzengel befinden. Allerdings hat noch keiner außer ihnen den Schlüssel je zu Gesicht bekommen, weshalb keiner so genau weiß, wie er aussieht.« Er schwieg und beäugte sie weiterhin verunsichert. »Wieso fragst du?«, fügte er hinzu.

»Nur so«, kam die lahme Antwort über ihre Lippen. »Weil wir Engel doch die Hüter des Schlüssels sind, und deshalb habe ich mich gefragt, wie diese Aufgabe aussieht. Ob wir Schichtdienst haben oder ob es bestimmte Wächter gibt, die allein für das Bewachen des Schlüssels zuständig sind oder …«

Sie zuckte unter Lukes skeptischem Blick zusammen. Verdammt! Sie hätte nicht lügen sollen. Sie hätte einfach geschickt seine Fragen umgehen oder vage beantworten sollen, aber solch offensichtliches Lügen? Das war noch nie ihre Stärke gewesen.

»Na ja, danke auf jeden Fall für deine aufschlussreichen Informationen«, plapperte sie weiter drauflos und konnte sich gar nicht mehr stoppen. »Lass uns zusammen zu den Drillingen zurück.«

Wow, wenn Luke meine jetzt mindestens vier Meter lange Nase nicht sieht, dann weiß ich auch nicht mehr.

12

Der Retter, auf den wir unser ganzes Leben gewartet haben

Auch wenn es Lucy das Herz zerriss, nicht nach Nathan zu schauen und ihm zu versichern, dass es ihr gut ging, musste sie ihren Vater sehen. Die heiße Panik, die in ihrem Inneren entfacht worden war, als sie in Lucifers heißer Schwefelhöhle von dem Angriff auf ihren Vater erfahren hatte, kochte ihr noch immer den Hals hinauf. So hatte es Ewigkeiten gedauert, bis sie zur Ruhe gekommen und endlich eingeschlafen war.

Durch Nathans Unterstützung die letzten Tage hatte sie neben dem Kämpfen auch das Traumwandeln weiter gemeistert und fand sich nun ohne große Probleme direkt vor der schweren Eichentür zum Versteck ihres Vaters wieder.

»Dad!«, rief sie, noch während sie die Tür aufstieß, und stürmte in den Raum hinein.

Sofort fanden ihre Augen ihn. Sie hielt in der Bewegung inne und nahm die Erscheinung ihres Vaters, der wie üblich in seinem Stuhl hinter dem großen Schreibtisch saß, genau in Augenschein. *Kauerte* wäre die passendere Bezeichnung. Seine Haut war noch ergrauter als sonst, sein Kopf inzwischen vollständig kahl und auch sein rechtes Auge war nicht mehr so strahlend wie sonst, sondern schien immer matter zu werden, dem linken stets ähnlicher. Doch obwohl seine Haut im

Allgemeinen noch weiter an Farbe verloren hatte, zierten zahlreiche Blutergüsse sein Gesicht. Beim genaueren Betrachten fiel Lucy auf, dass sein Kopf unförmig war, als hätte er multiple Schwellungen, und als er den Mund öffnete, um etwas zu sagen, entdeckte sie kaum mehr Zähne in seinem Kiefer. Ob sie ihm aufgrund seines Wesens ausgefallen waren oder Lucifer sie ihm alle ausgeschlagen hatte, wollte sie gar nicht wissen.

»Dad!« Sie löste sich aus ihrer Schockstarre und fiel ihm um den Hals. Tränen füllten ihre Augen und bei dem Gefühl des zerbrechlichen Körpers in ihren Armen schnürte es ihr die Kehle zu. Mühsam unterdrückte sie ein Schluchzen und ließ vorsichtig von ihm ab, aus Angst, ihm noch mehr weh zu tun.

»Lucy, du …« Tränen füllten auch seine Augen und sein geschwollenes Gesicht bebte merkwürdig, als er schluckte.

»Was hat er dir angetan?«, brachte sie hervor und die heiße Panik, die sie soeben noch erfüllt hatte, wandelte sich in flammende Wut.

Ihr Vater war verletzt. Er war angegriffen worden und sie hatte ihn nicht beschützen können. Ihre Umgebung um sie herum verschwamm und sie bekam einen Tunnelblick. Einzig ihren gebrechlichen Vater vor ihr hielt sie scharf im Fokus, während alles um sie herum in den Hintergrund gerückt wurde. Ihre Emotionen nahmen weiter ab und stattdessen umgab sie ein Licht, das immer heller wurde. Sie war vollständig auf ihn fixiert und –

»Lucy.«

Verwundert blinzelte sie.

Ihr Vater hatte sie am Handgelenk gefasst und sah zu ihr hinauf. »Dann ist es also wahr«, flüsterte er.

»Was ist –«, aber Lucy kam nicht weiter.

»Komm.« Leonardo führte sie um seinen Schreibtisch herum zu den beiden Sesseln.

Immer noch ratlos ließ sich Lucy in ihren Sessel sinken und beobachtete, wie er unter schmerzverzerrtem Geächze in den anderen Sessel hineinkletterte.

»Du hast die göttliche Kraft des ersten Engels.«

Es war eine Feststellung. Keine Frage.

»Ich habe mich bereits gefragt, wie es zu dem Tumult heute in deinem Unterricht gekommen ist«, fuhr ihr Vater fort und als er ihren Blick sah, fügte er hinzu: »Austin hat mich sofort kontaktiert, als Nate aus Valo aufgetaucht ist. Der Junge kann von Glück reden, dass die Sache so glimpflich ausgefallen ist. Austin war so wütend, er hatte Schwierigkeiten, die richtigen Worte zu finden, doch schließlich ist er förmlich explodiert. Er hat mir erzählt, dass Nate wohl, ähnlich wie du, die Kontrolle verloren habe. Er sei ungehalten auf den Anwärter, der dich hinterhältig angegriffen habe, und weitere losgegangen, nachdem die Erzengel beschlossen hätten, keinerlei Konsequenzen daraus zu ziehen und stattdessen in dir eine Gefahr für die Sicherheit Valos gesehen hätten … Nicht nur, dass es nahezu an Hochverrat grenzt, anderen Engeln Schaden zuzufügen, er hätte beinahe auch die Hand gegen die Erzengel erhoben, hätten sie ihn nicht mit einer eintägigen Verbannung aus der Stadt geworfen, gegen die sich niemand wehren kann. Es ist wie eine Art Gehirnwäsche, aber sobald die Erzengel einen nicht mehr in Valo haben wollen, kann man nichts dagegen tun, außer sich zu fügen.« Ihr Vater schloss die Augen und seine Stummelhände gruben sich fest in die Armlehnen seines Sessels. »Es war, keine Frage, das absolut Falscheste, das er in diesem Moment hätte machen können, aber bei allem, was mir heilig ist, … ich hätte es genauso getan und ich bin ihm unendlich dankbar, dass er sich so für dich eingesetzt hat. Leider sieht Austin das anders …«

Das glaubte Lucy. Sie konnte sich bildlich vorstellen, wie groß Mr Browns Missgunst ausgefallen sein musste, als Nathan nach Hause gekommen war, aus Valo verbannt, wenn auch nur für einen Tag. Doch noch mehr sorgte sie sich, weil Nathan anscheinend erneut die Fassung verloren hatte. *Er sei ungehalten auf den Anwärter losgegangen.* Lucy konnte sich leider nur zu gut ausmalen, wie das Ganze ausgesehen haben musste, denn sie war dabei, als Nathan sich das letzte Mal auf jemanden gestürzt hatte.

»Es allerdings mit eigenen Augen zu sehen, ist noch einmal etwas ganz anderes, als lediglich davon zu hören.« Seine Augen wurden groß und das rechte glitt über Lucy hinweg, als versuchte es, alle Details zu erfassen. »Es ergibt natürlich Sinn, dass du Josuas Kraft beherbergst. Immerhin bist du der prophezeite Engel, der die Welt retten wird. Dabei hilft dir die beschützende Kraft Josuas enorm. Ich —«

»Woher weißt du davon?«, platzte es aus ihr heraus. Sie war heute Nacht zu ihm gekommen, um sicherzugehen, dass es ihm gut ging. Sie hatte sich vergewissern müssen, wie schlimm die Ausmaße von Lucifers Angriff waren, und erst dann hatte sie ihm von ihren neusten Erkenntnissen erzählen wollen. Doch ihr Vater wusste es mal wieder vor ihr. Und er hatte es ihr wieder einmal nicht gesagt. Typisch.

Leonardo musste ihren enttäuschten Gesichtsausdruck erkannt haben, denn er beeilte sich zu sagen: »Ich hatte nur eine vage Vermutung nach Nates Schilderungen, was im Kampfunterricht geschehen sei. Doch als du eben vor mir standest mit diesem zielgerichteten Gesichtsausdruck … Du hast eine Kraft ausgestrahlt, die so manch ein sterbliches

Wesen in die Flucht geschlagen hätte. Dazu kam das unübersehbare Leuchten … Da wusste ich es.«

In dem funktionierenden Auge ihres Vaters erkannte sie große Ehrfurcht, doch auch ein wenig Furcht. So wie alle Anwärter sie gefürchtet hatten, als sie die Kontrolle im Training verloren hatte.

»Warum passiert mir das?«, flüsterte sie heiser, als sich ihre Kehle erneut zuschnürte.

»Weil du die Retterin und Beschützerin bist, auf die wir unser ganzes Leben gewartet haben.«

Lucy hatte genug. Nicht von ihrem Vater, aber von der Tatsache, dass sie, wie es in letzter Zeit Programm zu sein schien, immer für Aufruhr sorgte. Sie war zumindest erleichtert, dass es ihrem Vater anscheinend gut genug ging, um direkt ganz viele Theorien aufzustellen, wie ihr diese Kraft im Kampf gegen Lucifer helfen könnte, denn es stimmte, was Luke ihr bereits in der Bibliothek gesagt hatte: Sich selbst konnte sie so nicht verteidigen.

»Doch du musst dich von meinem Bruder fernhalten, Lucy. Keine weiteren selkeä unelma Besuche bei ihm. Das ist zu gefährlich, verstanden?« Tadelnd sah er sie an und es war eine solch väterliche Geste, dass ihr ganz warm ums Herz wurde. »Vielleicht sollte ich arrangieren, dass du Unterricht darin bekommst, wie man ungebetene Gäste aus Träumen fernhält oder verhindert, dass man in andere Träume gerufen wird. Es ist ein wenig komplex, aber mit ausreichend geistlichem Training sollte das keine Herausforderung für dich darstellen, wenn ich mir deine Fortschritte der letzten Wochen anschaue.

Ich bin mir sicher, Austin –«

»Wusstest du, dass wir beide ein geistliches Gedankennetzwerk teilen, das nur wir beide nutzen können?«, fragte sie unvermittelt. Sie hatte beinahe vergessen, es anzusprechen, aber seine Worte über Gedankentraining und -kontrolle hatten sie an ihr Gespräch mit Luke denken lassen.

Nachdenklich rieb sich ihr Vater das Kinn. »Wie kann ich das verstehen?«

»Nun ja, die Erzengel haben als eigene Spezies ein Gedankennetzwerk und da wir beide als keine vollwertigen Engel« – ihr Vater verzog bei diesem Ausdruck das geschwollene Gesicht – »keinen Zugriff auf das Netzwerk der Engel haben, ist die logische Schlussfolgerung daraus, dass wir auch ein eigenes haben. Schließlich hast du an dem Tag, als ich von der Harpyie verschleppt worden bin, nach mir gerufen.«

Langsam nickte ihr Vater. »Da magst du recht haben, Lucy. Ich habe, ehrlich gesagt, noch gar nicht darüber nachgedacht. Ich war mir bis heute nicht sicher, ob du mich gehört hast. Bei Valo, ich bin mir nicht einmal mehr sicher, ob ich diese Gedanken bewusst ausgesprochen habe, damit sie jemand hört, oder ob ich sie einfach aus lauter Sorge um dich hinausgeschrien habe.«

Als sie erkannte, wie die Erinnerung an diesen Tag sein Gesicht verzerrte, legte sie ihre Hand auf seine und drückte sie kurz.

»Du bist doch alles, was mir auf dieser Welt geblieben ist, Lucy.« Ein Beben durchfuhr seinen Körper. »Die letzte de Caziers«, hauchte er.

Und aus dem Impuls heraus formulierte sie die Bitte, die sie ihrem Vater schon lange hatte stellen wollen: »Erzähl mir von deiner Familie. Von unserer Familie.«

Er schmunzelte, doch durch sein malträtiertes Gesicht sah es schmerzhaft aus. »Nicht jetzt. Nicht hier. Aber bald. Versprochen.«

13

Ich hasse es –
aber ich brauche die Erzengel

Mit einem mulmigen Gefühl starrte Lucy den Tempel empor. Er war gigantisch. Weit oben über der Stadt überragte er im Herzen Valos alle anderen Gebäude und ließ keinen Zweifel, wer hier das Sagen hatte. Seine marmornen Säulen und das runde Kuppeldach glänzten schneeweiß in der Sonne und Lucy kniff die Augen zusammen, um nicht geblendet zu werden. *Reinweiße Blendung, das sollte das Motto der Erzengel sein*, dachte sie. Schließlich waren sie alles andere als rein, doch liebten es, sich nach außen hin so zu präsentieren.

Mit wackeligen Beinen erklomm sie die Stufen. Sie hatte keine Angst vor dem, was nun mit ihr passieren würde. Die Erzengel sahen laut ihrem Vater eine unkontrollierbare Komponente in ihr. Eine potenzielle Gefahr. Doch all das kümmerte sie nicht. Vielmehr hatte sie Angst, zu welchen Maßnahmen die Herrscher Valos greifen würden, um sie unter ihre Kontrolle zu bringen. Sie hatten gestern bewiesen, dass sie Macht auf Nathan ausüben konnten, auch wenn diese Bestrafung harmloser Natur war. Kaum einer wusste, wie weit der obere Rat in ihren Bestrafungen wirklich gehen würden, um zu bekommen, was sie wollten. Zum Teufel, sie war sich nicht einmal mehr sicher, ob sie nicht vielleicht sogar ihre Mutter mit hineinziehen würden, obwohl sie ein Mensch war.

Vor der Tür des Tempels holte sie noch einmal tief Luft. Dann betrat sie entschlossenen Schrittes das Regierungsgebäude. Den Kopf selbstbewusst nach oben gerichtet, ließ sie den Blick über die sieben Herrscher Valos schweifen. Die identisch aussehenden Männer saßen wie bei ihrem letzten Besuch im Tempel auf ihren Thronen und schauten sie an. Sieben verschiedenfarbige Augenpaare lagen auf ihr und übten eine solche Dominanz aus, dass es ihr den Brustkorb zudrückte.

»Danke, dass du gekommen bist, Lucienna.« Michael, der Engel in der Mitte mit den amethystfarbenen Augen, musterte sie.

Stille breitete sich im Saal aus und sie nahm an, dass sie darauf warteten, dass sie sprach.

»Mir wurde auch keine andere Wahl gelassen, oder?«

»Na, siehe da, sie lernt schnell.« Die bernsteinfarbenen Augen Gabriels funkelten amüsiert auf und Lucy hätte es sicherlich den Atem verschlagen, so schön waren sie, hätte sie nicht gewusst, wer Gabriel wirklich war. Gleich darauf zeigte er es. »Doch sie ist immer noch so frech, dass es fast schon respektlos ist, sie nicht zu bestrafen.« Sein Engelsgesicht nahm harte Züge an und er lehnte sich ihr angriffslustig aus seinem Thron entgegen. Oh, wie gern sie darauf eingehen und ihm eine reinhauen würde.

»Ich glaube, Lucienna ist noch ein wenig durcheinander von den gestrigen Ereignissen, nicht wahr?« Jophiels smaragdgrüne Augen waren sanft und ein Blick zu seinem Bruder ließ diesen wieder in seinem Thron zurücksinken. Doch wie bei ihrer letzten Audienz mit den Erzengeln schienen auch diesmal die Fragen nur rhetorisch zu sein. Zumindest ließen sie Lucy nicht zu Wort kommen.

»Wir waren gestern alle ein wenig überrascht über deinen … nennen wir es Ausbruch.« Uriel schenkte ihr ein schmales Lächeln. »Selbst ich habe dieses Geschehen nicht kommen sehen.« Der Engel der Prophezeiung und Offenbarung verzog das Gesicht und Lucy meinte, eine leichte Schamesröte auf seinem makellosen Gesicht auszumachen.

»Was geschehen ist, ist geschehen«, meldete sich der Fürst des Lichts wieder. Es war erstaunlich mit anzusehen, wie bei dem Klang seiner Stimme alle sechs Erzengel um ihn herum sich aufrechter hinsetzten. Obwohl sie alle gleichgestellt waren, besaß Michael doch so etwas wie die Führung unter ihnen. »Tatsache ist, dass du die göttliche Kraft Josuas besitzt, und das bringt viele Risiken mit sich.«

»Die göttliche Kraft ist die mächtigste Engelskraft, die je verzeichnet wurde. Sie lässt sich äußerst schlecht kontrollieren, weil sie vielmehr aus Instinkt als aus Willen aktiviert wird.« Raphaels Rosenquarzaugen verliehen ihm ein gespenstisch blasses Aussehen. »Sollte es dir nicht möglich sein, zu lernen, sie unter Kontrolle zu bringen …«

»Werden wir dich unter Kontrolle bringen«, vollendete Camael unheilvoll. Seine rubinroten Augen glühten bedrohlich, bereit, alles zu tun, um die Welt vor ihr zu beschützen.

Erneut legte sich Stille über den Saal, während in Lucy alles tobte.

Mich unter Kontrolle bringen. Was bedeutete das?

Unwillkürlich ballten sich ihre Hände zu Fäusten. Sollten sie es wagen, Nathan oder jemand anderem wehzutun, damit sie sich fügte, dann –

»Wir werden dir die Chance geben, dich in deinen Fähigkeiten präziser zu schulen.« Die dunkeln Opalaugen Zadkiels bohrten sich in sie, als würden sie tief in ihr Innerstes blicken können. Der Engel des Rechts und der Gerechtigkeit trat hervor. »Willigst du ein?«

»Wie werdet ihr mich schulen?«, erwiderte sie bloß.

»Ab sofort wirst du mit mir trainieren, dein inneres Licht anzuzapfen und zu bündeln, damit es nicht getriggert unkontrolliert aus dir herausbricht. Außerdem wirst du dein Kampftraining von nun an mit der Abschlussklasse der Akademie absolvieren«, meldete sich Michael erneut zu Wort. »Das Niveau liegt um einiges über deinen Kampffertigkeiten, doch es ist deiner Kraft angemessener. Da das Training der Abschlussklasse in der Luft stattfindet, kann so sichergestellt werden, dass du in kürzerer Zeit größere Fortschritte machst, und falls du dort die Kontrolle verlieren solltest, werde ich die ganze Zeit dabei sein, um deine Kraft zu absorbieren.«

Meine Kraft zu absorbieren?

Luke und die Drillinge hatten ihr erzählt, dass sie erst zur Beruhigung gekommen sei, nachdem Michael sie bei der Hand gefasst habe, doch dass er ihr die Kraft genommen habe? Das hörte sie soeben zum ersten Mal. War sie wirklich so unberechenbar?

Eine Gänsehaut überzog ihren Körper und ließ sie frösteln. Die Erinnerung, wie sie einen Speer auf die Anwärter geworfen hatte, blitzte vor ihrem geistigen Auge auf und ihr drehte sich der Magen um. So sehr sie es auch hasste, es zuzugeben, aber … sie brauchte die Erzengel. Denn sobald sie auch nur daran zurückdachte, wie taub sie sich gestern gefühlt hatte, als diese Kraft sie übermannt hatte, trieb es ihr den kalten Schweiß aus den Poren.

Sie musste lernen, es zu kontrollieren, ansonsten stellte sie eine permanente Gefahr dar. In ihr schlummerte eine tickende Zeitbombe, die bei jedwedem Trigger aktiviert werden konnte.

Voller Entschlossenheit wandte sie sich an Zadkiel, der ihr immer noch gegenüberstand und sie musterte. »Ich willige ein.«

Lucy stieg die Stufen des Tempels hinab, als ihr Kopf ruckartig nach oben schnellte.

»Lucy!«

Hoch oben über ihr kam Nathan auf sie zugeflogen. Das Sonnenlicht, das die Stadt erhellte, ließ sein Haar schwarz-bläulich schimmern. Seine rabenschwarzen Flügel sogen das Licht auf, als wären sie ein schwarzes Loch. Dazu fähig, alles um sie herum in ihren Bann zu ziehen. So wie auch Lucy sich nun augenblicklich zu ihm hingezogen fühlte. Ein aufregendes Kribbeln füllte ihren Bauch, zu dem sich wohlige Erleichterung, dass es ihm gut ging, mischte.

Am Fuß der Treppe blieb sie stehen. Nathan breitete seine massiven Flügel weit aus und schlug mit ihnen ruhig und kraftvoll, während er zu Boden sank. Bei diesem Anblick musste Lucy schlucken, doch ihre Kehle war mit einem Mal staubtrocken. Nathan war allgemein ein großer Engel, doch mit seiner Flügelspannweite … Er war gigantisch.

Mit einem spitzbübischen Lächeln im Gesicht landete er direkt vor ihren Füßen. »Jetzt fall mir nicht in Ohnmacht, Dornröschen.« Frech zwinkerte er ihr zu.

Empört schnappte sie nach Luft und boxte ihm gegen den Oberarm. Sein Bizeps war hart und unnachgiebig unter ihrer

Faust. Sie fluchte und schüttelte sich die schmerzende Faust, woraufhin Nathan laut loslachte.

»Du bist unverbesserlich«, schnaubte sie.

»Und unbeschreiblich dankbar, dass es dir gut geht.« Mit einem Mal war das neckische Funkeln aus seinen Augen verschwunden und eine Ernsthaftigkeit zierte sein Gesicht, die Lucy noch nie an ihm gesehen hatte.

Ehe sie reagieren konnte, hatte er jegliche Distanz zwischen ihnen überwunden und drückte sie fest an sich.

»Ich hatte solche Angst um dich«, flüsterte er ihr mit gepresster Stimme ins Ohr. »Du warst wie verwandelt … Ich … ich habe nichts tun können und als die Erzengel kamen und Michael dich aus … was immer das war, befreit hat, meinten sie nur, du seist eine Gefahr. Sie sprachen darüber, wie sie weiter vorgehen sollten, so als wärst du irgendeine Situation, mit der umgegangen werden muss. Ein Problem, das entweder gelöst oder beseitigt werden muss.« Er holte zittrig Luft. Ob vor Wut oder Verzweiflung konnte Lucy nicht sagen.

Währenddessen strich sie ihm über den Rücken und schloss fest die Augen. Sein Geruch umgab sie und sie stellte sich vor, wie sie erneut am Strand in der Karibik saßen. Weit weg von all dem. Der Akademie. Den Erzengeln. Der Verantwortung.

Langsam löste sich Nathan von ihr und die beiden sahen sich an. Der Schmerz, der in seinen Augen aufbrandete, erschlug sie wie eine Tsunamiwelle.

»Da bin ich einfach durchgedreht.« Seine Stimme klang monoton, so als wäre er selbst verängstigt davon, dass auch er gestern die Kontrolle verloren hatte.

Betreten nickte sie. »Die anderen haben mir davon erzählt.«

»Ich wollte diesen ganzen Engeln nicht weh tun. Kain … Kain hat es verdient, dieser …« Er atmete tief durch. »Die anderen waren einfach nur da, sie wollten ihn und mich voneinander trennen, sodass keiner zu Schaden kommt, und ich …« Seine Stimme brach und Lucys Herz tat es ihr nach. »Als ich dann nichts von dir hörte und letzte Nacht im Traum nicht zu dir gelangen konnte … Ich hatte Angst, dass …«

Flink stellte sie sich auf die Zehenspitzen und legte ihre Stirn an seine. Die Hände in seinem Nacken verschränkt, schaute sie zu ihm hinauf. »Sieh mich an, Nathan.« Sie wartete, bis er ihrer Aufforderung nachgekommen war. »Du musst einfach noch mehr an deiner Kontrolle arbeiten. Das muss ich auch. Und das werden wir schaffen. Gemeinsam.«

Sie hauchte einen Kuss auf seine Lippen. Die Berührung war ganz zart und doch spürte sie sie in ihrem gesamten Körper.

»Du brauchst dir um mich keine Sorgen zu machen. Mir geht es gut. Die anderen haben auf mich aufgepasst und letzte Nacht musste ich unbedingt mit meinem Vater sprechen. Er …« Sie brach ab, weil sie sich nicht sicher war, was sie sagen sollte. Er war krank? Angegriffen worden? Am Sterben? Alles davon stimmte, doch es kam ihr nicht über die Lippen.

Betreten nickte er. »Ich weiß, Jenny hat mir davon erzählt. Das war allerdings so ziemlich das Einzige, das sie zu mir gesagt hat. Ich glaube, sie hat sich insgeheim sehr gefreut, mich zu sehen, aber Austin hat klar und deutlich zu verstehen gegeben, dass ich ihnen eine Schande bereitet habe, und hat Jenny da mit hineingezogen. Immerhin hat sie mir wenigstens das mitgeteilt; Austin hat keinen Ton von sich gegeben und mir die kalte Schulter gezeigt.«

Erneut schloss Lucy ihn fest in die Arme und versuchte, ihm all seinen Kummer, den er in den letzten vierundzwanzig Stunden erfahren hatte, zu nehmen.

Wärme breitete sich zwischen den beiden aus und ein Kribbeln ging von Nathan auf sie über.

»Schau mal an, du wirst ja doch noch ein richtiger Engel.« Sie hörte ihn schmunzeln. »Auch wenn ich es lieber hätte, dass ich dir deine Sorgen nehme, anstatt du mir meine.« Sanft drückte er ihr einen Kuss auf die Schläfe.

Und ohne dass er seine Aussage weiter ausführte, wusste sie, was er meinte. Es war ihr zunächst instinktiv passiert, doch beim genaueren Nachdenken wurde ihr bewusst, dass sie ihm tatsächlich intentional seine ihn erdrückenden Gefühle genommen hatte. Es war eigentlich nur ein Wunschdenken ihrerseits gewesen, aber dass sie das konnte …

Erstaunen erfüllte ihren Körper und sie schnappte unwillkürlich nach Luft. Hatte sie schon einmal unbewusst Kräfte angewandt, von denen sie gar nicht wusste, dass diese in ihr schlummerten? Und was konnte sie womöglich noch alles?

Lucys erste Unterrichtsstunde bei Michael fand im Tempel statt. Bei ihrem Eintreffen wurde sie von einem Engel direkt hinauf in das obere Stockwerk geführt. Ihr war nie zuvor aufgefallen, dass über dem Versammlungsraum der Erzengel eine Galerie die Decke säumte. Auf dieser befand sie sich nun und folgte raschen Schrittes dem Engel, der, ohne etwas zu sagen, vor einer Tür stehen blieb, anklopfte und sie ihr, nachdem ein knappes »Herein« erklungen war, öffnete. Allerdings forderte er sie nur mit seiner Hand dazu auf einzutreten. Er selbst blieb vor der Tür stehen und sobald Lucy über die Türschwelle in den ungewöhnlich hellen Raum getreten war, schloss er die Tür hinter ihr. Verunsichert blickte sie zurück, als eine Stimme sie wieder herumfahren ließ.

»Schön, dass du gekommen bist, Lucienna.« Michael stand ihr mit dem Rücken zugewandt an einem Fenster und schaute hinab auf die Stadt. Seine Hände waren hinter seinem Rücken verschränkt, was seine breiten Schultern und mächtigen Flügel betonte. Sein goldenes Haar funkelte, obwohl die Sonne nicht in das Zimmer fiel, und als er seinen Kopf zu ihr wandte, ließ seine Schönheit sie sprachlos werden.

»Dann lass uns beginnen.« Er deutete in den Raum hinein und seinem Blick folgend, erkannte sie, dass dieser Ort magisch war.

In einer der hinteren Ecken floss ein kleiner Wasserfall die Wand hinab, den sie bis zuvor nicht entdeckt hatte. Vor ihm lagen zwei Matten auf dem Boden. Sie erinnerten sie an Tatamimatten, die sie in dem im japanischen Stil nachgebauten Haus gesehen hatte, als sie vor wenigen Jahren mit der Schule auf Exkursion gewesen war, nachdem sie die japanische Kultur im Unterricht behandelt hatten.

Auf diese Matten ging Michael nun zu, wobei ihr erneut auffiel, dass das Gehen der Erzengel eine Täuschung war. Es sah nur so aus, als würden sie gehen. In Wahrheit flogen sie knapp über den Boden hinweg, als seien sie zu erhaben, um selbst im Himmel den Boden zu berühren.

Lucy folgte ihm. Als er sogar wenige Millimeter über der Matte im Schneidersitz schwebte, kostete es sie ihre gesamte Willenskraft, die Augen nicht zu verdrehen. Sie setzte sich und begann sich allmählich zu fragen, was Michael vorhatte, als sie erschrak.

Plötzlich saß sie nicht mehr in dem Zimmer im Tempel der Erzengel. Sie und Michael saßen auf einer sattgrünen Wiese unter endlos blauem Himmel.

Sie schnappte nach Luft. »Wie …?«

»Keine Angst, es ist nur eine Illusion.«

Ihr Kopf ruckte zu ihm. Michael hatte die Augen geschlossen und atmete tief und ruhig.

»Ich habe das Licht in dem Wasser aus dem Brunnen gebrochen«, fuhr er fort. »Da es von bedeutender Wichtigkeit ist, dass du für unser Training ruhig und entspannt bist, ist diese Umgebung von Vorteil.«

Aufmerksam schaute sie sich erneut um. Michael hatte recht. Es war ein absolut friedlicher Ort. Die Sonne strahlte in einer angenehmen Wärme auf sie hinab und eine leichte Brise kitzelte ihren Nacken. Hier fühlte sie sich endlos erleichtert. Vermutlich war dies auch ein magischer Effekt dieser Umgebung. Selbst wenn sie versuchte, sich auf schlechte Gedanken zu bringen – wie ihre Sorge um ihren Vater oder die Tatsache, dass Lucifer womöglich auch ihrer Mutter oder Nathan etwas antun könnte –, ließ sie sich nicht aus der Ruhe bringen. Es war, als könnte sie die negativen Gedanken nicht fassen. In einer Sekunde waren sie in ihrem Kopf und in der nächsten wieder fort. Ihr Kopf sagte ihr, sie sollte diesem Gefühl der Sorglosigkeit auf keinen Fall vertrauen, doch ihr Körper war zu unbekümmert, um ihn ernst zu nehmen. Trotzdem schaffte sie, ihre Augen zu Schlitzen zu verengen, als sie ihren Blick erneut auf den Erzengel vor ihr richtete.

»Und hier soll ich jetzt lernen, das Licht genauso zu manipulieren wie du?«

Michael lachte auf und seine unnatürlich weißen Zähne strahlten ihr entgegen, sodass sie geblendet wurde. »Ich bin der Fürst des Lichts, niemand kann es so manipulieren wie ich. Aber es war meine Kraft, die sich damals in Josua gebündelt hatte. Damit ist es mein Licht, das du in dir trägst.« Er machte eine ausladende Geste mit dem Arm. »Alles, was du hier siehst, fühlst, schmeckst, riechst und hörst, ist durch mich hervorgerufen. Es mag auf dich wirken, als wäre ich gerade furchtbar entspannt, doch meine Erscheinung trügt. Ich muss innerlich ruhig und konzentriert sein, um all diese Eindrücke zu erzeugen.«

Skeptisch nahm sie den Fürsten des Lichts in Augenschein. Er saß weiterhin im Schneidersitz vor ihr, als würde er meditieren. Sein Brustkorb sank und hob sich in regelmäßigen Abständen. Lucy kniff verbissen die Augen zusammen, aber es nützte nichts. Nicht das leiseste Anzeichen von Anstrengung oder Erschöpfung war zu finden. Das einzige Indiz, dass er tatsächlich hoch konzentriert war, könnten seine geschlossenen Augen sein.

»Auch wenn du niemals wie ich aus eigenem Antrieb das Licht kontrollieren kannst, weil diese Kraft bei dir als Engel nur zusammen mit deinem Beschützerinstinkt in Erscheinung tritt, darfst du dabei niemals die Kontrolle abgeben, so wie es dir im Kampftraining passiert ist. Es ist nobel, Wehrlose zu beschützen. Allerdings ist niemandem geholfen, wenn du nicht mehr bestimmen kannst, wer eine tatsächliche Gefahr darstellt und wer nicht. Um das zu erreichen, wirst du dich mit meiner Hilfe in Atem- und Entspannungsübungen trainieren, die dir dabei helfen werden, die Oberhand über dein Handeln zu behalten, sobald dich die göttliche Kraft erneut überkommt.«

Mit einem verzerrten Gesicht erinnerte sie sich an das endlos leere Gefühl, das sie im Kampfunterricht ergriffen hatte. Wie machtlos sie dagegen gewesen war. Wäre sie nicht hier und würden ihre Gefühle nicht durch Michael kontrolliert werden, wäre es ihr sicherlich kalt über den Rücken gelaufen.

Auch wenn sie der Sache hier misstraute. Der Intention der Erzengel, dass sie sie in Kontrolle schulten, und Michael. Nichts von all dem hinterließ ein gutes Gefühl in ihrer Magengegend, und doch musste sie es tun.

Sie holte tief Luft und verdammt, sie fühlte sich wunderbar. Dieser Ort war so harmonisch, es hing ihr zum Hals heraus. »Okay.«

Stundenlang saß sie mit Michael auf der Wiese.

Und atmete.

Und atmete.

Und atmete.

Währenddessen genoss sie die wohlige Wärme der Sonne auf ihrer Haut. Es machte sie rasend vor Wut, dass sie nicht genervt war. Denn sie war genervt, das wusste sie, doch ihr Körper ließ das Gefühl nicht zu. Das machte sie nur noch umso wütender.

»Tief ein- und wieder ausatmen«, wies Michael sie nun schon zum abermillionsten Mal an.

Zum abermillionsten Mal antwortete sie mit einem seligen Seufzer und folgte seiner Anweisung. Und so langsam bekam sie das Gefühl, dass die Erzengel sie zu diesem Training als eine Art Bestrafung für … Sie konnte sich nicht vorstellen, was für ein Verbrechen sie begangen haben sollte, um das hier verdient zu haben.

»Konzentrier dich, Lucienna. Es ist ja fast so, als würdest du es nicht einmal versuchen«, ermahnte Michael sie.

»Zu atmen? Natürlich versuche ich das! Ich mache seit Stunden nichts anderes!«, wollte sie ihm entgegenschreien, doch brachte nur ein zartes Säuseln hervor.

»Tust du nicht.« Die Dominanz in seiner Stimme ließ sie zusammenzucken. »Du scheinst immer noch nicht begriffen zu haben, dass du dich auf das Atmen konzentrieren musst. Nichts anderes darf dir dabei mehr durch den Kopf gehen. Wenn du nicht einmal deine Gedanken kontrollieren kannst, ist es sinnlos, darauf zu hoffen, dass du eines Tages in der Lage sein wirst, das Licht, das aus dir herauszubrechen droht, kontrollieren zu können.« Er seufzte erschlagen. »Aber vielleicht darf ich auch nicht so viel von dir verlangen. Es ist immerhin deine erste Trainingsstunde.«

Er schlug die Augen auf und das Violett seiner amethystfarbenen Augen bohrte sich in ihre. Die Natur um sie herum war verschwunden und mit einem Mal überkam sie eine Müdigkeit, die ihre Schultern nach unten sacken ließ, sodass sie sich mit den Händen auf dem Boden abstützen musste, damit sie nicht umkippte.

In einer einzigen eleganten Bewegung stand Michael auf und schaute auf sie hinab. »Leg dich hin und ruhe dich ein wenig aus. Morgen geht es weiter mit deiner ersten Kampfflugstunde. Danach werden wir erneut das kontrollierte Atmen üben.«

Mit diesen Worten drehte er sich um und verließ das Zimmer.

14

We Are Family

Obwohl er es ihr versprochen hatte, überraschte es Lucy, im Traum von ihrem Vater abgeholt zu werden und nun mit ihm gemeinsam durch die Straßen Valos zu schlendern. Sie kamen recht langsam voran, da ihr Vater aufgrund seiner verkümmerten Gestalt nur bedingt agil auf seinen Beinen war und seine gebückte Körperhaltung eher an Kriechen als Gehen erinnerte. Besorgt blickte sie auf den einst stattlichen Obersten Wächter, von dem sie Bilder in der Akademie hatte hängen sehen, hinab. Seine Verletzungen schienen seit ihrem letzten Besuch nicht weiter verheilt zu sein, denn sein sonst gräuliches Gesicht schillerte noch immer wie schlecht gewordenes Fleisch in allen möglichen Blau-, Lila- und Gelbtönen.

»Jetzt schau mich nicht so an, Lucy.« Ihr Vater seufzte. »Ich halte es schon kaum aus, von Jenny bei jedem ihrer Besuche so angesehen zu werden. Bitte nicht auch noch von dir.«

»Ich habe gar nicht –«, setzte sie an, doch ihr Vater brachte sie mit einem scharfen Blick zum Schweigen. Erschrocken schluckte Lucy.

Selbst mit nur einem funktionierenden Auge schaffte es Leonardo, eine derartige Autorität auszustrahlen, dass sie sich wunderte, wie streng er wohl als Vater gewesen wäre, wenn sie in seiner Gegenwart aufgewachsen wäre. Doch all diese »Was wäre, wenn …«-Gedanken waren sinnlos, das wusste sie.

Auch Leonardo seufzte erneut niedergeschlagen auf. »Ich weiß, was du denkst, und ich weiß, warum du so guckst, Lucy. Und glaube mir, ich würde die Erzengel persönlich zur Rechenschaft ziehen für alles, was passiert ist, aber das würde auch nichts mehr ändern.« Er schenkte ihr ein zaghaftes Lächeln, das wie immer bei ihm mehr schaurig als ansehnlich aussah, weil seine dünnen Lippen dabei aufsprangen und es zu einer blutigen Grimasse wurde. »Wir können nur die Zeit nutzen, die uns noch bleibt, und das Beste daraus machen.« Die Traurigkeit in seinem rechten Auge trübte es so sehr, dass es fast schon so matt wie das linke war.

Auch ihr drückte die Schwere der Erkenntnis, dass sie ihren Vater bald verlieren würde, bleiern auf den Magen. Die Tatsache, dass die Erzengel und diese Stadt mit all ihren Regeln der Auslöser für das Leid ihrer Familie waren, ließ die Schönheit der Straßen, vorbei an riesigen Gebäuden und prachtvollen Tempeln, schwinden. Das übliche Strahlen wirkte stumpf und der glänzende Marmor ragte grau in den Himmel empor. Die beiden waren vollkommen allein und Lucy war dankbar, dass ihr Vater anscheinend genauso wenig Lust auf die Bewohner Valos hatte wie sie selbst.

Am Ende einer Straße, auf der sich ein prachtvolles Haus an das nächste reihte, blieben sie schließlich stehen. Vor ihnen befand sich das wohl größte Gebäude der Straße und trotz seiner imposanten Architektur stand es verwahrlost da, als würde man es vor den Augen anderer verstecken wollen, wie einen Fleck auf einer weißen Weste. Eine Schande, die keiner zu Gesicht bekommen sollte.

»Ich hätte nie gedacht, dass ich jemals wieder hierher zurückkommen würde.« Leonardos Stimme war ein leises Raunen und Lucy fragte sich, ob sie sie sich nur eingebildet hatte, als er weitersprach: »In diesem Haus bin ich aufgewachsen.«

Mit geweiteten Augen wandte sie sich von ihrem Vater zu dem Haus, das er mit ernster Miene anstarrte. Es muss einst sehr prachtvoll gewesen sein. Das Vordach vor der Haustür war auf zwei breiten Säulen gestützt. Es besaß bodentiefe Erker und war aus edel aussehendem grau-melierten Marmor. Mit seinen vielen Etagen und dem weitläufigen Grundstück, das es umgab, machte es einen palastähnlichen Eindruck auf Lucy. Doch jetzt überwucherten Sträucher den Weg, der zu der prachtvollen Haustür führte, und das Haus starrte ihnen verlassen entgegen.

»Das ist das Anwesen der de Caziers.« Mit einem tiefen Atemzug betrat ihr Vater das Grundstück und führte sie die Stufen zu dem Anwesen hinauf.

Das Innere war mucksmäuschenstill und lag gespenstig vor ihnen. Sie befanden sich in einer großen Eingangshalle, die durch einen bogenförmigen Durchgang in einen riesigen Raum mündete, der sowohl als Küche als auch Wohnzimmer und Esszimmer in einem diente. Die Einrichtung des Hauses war geschmackvoll, eine Mischung aus traditionell antiken Holzmöbeln und modernen Accessoires. Alles wirkte, als wären die Bewohner des Hauses eines Tages gegangen und nicht mehr wiedergekommen.

»Es ist alles noch genau so, wie ich es verlassen habe, als ich zum Tempel berufen wurde«, fuhr ihr Vater fort. »Damals hatte ich noch nicht gewusst, dass ich an diesem Tag verbannt und auf die Erde geschickt werden würde, sonst hätte ich vermutlich noch ein wenig aufgeräumt.« Er lachte freudlos auf und deutete auf das benutzte Geschirr, das noch auf dem Esstisch stand, als wäre der Besitzer des Hauses in Eile aufgebrochen.

»Du hast hier ganz allein gelebt?«, fragte sie in Anbetracht des riesigen Hauses ungläubig.

»Ich war der Einzige, der noch von meiner Familie übrig war.« Seine Stimme war monoton, ob vor Schmerz oder Verbitterung konnte Lucy nicht sagen, aber sie hatte augenblicklich ein schlechtes Gewissen, ihrem Vater Salz in die Wunde gestreut zu haben. »Zumindest bis du zur Welt kamst.« Er lächelte sie an und es war so aufrichtig, dass sie die paar wenigen gelben Zähne sehen konnte, die er noch besaß.

»Warum hast du nicht wie alle anderen auf dem Akademiegelände gelebt?«

»Ich hatte meine Ausbildung abgeschlossen. Als Anwärter sind die Engel dazu verpflichtet, in den Schlafsälen der Akademie zu leben. Sie sollen sich voll und ganz auf ihr Training konzentrieren. Nur an Sonntagen ist es ihnen gestattet, ihre Familien zu besuchen.« Von dem breiten Lächeln, das soeben sein Gesicht geziert hatte, war nur noch ein kleiner Rest übrig. »Die Wächter und gerade ich, als Oberster Wächter, leben in Valo selbst bei ihrer Familie, … die ich zu dem Zeitpunkt, als ich zum Oberstern Wächter ernannt worden bin, nicht mehr hatte.«

Er führte sie weiter zu einer Ecke im hinteren Teil des Raumes, wo eine Reihe von Bildern an der Wand hing. Auf ihnen waren viele Engel zu sehen, die ihr vage bekannt vorkamen, und sie erkannte, dass es sich um die Familie ihres Vaters handeln musste. Ihre Familie. Es waren bestimmt mehrere Dutzend.

»Was ist mit ihnen allen geschehen?«, hörte sie sich fragen.

»Sie sind alle im Dienste Valos gestorben.« Er schloss für einen Moment die Augen und seufzte. »Wir stammen aus einer der stärksten und ältesten Familien Valos, Lucy. Alle waren, ausnahmslos, Wächter und seit ich denken konnte, war auch immer ein de Cazier der Oberste Wächter gewesen. Vor mir mein Bruder, vor ihm mein Vater und vor ihm dessen Vater und so weiter.«

»Aber wie kann es sein, dass es außer uns niemanden mehr gibt?«

Ihr Vater wandte sich ihr zu. Schmerz zierte sein sowieso schon lädiertes Gesicht. »Wächter zu sein bedeutet, ein Diener Valos und der Erzengel zu sein, was wiederum bedeutet, sich zum Wohl dieser Stadt vollkommen hinzugeben. Sie mag nach außen so glorreich und unverbesserlich wirken, doch es fordert einen hohen Tribut, damit dieser Eindruck gewahrt werden kann.« Er schnaubte verächtlich, sodass es schon fast wie ein Lachen klang, und wandte sich erneut der Wand mit den Bildern zu. »Und alle, die es geschafft hatten, Valo und seine Schrecken zu überleben, wurden bei dem Angriff meines Bruders und seiner Armee von Paholainen getötet. Es war der Tag, an dem ich nicht nur meinen Bruder, sondern auch meine Mutter verlor.«

Tränen füllten seine Augen und Lucy blickte auf das Bild, auf das er seine Aufmerksamkeit richtete. Darauf war eine junge Frau zu sehen. Sie war wunderschön mit ihren blonden Haaren, den strahlend grünen Augen und den sandfarbenen Flügeln, die groß hinter ihrem grazilen Körper aufragten. Rechts und links von ihr hielt sie jeweils einen Jungen im Arm. Der Junge rechts war das Ebenbild der Frau und ihrer selbst, wie Lucy erkannte, und sie sah Leonardos Schalk in den Augen seines jüngeren Ichs funkeln. Der Junge links hatte etwas dunkleres Haar als seine Mutter und sein Bruder, doch auch seine Augen waren von diesem unglaublichen Grün, dass sie schwer glauben konnte, dass hinter diesen Augen das wahre Böse lauerte. Dieser Junge war ohne Zweifel ihr Onkel. Lucifer.

»Auch wenn ich sie jeden Tag vermisse, bin ich froh, dass sie nicht mit ansehen musste, wie auch ihr zweiter Sohn als Schande Valos verbannt wurde und den Namen de Cazier endgültig in den Ruin getrieben hat«, sagte Leonardo bitter. »Als Junge habe ich viel Zeit mit ihr draußen im Garten verbracht … Dabei fällt mir ein: Ich wollte dir noch etwas zeigen.«

Er bedeutete ihr, ihm zu folgen, und gemeinsam verließen sie das Haus durch eine Verandatür nach hinten hinaus. Der Garten war ein wildes Durcheinander an Pflanzen, die früher einmal sicherlich gepflegt worden waren und sich nun verselbstständigt hatten, und Unkraut, das neu dazwischen gesprossen war. Bei diesem Anblick juckte es Lucy in den Fingern, sich Gartenhandschuhe anzuziehen und sich sofort ans Werk zu machen, um den Garten wieder auf Vordermann zu bringen. Doch es stand ihr nicht zu, hier irgendetwas zu verändern, wenn es das letzte bisschen war, das ihrem Vater aus seinem damaligen Leben noch geblieben war.

»Hier müsste sie doch sein … Ich hoffe, sie ist nicht eingegangen«, murmelte ihr Vater eher zu sich selbst, während er zwischen den Pflanzen hindurch humpelte. »Hier ist sie!«, rief er schließlich begeistert und winkte sie schnell heran. Vor ihm wuchs zwischen allerhand Unkraut eine Blume. Sie war reinweiß und wirkte damit mehr als fehl am Platz zwischen all dem wild wuchernden Gestrüpp. Sie erinnerte Lucy an eine

Art Lilie, doch sie war sich sicher, diese Art noch nie zuvor auf der Erde gesehen zu haben. Ihr Stiel war dick und von einem satten Grün, von dem aus sich zwei stramme Blätter lösten. Aus der Blüte standen drei goldene Staubfaden hervor.

»Dies war die Lieblingsblume meiner Mutter«, erklärte Leonardo. »Sie wächst nur hier in Valo und ist zudem unglaublich selten, da es nur wenige Exemplare mit einer weiblichen Blüte gibt, so wie du sie hier vor dir siehst.« Er schmunzelte sie an, doch dieses Mal wirkte es weniger schaurig als üblich, und ihr wurde warm ums Herz. »Ihr Name ist Luciennaliea. Ich habe dich nach ihr benannt.«

Lucy war sprachlos, doch ihr Vater redete ohnehin weiter.

»Als ich dich damals in meinen Armen hielt und dir in die Augen sah. Als ich mich und meine Mutter in dir erkannte, musste ich sofort an diese Blume denken, an diesen Garten und an die Zeit, die wir immer zusammen hier verbracht hatten. Ich wollte, dass diese Zeit verewigt wird und weiterlebt, und durch dich passiert dies nun.«

Tränen traten in ihre Augen, während sie auf die Knie sank und die Arme um ihren Vater schlang. Wohlige Wärme flutete ihren Körper und ihrer Kehle entrann ein Schluchzen.

»Ich liebe dich, Dad«, flüsterte sie. Es war das erste Mal, dass sie ihm diese Worte sagte, obwohl sie schon seit Längerem wusste, dass sie so für dieses kleine schaurige Wesen, das einst ihr Vater gewesen war, empfand. Doch noch nie hatte sie sie so sehr gefühlt wie in diesem Augenblick, hier in diesem verwahrlosten Garten hinter dem leerstehenden Haus ihrer Familie, die sie nie kennengelernt hatte.

»Ich liebe dich auch, meine Lucy«, raunte ihr Vater ihr ins Ohr und Lucy schloss die Augen, um dieses Gefühl für immer in Erinnerung zu behalten.

Schließlich lösten sich die beiden voneinander und gingen zurück durch das Haus nach vorne zur Straße, da erstarrte Lucy, als ihr Vater sagte: »Da du meine einzige Nachfahrin und die Letzte der de Caziers bist, gehört dieses Haus dir. Ich weiß, es muss einiges getan werden, da es schon so lange leer steht, aber wenn du deinen Abschluss auf der Akademie hast und jemals in Valo sein solltest, ist dies dein Zuhause.«

Lucy konnte bloß nicken. Diese Villa gehörte ihr?

Ein Grinsen wollte sich auf ihr Gesicht schleichen, aber sie hielt es zurück. Es tat ihr leid um das schöne Anwesen, doch sie konnte und würde ihre Mutter nie auf der Erde zurücklassen und dementsprechend würde vermutlich nie wieder jemand in diesem wunderschönen Haus leben.

Leonardo schloss die Tür hinter den beiden und schweigsam machten sie sich auf den Weg zurück zu den Schlafsälen der Akademie. Als die beiden sich voneinander verabschiedeten, zog Leonardo die Stirn kraus. »Es ist wirklich bizarr.«

»Was ist?«

»Du wurdest nach der Luciennaliea benannt, weil ich deine Reinheit und Güte erkannte. Weil ich hoffte, dass so das Ungleichgewicht dieser Welt wieder ausgeglichen werden würde.«

»Was willst du damit sagen?«, fragte sie.

»Genau dasselbe hat meine Mutter mit meinem Bruder getan. Lucifer wurde nach der männlichen Blüte der Luciennaliea benannt. Luciferus. Doch letztendlich hat er eine ganze Armee aufgestellt, um die Welt, wie wir sie kennen, zu vernichten.« Er sah ihr Ernst in die Augen, während sich die Härchen an ihren Armen aufstellten. »Und nun scheinst du, seine Namensvetterin, unsere einzige Hoffnung gegen ihn zu sein.«

Mit diesen Worten löste er sich vor ihren Augen auf und sie schreckte aus dem Schlaf hoch. Hektisch atmend nahm sie ihre Umgebung in Augenschein, doch alles war wie immer. Casey schlief in ihrem Bett auf der anderen Seite des Saals und schnarchte ruhig vor sich hin, doch als sie einen Blick auf ihren Nachtisch warf, erschrak sie. Dort stand das Bild ihrer Großmutter mit ihrem Vater und Onkel. Schnell legte sie es flach auf das Schränkchen, sodass sie nicht mehr in die ihr nun verzweifelt vorkommenden Augen ihrer Großmutter schauen und den von Sekunde zu Sekunde düsterer werdenden Blick Lucifers ertragen musste.

15

Meine Hormone können nicht einmal von Erzengeln unter Kontrolle gebracht werden

Als Lucy zusammen mit Michael auf die große Wiese, die an das Gelände der Akademie grenzte, trat, weiteten sich ihre Augen. In der Luft vor ihr flogen mindestens fünfzig Engel und bekämpften sich. Sie alle trugen dabei so wie sie volle Kampfausrüstung.

Ein fester Brustpanzer aus hartem Stahl umschloss Lucys Oberkörper, mit einer tiefen Einkerbung am Rücken, sodass sie ihre Flügel frei bewegen konnte. Sowohl an ihre Ober- als auch Unterarme schmiegten sich Armschienen. Um ihre Hüfte war eine weitere Panzerung geschnallt, die an den Seiten hinab den Anfang ihrer Oberschenkel schützte. Als sie diese Rüstung zuerst gesehen hatte, waren ihr beinahe die Augen aus dem Kopf gefallen. Sie hatte sich nicht vorstellen können, ein solches Gewicht am Körper zu tragen und sich damit auch noch bewegen, geschweige denn kämpfen zu können. Nachdem sie sie allerdings angelegt hatte, hatte sie überrascht feststellen müssen, dass sie sich zwar ungewohnt, aber nicht sperrig und dazu ungewöhnlich leicht an ihrem Körper anfühlte. »Valorischer Stahl« war Michaels Antwort gewesen, als er ihr überraschtes Aufkeuchen gehört und ihren verwunderten Blick auf die Rüstung richtig gedeutet hatte, als würde das als Erklärung reichen.

Auf dem Schlachtfeld vor ihr …

Heißt es überhaupt Schlachtfeld, wenn sich der Kampf in der Luft abspielt? Na ja, egal.

Alle kämpfenden Engel hielten einen Schild in der einen und eine Waffe in der anderen Hand. Es waren ganz unterschiedliche: Von einem Speer über einfache Schwerter bis hin zu Todessternen war alles dabei.

Lucy selbst hatte sich ein Schwert mitgenommen, da sie sich mit diesem am wohlsten fühlte. Es diente als eine elegante Verlängerung ihres Arms, hielt ihren Gegner auf einem passablen Abstand und war einfacher zu handhaben als ein Speer.

Unsicher ließ sie den Blick über die Masse an kämpfenden Engeln gleiten. Der Klang der aufeinandertreffenden Waffen dröhnte in ihren Ohren und bei der Präzision und Geschwindigkeit, die die Engel in ihre jeweiligen Angriffe legten, musste Lucy schlucken.

Wie um alles in der Welt soll ich hier gleich lebend wieder rauskommen?

»Na los, Lucienna. Zeig uns, was du in deiner bisherigen Zeit an der Akademie gelernt hast.« Michael legte ihr eine Hand auf die Schulter und drückte sie entschieden in Richtung Kampffeld. Oder eher Kampfluft? Lucy wusste beim besten Willen nicht, wie sie das Wirrwarr der um sich her flitzenden Engel und dem Aufblitzen von Waffen nennen sollte, doch es spielte ohnehin keine Rolle. Denn sobald sie da drin war, würde sie alles geben müssen, um wieder heil heraus-zukommen.

Das Kampfflugtraining erforderte um einiges mehr Koordination als das Kampftraining auf dem Boden. Lucy musste ihre Augen nun nicht nur vor und hinter sich haben, sondern auch über und unter sich. Ihre Gegner schraubten sich durch die Luft, tauchten plötzlich unter ihr auf oder stürzten sich versteckt in den Wolken aus dem Hinterhalt auf sie. Dabei kämpfte sie nicht gegen einen festen Partner so wie in ihrem vorherigen Training. Immer wieder tauchten neue Gegner auf und durch die Bewegung in der Luft griff auch sie immer wieder unterschiedliche Engel, an denen sie gerade vorbeiflog, an.

So würde vermutlich auch ein realistischer Kampf aussehen, dachte sie.

Und so skurril es auch war, sie hielt den Kämpfen stand. Sie verteidigte sich nicht nur ausschließlich wie in ihren letzten Übungsstunden, sondern landete auch ein paar Treffer. Das Erfolgsgefühl rauschte durch ihren Körper und beflügelte sie zu noch größerer Leistung.

Ein Grinsen stahl sich auf ihre Lippen und sie wirbelte umher, als sie eine Bewegung hinter sich wahrnahm. Sie riss ihren Schild hoch, blockte den Speer der Engelsfrau, der auf ihren Brustkorb ausgerichtet war, bevor sie mit ihrem Schwert ausholte. Gerade rechtzeitig senkte sich die Frau im Sturzflug hinab und entkam ihr.

Lucy schaute ihr nach, bis sie einen weiteren Angriff von oben auf sich zukommen spürte. Auch diesen Angriff blockte sie gekonnt ab und stieß den Engel durch einen Highkick in zwei weitere kämpfende Engel neben sich. Alle drei stoben auseinander, doch bevor sie sich auf sie stürzen konnten, hatte sie sich in Windeseile nach oben geschraubt und beobachtete die Szene unter sich.

Lucy verstand es selbst nicht. Die einzige logische Erklärung für ihren Kampferfolg sah sie in den Nachhilfestunden mit Nathan und ihren extra Übungen, die sie noch immer jeden Abend unter Caseys Aufsicht durchführte. Vermutlich trugen auch die Atemübungen, die sie im Privatunterricht mit Michael übte, ihren Teil dazu bei. Aber so viel Bedeutung wollte sie den zähen, niemals zu enden scheinenden Stunden, die sie fast täglich in dieser elendig entspannenden Illusion verbrachte, nicht zuschreiben. Nein, das konnte nicht die ganze Erklärung für ihre neugewonnene Kampfkraft sein. Es kam ihr so vor, als hätte sie eine gesteigerte Ausdauer in der Luft, schärfere Sinne und mehr Muskelkraft.

Ihre Verwunderung nach dem ersten Kampftraining winkte Casey bloß ab. »Du bist ein Engel, natürlich hast du verbesserte Fähigkeiten in der Luft. Deshalb lassen sie uns auch zuerst nur am Boden kämpfen. Dadurch werden wir nicht nur geschult, notfalls ohne unsere Flügel auszukommen, sondern müssen außerdem lernen, erst einmal den harten Weg zu gehen. Am eigenen Leib erfahren, woher wir kommen, und uns bewusst machen, dass wir durch unsere Engelskräfte privilegiert sind. Wir alle hatten unseren Ursprung als einfache Menschen. Wir sind lediglich die Wiedergeburt ihrer Seelen und sollten uns vor Augen führen, dass wir nicht über ihnen stehen und dass es unsere Aufgabe ist, sie zu beschützen.«

Lucy schnaubte. »Das klingt wie das komplette Gegenteil von dem, was Luke mir erzählt hat.«

»Wie meinst du das?« Casey zog die Stirn kraus.

»Er hat gesagt, dass sich die Engel mittlerweile nur noch zu Schutzengeln ausbilden lassen würden, wenn die Akademie der Wächter sie nicht nehme. Sogar, dass die meisten Engel in ihnen nur potenzielle neue Engel sähen, weswegen es gut für Valos Wirtschaft sei, wenn sie sterben.«

»Politik ist schwierig, Luce.« Caseys Stimme klang resigniert. »Es ist nicht alles immer nur schwarz und weiß. Vor allem, wenn es darum geht, alte Werte bei- und aufrechtzuerhalten, während die Zeiten sich geändert haben. Unabhängig davon, ob es die Situation verlangt oder die Bevölkerung sich verändert hat. Es wird mittlerweile viel getan und gesagt, wo in Wahrheit eine ganz andere Intention dahintersteckt. Heutzutage ist es umso wichtiger geworden, auf die eigenen Wertesysteme zu vertrauen und sich immer wieder deutlich vor Augen zu halten, was für eine Art Engel man sein möchte.«

Lucy fiel die Kinnlade herunter. »Manchmal klingst du ganz schön weise, weißt du das?«

»Ich weiß.« Ihre Zimmergenossin schenkte ihr ein selbstzufriedenes Engelslächeln und zuckte die Schultern. »Und jetzt will ich mindestens dreißig weitere Liegestütze von dir sehen.« Caseys Lächeln bekam etwas Diabolisches und Lucy stöhnte genervt auf.

»Ich nehme alles zurück. Du bist nicht weise. Du verstehst dich einfach nur in antiken Foltermethoden!«

Casey lachte. »Glaube mir, Lucy. Du würdest es merken, wenn ich dich foltern wollen würde. Und jetzt guck nicht so mitleidig und zieh deine Übungen durch! Du willst schließlich weiterhin Fortschritte beim Training erzielen und nicht weiter unangenehm durch konstantes Versagen auffallen wie kurz nach deiner Ankunft an der Akademie, nicht wahr?«

»Besser, aber immer noch nicht ansatzweise gut genug.«

Lucy wollte schreien, frustriert mit der Faust neben sich schlagen oder sie am liebsten doch direkt Michael dorthin stecken, wo diese vermaledeit perfekte Sonne nicht schien. Doch stattdessen bewegte sie den Kopf ferngesteuert auf und ab.

Sie saß erneut mit Michael zusammen in dem Zimmer im Tempel der Erzengel und war in dieser schaurig schönen Umgebung auf der Wiese gefangen. Alles wurde wieder von ihm kontrolliert und auch wenn sie es nicht zugeben wollte, war sie ihm diesmal in gewisser Weise dankbar für die Ruhe und Kraft, die sie aus der von ihm erschaffenen Natur zog. Nach dem Kampfflugtraining, bei dem sie sich tapferer schlug als erwartet, war sie meist so erschöpft, dass sie sich kaum noch auf den Beinen halten konnte. Daher war es von Vorteil, dass Michael sie nach einer kurzen Mittagspause direkt in den Tempel beorderte, um die Kontrolle über ihr inneres Licht zu trainieren.

Da ihr Alltag nun so aussah, verbrachte sie leider kaum noch Zeit mit Luke und den Drillingen. Sie alle gingen weiterhin gemeinsam zum regulären Unterricht an der Akademie, während Lucy tagein, tagaus mit Michael zusammen war. Selbst Nathan bekam sie nur in ihren Träumen zu sehen, wenn sie nicht zu erschöpft für einen selkeä unelma war und nicht sofort in einen sie vollkommen übermannenden traumlosen Schlaf glitt. Und sie hasste es. Sie hasste es, ihn nicht sehen zu können, nicht mit ihm reden zu können. Ihn nicht zu umarmen, seine Hand zu halten, ihn zu küssen. Oh, was würde sie dafür geben, jetzt bei ihm zu sein, seine Lippen auf ihren und –

»Lucienna«, ermahnte Michael und Lucy zuckte zusammen.

Interessant, dachte sie. Bisher hatte sie nichts in diesem Raum aus der Ruhe bringen können, doch ihre Gedanken an Nathan hatten ein aufregendes Kribbeln durch ihre Adern gesandt, das ihren Körper vibrieren und ihre Mitte heiß werden ließ. Doch auch wenn sie erfreut darüber war, dass Michael anscheinend nicht alles in ihr kontrollieren konnte, verbannte sie Nathan aus ihren Gedanken. Sie wollte nicht, dass Michael etwas von ihrer Gefühlslage mitbekam. Lucy schämte sich keinesfalls für ihre Gefühle Nathan gegenüber, die … Ja, sie traute sich immer noch nicht, über sie zu sprechen, und sie wollte sie den Erzengeln schließlich nicht auf die Nase binden. Also atmete sie erneut tief durch, horchte in ihren Körper hinein und ließ sich von der wiederkehrenden Entspannung einnehmen.

Hier in dieser Oase, im Schneidersitz sitzend und konzentriert atmend, fühlte sie, wie ihr Körper allmählich neue Kraft tankte. Zudem half die Erschöpfung bei ihren sonst so üblich rasenden Gedanken.

Ihr Kopf war vollkommen leergefegt, was ihr ein Kompliment Michaels einbrachte.

»Deine Konzentration ist um einiges besser als beim letzten Mal, ich bin beeindruckt. Spürst du die Energie im Rhythmus deiner Atmung durch dich hindurchfließen?«

Lucy hatte keine Ahnung, wovon Michael sprach, aber die Harmonie des Ortes brachte sie zum Nicken.

»Sobald du wahrnimmst, dass dein Licht dich zu überwältigen droht, sollte dies hier dein Ausgangspunkt sein«, erklärte Michael. »Konzentriere dich auf eine kontrollierte Atmung, um dein Inneres zu beruhigen. Davon ausgehend wirst du in der Lage sein, deine Kraft, die das Licht bündelt, selbstbestimmt herauszulassen und zu nutzen. Dadurch wirst du nicht mehr überwältigt werden und kannst weitere Vorfälle vermeiden.«

Zu gern würde sie nachempfinden, was Michael ihr erzählte. Sie wollte unbedingt lernen, ihr inneres Licht zu kontrollieren, damit so etwas wie im Kampftraining nicht mehr vorkam. Es gab schon ohnehin viel zu viele Situationen in ihrem Leben, die über ihren Kopf hinwegrauschten und ihr das Mitspracherecht nahmen.

Wenigstens sich selbst wollte sie im Griff haben. Ihre eigenen Taten zu bestimmen, war eine Sache, die sie nicht abgeben wollte. Nicht an irgendeine Kraft, die sich ihrer Kontrolle entriss, und schon gar nicht an die Erzengel, die über sie bestimmen würden, sollte sie scheitern, ihre Kraft zu meistern.

Ein letztes Mal schloss sie die Augen und blendete alles um sich herum aus: den Erzengel vor sich, das weiche Gras unter und den weiten Himmel über sich.

Als sie ihren Kopf erneut von allen Gedanken, die sich eingeschlichen hatten, befreit hatte, atmete sie tief durch die Nase ein und anschließend durch den Mund wieder aus. Dies wiederholte sie unzählige Male, bis sie glaubte, gleich wegzudämmern.

Noch immer hatte sie nicht den leisesten Schimmer, von welcher Kraft, die beim Atmen durch sie hindurchströmen sollte, Michael gesprochen hatte.

»Ich glaube, das reicht für heute. Wir machen beim nächsten Mal an der Stelle weiter«, erlöste der Fürst des Lichts sie endlich.

Dieses Mal machte sich Lucy nicht einmal mehr die Mühe, sich abzustützen, als um sie herum der Raum im Tempel wieder zum Vorschein kam. Erschöpft sackte sie zusammen und lag wie ein umgekippter Kartoffelsack auf dem Boden vor Michael, der über ihr stand. Nichts an ihm ließ darauf schließen, dass er die letzten Stunden ein komplettes Zimmer in einer Illusion und ihre Gefühle entspannt gehalten hatte.

»Schließ die Tür hinter dir, wenn du gehst«, rief er noch über seine Schulter hinweg, bevor er den Raum verließ.

Auch wenn Lucy gerne noch Stunden hier liegen geblieben wäre, wusste sie, dass sie aufstehen musste. Die Tatsache, dass Michael sie allein gelassen hatte, bot ihr eine Chance, sich unbemerkt im Tempel der Erzengel nach dem Schlüssel zur Gläsernen Brücke umzusehen. Durch Luke wusste sie, dass dieser hier irgendwo aufbewahrt werden musste, und da sich unten der Ratssaal der Erzengel befand, konnte der Schlüssel nur hier oben in einem der Räume, die an die Galerie grenzten, sein.

Mit zusammengebissenen Zähnen stützte sie sich auf ihre Unterarme und drückte sich vom Boden ab. Himmel, das war schwerer als gedacht. Ihre Gliedmaßen zitterten vor Anstrengung, während sie sich aufrichtete und zur Tür wankte. Diese schloss sie nicht. Mit ihrer jetzigen Muskelkontrolle würde das einen viel zu großen Lärm veranstalten und dabei baute sie gerade darauf, dass niemand wusste, dass sie sich noch im Tempel befand, weil Michael bereits gegangen war.

Mit einem Arm stützte sie sich an der marmornen Wand ab und schaute sich um. Von dem Korridor gingen mehrere Türen nach links ab. Rechts prangte ein Geländer, von dem aus man eine prächtige Sicht über den Verhandlungssaal unten hatte.

Der Schlüssel muss also in einem dieser Räume sein. Doch in welchem?

Langsam, aber so schnell es ihre wackeligen Beine eben erlaubten, schob sich Lucy die Wand entlang. Raum an Raum zog an ihr vorbei, doch sie wagte es nicht, eine einzige Tür zu öffnen. Schließlich war sie bereits an der gegenüberliegenden Seite des Trainingszimmers angelangt, als sie plötzlich hinter einer Tür ein Surren vernahm. Es war kein Geräusch, vielmehr ein Gefühl. Ein inneres Vibrieren, das ihr durchs Mark fuhr.

Bestimmt legte sie eine Hand an den Türknauf und atmete erleichtert auf, als er sich drehen ließ.

Der Raum, der dahinter zum Vorschein kam, musste magisch sein, denn wie in dem Haus von Jenny und Mr Brown passte seine Beschaffenheit in keiner Weise zum Grundriss des Tempels. Er war kreisrund und schlicht. Alles bestand aus weißem Marmor: die Decke, die Wände, der Boden. In seiner Mitte thronte ein Podest, ebenfalls aus weißem Marmor, mit einem roten Samtkissen darauf. Und auf diesem Kissen lag ein goldener Schlüssel. Er lag dort ohne jegliche Sicherheitsvorkehrungen. Ohne Glasglocke, ohne Laser, die Alarm schlagen würden, wenn man sich ihm näherte. Nicht einmal ein Absperrseil, das man aus Museen kannte, umgab ihn. Von ihm ging ein leuchtender Glanz aus und Lucy war sich sicher, dass er das Surren in ihr hervorrief.

Der Schlüssel der Gläsernen Brücke.

Sie hatte ihn gefunden. Endlich hatte sie die Sicherheit, dass sie Lucifer davon abhalten konnte, ihrer Familie noch mehr Leid zuzufügen. Auch wenn sie sich bewusst war, dass das Entwenden des Schlüssels zu einer Reihe unvorhersagbarer

Probleme unermesslichen Ausmaßes führen würde, so war es auf eine verdrehte Art und Weise beruhigend, dass sie hiermit die akute Drohung Lucifers abwenden konnte.

Was geschehen würde, sobald sich der Schlüssel in seinem Besitz befände, oder was die Erzengel mit ihr tun würden, sollten sie erfahren, dass sie diejenige wäre, die dem Teufel den Schlüssel zum Himmel geben würde, wollte sie sich lieber nicht ausmalen.

Doch was jetzt? Sollte sie ihn mitnehmen?

In Anbetracht ihrer Erschöpfung, die sie dazu veranlasste, sich immer noch zu stützen, um aufrecht zu gehen, beschloss sie, ein anderes Mal wieder herzukommen und den Schlüssel zu nehmen. Sollte sie jemand dabei erwischen, wäre sie nicht in der Lage, sich zu verteidigen, und da es ihren gesamten Plan, den Schlüssel Lucifer zu geben, zunichtemachen würde, wäre es sinnvoller zu warten.

Lucy wusste nicht, ob und wie ihr Onkel ihr Handeln und bis zum jetzigen Zeitpunkt Nicht-Handeln beobachten konnte, doch sie hoffte inständig, dass auch er erkannte, dass der Zeitpunkt gerade mehr als nur ungünstig war, um den Schlüssel zu nehmen.

Immerhin wusste sie jetzt mit Sicherheit, wo sich dieser befand und dass er nicht bewacht wurde. Sie würde wiederkommen. Vorbereitet und ausgeruht. Und dann würde die Welt und wie sie sie bis zu diesem Zeitpunkt gekannt hatte, aufhören zu existieren. Das wusste sie.

16

Don't Run With The Singing Fish

Eine Woche vor Lucys achtzehntem Geburtstag klopfte Nathan am Samstagvormittag unangekündigt an die Tür ihres Schlafsaals.

»Was machst du denn hier?«, wunderte sie sich.

»Ich hole dich ab.« Er schenkte ihr ein Lächeln, als läge die Antwort auf der Hand. Dabei blitzten seine Augen vor Freude so verführerisch auf, dass ihre Knie weich wurden.

Lucy merkte erst, dass sie sich mal wieder in seinen Augen verloren hatte, als Casey plötzlich von hinten einen Arm um ihre Schulter legte und sie an sich drückte. »Geh ruhig, du hast dir einen romantischen Tag mit Romeo nach all deinem harten Training mehr als erarbeitet. Wir holen unseren Shopping-Trip in die Stadt einfach nach.«

Ihr klappte der Mund auf. Mist! Ihre Verabredung mit Casey hatte sie bei Nathans Anblick tatsächlich vergessen. Sie wollte protestieren, doch Casey war noch nicht fertig.

»Keine Widerrede! Wenigstens eine von uns hat ein Liebesleben, da sollten wir darauf achten, dass es nicht im Sand verläuft.« Sie zwinkerte Lucy zu und schob sie dann vehement in Nathans Richtung. Dieser lachte nur, doch verstummte, als er Caseys ernsten Gesichtsausdruck und erhobenen Zeigefinger sah. »Das meine ich ernst, Nate! Ich hoffe, du hast etwas Schönes vorbereitet, denn bei den

Erzengeln, das hat sie verdient!«

»Ich weiß«, kam es rau aus seiner Kehle zurück und er griff nach Lucys Hand.

Irritiert schaute sie zwischen den beiden hin und her, doch Casey grinste nun wieder und schloss winkend die Tür hinter ihnen.

»Wohin fliegen wir?«, fragte sie, nachdem sie die Gläserne Brücke hinter sich gelassen hatten, und richtete ihren Blick auf den Picknickkorb, den Nathan in der Hand hielt. Mit der Wärme Valos im Rücken atmete sie die frische Luft ein und genoss den Wind, der ihr durch die Haare fuhr und mit den Federn ihrer Flügel spielte.

Nathan verzog das Gesicht. »Ich wollte mit dir wieder auf die Bahamas, aber nach Caseys Ansprache komme ich mir blöd vor, mir nichts Neues überlegt zu haben.«

Empört schnappte sie nach Luft. »Wage es ja nicht! Dieses Date war das Schönste, das ich je erlebt habe, und noch einmal mit dir den Tag auf dieser wunderschönen Insel zu verbringen, ist genau das, was ich jetzt brauche.«

Sie lächelte verträumt, als sie an den Sonnenuntergang zurückdachte, den sie zusammen mit Nathan vor wenigen Wochen dort beobachtet hatte. All die Dinge, die sie sich an diesem Strand einander anvertraut hatten. Die Küsse, die sie geteilt hatten. Ihre Wangen erwärmten sich bei dem Gedanken und Hitze entflammte in ihrem Inneren.

»Außerdem kann man nie zu viel Zeit in der Karibik verbringen!«

Wie zur Bestätigung drückte sie Nathan im Flug einen Kuss auf die Wange. Nun war er derjenige, der mit geröteten Wangen verträumt in der Gegend umherschaute.

Mit einem zufriedenen Seufzer hielt sich Lucy ihren vollgeschlagenen Bauch.

»Ich weiß nicht, wo du immer dieses ganze leckere Essen herzauberst, aber …« Sie drehte sich auf die Seite und stützte ihren Kopf mit einer Hand auf, um ihm zugewandt zu liegen. »Es steht definitiv auf deiner Pro-Liste.«

Nathan hob die Augenbrauen. »Pro-Liste? Soso, und was bitte steht auf meiner Kontra-Liste?«

Neugierig sah er sie an und sie scheiterte kläglich dabei, ihr Lachen zu unterdrücken.

»Dass du keine Ideen für ein zweites Date hast und deswegen das erste wiederholst.«

Für einen kurzen Moment entglitten Nathan die Gesichtszüge, dann schaute er sie gespielt bedauernd an, während er sich aufsetzte. So über ihr, mit den großen, weiten Flügeln im Rücken, warf er einen bedrohlichen Schatten auf sie hinab. In seinen Augen blitzte der Schalk und er beugte sich über sie. »Ich habe sehr wohl eine neue Idee.«

Bevor sie sich auch nur wehren konnte, hatte er sie gepackt, sich über die Schulter geworfen und war mit ihr den Strand zum Meer hinuntergerannt. Wellen umtosten seine Beine, als er mit ihr gemeinsam in das türkisklare Wasser hechtete.

»Nathan!«, quietschte Lucy noch, bevor er sich mitsamt ihr in das schäumende Nass warf.

Das Wasser war überraschend erfrischend und kühl und durchnässte ihre Kleidung, sodass sie nun noch viel deutlicher die Stellen spürte, an denen Nathan ihren Körper berührte. Plötzlich kam ihr der Ozean nicht mehr so erfrischend vor wie zuvor und die Hitze, die sie auf dem Hinflug in ihrer Mitte gespürt hatte, kam mit doppelter Intensität zurück.

Sie und Nathan schwebten schwerelos im Wasser. Er zog sie von seiner Schulter zu sich nach vorne und schaute ihr in die Augen, so als würde es ihm genauso gehen wie ihr. Seine großen Hände lagen heiß auf ihren Hüften und sie beugte sich nach vorn. Wollte, nein musste, ihm näher sein.

Sogar unter Wasser strahlten seine Augen in einem solch unbeschreiblichen Blau, dass selbst der Ozean blass dagegen aussah. Automatisch legten sich ihre Hände an seine Wangen. Ob sie ihn an sich zog oder umgekehrt, konnte sie nicht sagen, doch plötzlich trennte die beiden kaum ein Millimeter mehr voneinander.

Mit einem Rauschen in den Ohren tauchten die beiden wieder auf und hielten sich mit ihren Blicken gefangen. Wie in Zeitlupe bewegten sich ihre Gesichter aufeinander zu, bis sich ihre Lippen berührten. Da Lucy, als Nathan sie unter Wasser getaucht hatte, die Luft angehalten hatte, seufzte sie nun an seinen Lippen auf. Er nutzte die Gelegenheit, um ihren zarten Kuss zu intensivieren. Seine Zunge glitt in ihren Mund, fand die ihre und umspielte, liebkoste sie. Sie erwiderte den Kuss mit derselben Hingabe und presste ihren Oberkörper gegen seinen. Die Hitze, die sie von innen heraus versengte, breitete sich weiter aus und auch wenn es für sie keinen Sinn ergab, glaubte sie, diese mildern zu können, indem sie ihm noch näher war. Mit einem Schwung schlang sie ihre Beine um seine Hüften und als sie seine Härte durch die nasse Hose spürte, entfuhr ihr ein Stöhnen. Nathan hielt ihre Oberschenkel fest umschlossen und wären seine Küsse nicht so stürmisch, würde sie denken, dass er in dieser Situation vollkommen gelassen war.

Sie vergrub die Hände in seinem nassen Haar und entlockte ihm einen kehligen Laut, als sie leicht daran zog. Sie schmiegte sich noch enger an ihn, doch verzog leicht das Gesicht, als ihr nasser Alkuun ihr unangenehm am Oberkörper rieb. Unruhig zappelte sie hin und her, in der Hoffnung, dem Gefühl von feuchtem Stoff auf ihrer Haut zu entkommen, als Nathan knurrte.

»Lucy.« Er klang atemlos. »Du musst aufhören, so rumzuhampeln.« Sein heißer Blick brannte sich in sie.

Verständnislos blinzelte sie. »Bin ich zu schwer?«

Nathan lachte rau. »Nein, du bist nicht zu schwer.« Erneut beugte er sich zu ihr hinab, doch sein Mund streifte nur leicht ihre Wange, bevor er an ihrem Ohr Halt machte. »Du bringst mich um den Verstand, wenn du dich weiter so an mir reibst.«

Ihre Ohren fingen an zu glühen und sie war versucht, den Blick zu senken. Doch sie wollte sich nicht länger verstecken. Vorsichtig löste sie sich von ihm und glitt an seinem Körper hinab. Die Reibung, die ihre beiden nassen Körper erzeugten, ließ sie zusammenzucken. Seinen fragenden Blick haltend, ging sie einen Schritt zurück, fasste um sich herum und löste langsam ihren Alkuun. Mit großen Augen verfolgte Nathan jede ihrer Bewegungen und der Hunger, der in ihnen tobte, nahm mit jeder Schicht Stoff, die ihren Oberkörper verließ, zu. Schließlich fiel das letzte Stückchen Tuch von ihr und nun stand sie oberkörperfrei vor ihm. Lucy straffte die Schultern, um nicht das Selbstbewusstsein zu verlieren, doch Nathans Gesichtsausdruck löste alle Zweifel augenblicklich in Luft auf. So wie er sie ansah, fühlte sie sich unbesiegbar.

»Du bist so schön«, flüsterte er und Hitze brannte in ihren Wangen. Nun griff auch er hinter sich und löste die Schichten seines Alkuun.

Lucy hielt den Atem an, bis auch sein Oberkörper vollkommen frei war. Dann trat er einen Schritt auf sie zu und legte eine Hand an ihre Wange. Sanft ließ er seine Stirn gegen ihre sinken. Eine Weile sagte keiner der beiden etwas und sie genossen die Nähe des jeweils anderen. Sie standen einander so nahe, dass sich ihre Oberkörper bei jedem Atemzug berührten und jedes Mal kleine Elektroschläge durch Lucys Körper sandten.

»Lucy.« Nathans Atem war heiß an ihrem Gesicht. Der Ausdruck in seinen Augen verschlug ihr die Sprache. Die sonst tobende See in seinen Augen war zum ersten Mal, seit sie ihn kannte, still. Allerdings war es keine leblose Stille, die in ihnen lag, sondern vielmehr eine Ruhe, die Frieden versprach. Als hätte sein tosendes Inneres zum ersten Mal den Kampf, den es beständig mit sich selbst ausfocht, unterbrochen.

Er holte tief Luft, als hätte er in eben diesem Moment einen Entschluss gefasst. Dann flüsterte er: »Ich liebe dich, Lucy.« Ihm entwich der Atem und es klang wie ein erleichtertes Lachen. Lucy wurde warm ums Herz. »Verdammt, ich liebe dich schon seit einer ganzen Weile, glaube ich.« Perplex schüttelte er den Kopf. »Spätestens nachdem du mich vor Mrs Ramsey gerettet hast, hattest du mich am Haken, obwohl ich dich, wenn ich ehrlich bin, schon nicht mehr aus meinem Kopf bekommen habe, seit du mich damals in der Krankenstation so böse angefunkelt hast.« Nathan schien in einen richtigen Redefluss gekommen zu sein, denn er hörte nicht mehr auf. »Du warst das erste Mädchen, das mir nicht augenblicklich zu Füßen lag, und verdammt, ich wollte wissen, warum. Wollte unbedingt herausfinden, ob ich auch dich dazu bringen könnte, mir hinterherzulaufen.« Mit einem Mal breitete sich sein, für ihn so typisches, selbstgefälliges Lächeln auf den Lippen aus und er senkte seinen Blick auf ihre Oberweite. »Wie es aussieht, habe ich es geschafft, Dornröschen«, fügte er zwinkernd hinzu.

Lucy schnappte nach Luft und wollte ihn von sich stoßen, als er sie blitzschnell an den Handgelenken zu fassen bekam.

»Das war ein Scherz«, gluckste er.

Sie verdrehte die Augen. »Kein besonders guter.«

»Tut mir leid. Ich bin nur … nun ja.« Er schluckte. »Ich bin ein wenig nervös, weil ich noch nie zuvor jemandem gesagt habe, dass ich ihn liebe.«

»Und du meinst das ernst?«

Er nickte. »So ernst, wie noch nie zuvor etwas in meinem Leben.«

Nathan beugte sich vor und küsste sie. So liebevoll, als wäre sie für ihn das Kostbarste auf der Welt. Er liebte sie. Und sie liebte ihn, das wusste sie auch. Doch es ihm jetzt zu sagen? Dazu fühlte sie sich noch nicht bereit.

Nathan schien ihr Gefühlschaos zu bemerken, denn er löste sich von ihr und lächelte sie schief an. Frech funkelten seine Augen ihr entgegen.

»Komm, wir gehen schwimmen«, sagte er und ohne auf ihre Reaktion zu warten, beugte er sich vor und zog sich seine Hose aus. Breit grinsend richtete er sich wieder auf und hielt ihr die Hand hin.

»Nathan, was …?«, fragte Lucy mit großen Augen.

»Nasse Kleidung stört beim Schwimmen.« Er zuckte die Schultern. »Außerdem haben wir eh schon die Hälfte entfernt, da macht die andere auch nicht mehr viel«, fügte er mit einem Zwinkern hinzu.

Er hatte recht, doch sollte sie wirklich?

Ein Schmunzeln trat auf ihre Lippen. Wenn sie ehrlich war, brauchte sie nicht lange zu überlegen. Sie wollte es. Kurzerhand entledigte auch sie sich ihrer Hose und reichte sie Nathan, der sie zusammen mit ihren Alkuuns zurück an den Strand brachte. Dabei erhaschte Lucy einen mehr als fantastischen Blick auf seinen knackigen Hintern, der durch seine nassen Boxershorts, die an ihm wie eine zweite Haut klebte, betont wurde. Sie biss sich auf die Unterlippe, um ein entzücktes Quietschen zu unterdrücken.

Als er wieder bei ihr war, umschlang er sie mit seinen starken Armen, drückte ihr einen festen Kuss auf die Lippen und ließ dann von ihr ab, nur um ihr eine Sekunde später einen Schwall Wasser ins Gesicht zu spritzen. Lucy schrie erschrocken auf und wollte sich revanchieren, doch Nathan war unglaublich schnell im Wasser. Sie hatte keine Chance gegen ihn.

Die Sonne senkte sich bereits am Horizont und Lucys Fingerkuppen fühlten sich so schrumpelig wie Rosinen an, als Nathan und sie sich auf dem Rücken treiben ließen und ihre Gesichter gedankenverloren dem Himmel entgegenstreckten.

Alles war vollkommen still. Lucy hielt die Augen geschlossen und döste vor sich hin, unsicher, ob sie wach oder am Schlafen war, als sie plötzlich den wohl schönsten Gesang vernahm, der ihr je zu Ohren gekommen war. Sie richtete sich im Wasser auf und sah sich um.

Nicht allzu weit entfernt tauchte ein Kopf aus dem Wasser auf. Es war eine Frau mit leuchtend rotem Haar und einem Paar ozeanblauer Augen, die ihr wahnsinnig bekannt vorkamen. Sie war wunderschön.

Langsam schwamm Lucy auf die Frau zu, um die lieblichen Worte zu verstehen.

»Das Meer, so tief. Weißt nie, was nun vor dir liegt. Voll Wunder und Kraft, doch tief in ihm – nimm dich in Acht – leben Monster in all ihrer Pracht.«

Plötzlich tauchten weitere Frauenköpfe um die Rothaarige herum auf. Sie sahen alle unterschiedlich aus, hatten verschiedene Haar- und Hautfarben, einzig die Augen waren bei allen gleich. Und sie alle sangen dasselbe Lied: »Wenn wir dich rufen, kannst du nicht widerstehen, wirst sogleich von Bord gehen. Das Lied unserer Stimmen macht dich ganz von Sinnen. Wir locken dich, locken dich fort zu uns in die Tiefen, zu unserem Ort. Und du kannst nichts tun – nur hoffen und bangen, dass wir nicht kommen und dich fangen. Also sei flink und lauf um dein Leben, fort vom Ruf der Sirenen.«

Lucy hatte noch nie in ihrem Leben etwas Lieblicheres gehört. Sie musste die Frauen unbedingt fragen, ob sie ihr beibringen würden, auch so zu singen wie sie.

Sie zuckte zusammen, als plötzlich eine Hand sie an der Schulter fasste und umherwirbelte. Lucy hatte keine Zeit zu protestieren, weil Nathan sie erneut packte und mit ihr über seiner Schulter zum Strand zurückeilte. Traurig sah sie den Frauen hinterher, von denen alle wieder in die Tiefen des Ozeans verschwanden, bis auf die Rothaarige.

Lucy wand sich in Nathans starkem Griff. Sie musste zurück. Sie musste die Frauen fragen, wo sie gelernt hatten, so zu singen.

Sie musste …

»Bleib hier!«, sagte Nathan mit eindringlichem Blick, während er ein Handtuch fest um ihren Körper schlang.

Verwirrt blinzelnd schaute sie sich um. Sie saß wieder auf der Picknickdecke im Schatten der Palmen.

Wie bin ich hierhergekommen? Was ist passiert?

Noch bevor Lucy Nathan fragen konnte, wandte er sich von ihr ab und machte sich zurück auf den Weg zum Wasser. Er trug seine Hose wieder und ging zielstrebig auf die rothaarige Frau zu, die immer näher an den Strand geschwommen war. Zunächst dachte Lucy, er würde zu der Frau ins Wasser gehen, doch dann blieb er an der Stelle stehen, wo die Wellen über den Sand spülten.

Die rothaarige Frau verdrehte genervt die Augen und näherte sich Nathan weiter. Doch anders als erwartet ging sie nicht aus dem Wasser, um an das Ufer zu gelangen. Sie robbte sich auf beiden Oberarmen den Sand entlang. Das Ganze war so unelegant und passte so gar nicht zu dieser atemberaubend schönen Frau, dass Lucy ein Kichern nicht unterdrücken konnte, das jedoch augenblicklich erstarb, als sie sah, warum die Frau an den Strand robbte. Von der Hüfte abwärts überzog sich ihr Körper mit grün schillernden Schuppen. Statt Beinen hatte sie einen Fischschwanz und beim genaueren Hinsehen erkannte Lucy, dass zwischen den Fingern der Frau Schwimmhäute wuchsen. Sie war eindeutig eine Sirene, aber … was wollte sie?

Lucy hielt den Atem an, als die Frau sich zu Nathans Füßen aufsetzte. Obwohl sie klitschnass und gerade mehrere Meter über Sand gekrochen war, war sie immer noch bildschön. Die Sonne brachte ihre Haare zum Glühen und ließ ihre blasse Haut perlmuttartig schimmern. An ihrem Oberkörper trug sie nichts weiter außer einem filigran gewobenen Oberteil, das gerade einmal ihre beneidenswerte Oberweite verdeckte.

Da Nathan mit dem Rücken zu ihr stand, konnte Lucy sein

Gesicht nicht erkennen. Trotzdem keimte in ihr heiß brennende Eifersucht auf. Was wollte er mit der Frau? Kannte er sie? Und warum hatte er Lucy weggeschickt wie ein kleines Kind?

Als die Sirene den Mund öffnete, erstarrte Lucy. Reihenweise rasiermesserscharfe Zähne kamen zum Vorschein, die mühelos Fleisch von Knochen trennen könnten.

Augenblicklich war das Gefühl der Eifersucht verschwunden und wurde durch kalt schneidende Angst ersetzt.

Wie vom Blitz getroffen sprang Lucy auf und befand sich einen Wimpernschlag später bei Nathan. Sie stieß ihn zurück und stellte sich demonstrativ zwischen ihn und die Sirene.

Diese blickte amüsiert an ihr hoch und hob spöttisch die Augenbraue, bevor sie an Lucy vorbeischaute. »Da hast du dir aber einen niedlichen Wachhund zugelegt, Nate.«

Keine Sekunde später trat Nathan neben Lucy und legte ihr seinen Arm beschützend über die Schulter. »Lass sie in Ruhe, Aerelis.«

Aerelis? Damit war ihre vorherige Frage beantwortet.

»Ach, komm schon.« Aerelis schob die Unterlippe vor. »Sie ist zum Vernaschen niedlich.«

Genüsslich leckte sich die Sirene über die vollen Lippen, doch schloss schnell den Mund wieder, als aus Nathans Kehle ein tiefes Grollen erklang.

»Lass. Sie. In. Ruhe.« In seiner Stimme lag so viel Dominanz, wie Lucy es noch nie gehört hatte.

Eine Gänsehaut überzog ihren Körper und obwohl sie vorgehabt hatte, von Nathan Antworten zu verlangen, was zum Teufel gerade vor sich ging, schluckte sie ihre Fragen hinunter.

Nathan starrte mit kaltem Blick auf Aerelis hinab. Etwas huschte über ihren Gesichtsausdruck. War es Angst? Auch Lucy musste zugeben, dass sie sein finsterer Gesichtsausdruck schaudern ließ.

»Ich habe dir gesagt, du sollst dich von mir fernhalten«, fuhr Nathan bedrohlich fort. Er ließ von Lucy ab und trat einen Schritt auf die Sirene zu.

Aerelis' Augen weiteten sich kaum merklich. Sie bleckte die Zähne, legte den Kopf ein wenig zurück und fauchte wie eine Raubkatze, die in ihrem Territorium bedroht wurde. »Nate, du verstehst nicht. Es —«

»Nein, du verstehst nicht. Ich habe dir gesagt, ihr sollt mich in Ruhe lassen. Ich möchte nichts mit euch zu tun haben, kapiert?« Nathans Stimme wurde stetig lauter. Er ballte seine Hände zu Fäusten und Lucy griff instinktiv nach seiner rechten. Unter ihrer Berührung schien ein wenig seiner Anspannung von ihm zu weichen und er umschloss ihre Hand mit seiner.

Zögernd trat sie neben ihn. Er schenkte ihr ein rasches Lächeln, das seine Augen nicht erreichte, bevor er sich wieder an die rothaarige Sirene zu ihren Füßen wandte.

»Und dann taucht ihr auch noch auf, wenn sie mit mir hier ist? Ihr singt für sie? Spinnt ihr?« Der zornige Ausdruck in seinen Augen kehrte zurück und ein ganzer Tsunami an Emotionen wirbelte in ihnen umher.

»Ich hatte keine andere Wahl, glaube mir. Weiß Valtameri, wann ich dich das nächste Mal getroffen hätte. Das mit ihr tut mir leid. Als ich sie gesehen habe, habe ich versucht, mich zurückzuhalten, aber …« Sie schaute ihn mitleidig an. »Du müsstest doch selbst wissen, wie schwer es ist zu widerstehen, oder nicht?«

Nathan antwortete nicht. Stattdessen schloss er resigniert die Augen und rieb sich geschlagen die Nasenwurzel. »Doch, aber … du hättest auf keinen Fall die anderen mit hierherbringen dürfen.«

»Dafür kann ich nichts! Sie sind von allein hier aufgetaucht.« Beleidigt verschränkte sie die Arme vor der Brust. »Du bist selbst schuld, wenn du so eine liebliche Gestalt mit dir in unsere Gewässer bringst. Ausgerechnet pünktlich zum Abendessen.«

Nathan schnaubte verächtlich.

Eine kurze Pause entstand und Lucy nutzte sogleich die Chance. »Was ist hier los, Nathan? Woher kennt ihr euch?«

Seit dem Auftauchen der Sirenen blickte er ihr das erste Mal direkt in die Augen. In seinen lag eine Traurigkeit, die Lucy überschwemmte. »Das ist Aerelis, eine Bekannte meiner Mutter. Sie ist mir begegnet, als ich zum ersten Mal auf diese Insel zurückgekehrt bin, um zu schauen, ob sie ein geeigneter Ort für unser Date wäre.« Entschuldigend blickte er sie an und Lucy meinte, Reue in seinem Gesicht zu erkennen. »Zuerst war ich neugierig. Immerhin hatte ich noch nie eine Sirene getroffen, aber … ich dachte, ich hätte ihnen deutlich zu verstehen gegeben, dass ich sie nie wieder sehen will. Eigentlich halten sie sich nicht so nah am Ufer auf, sonst hätte ich dich nie hergebracht, Lucy. Wirklich, das musst du mir glauben!« Seine aufgebrachte Stimme schlug in Verzweiflung um. »Ich würde dich nie einer solchen Gefahr aussetzen, niemals!«

Jegliche Luft entwich Lucys Lungen und ihre Finger verkrampften sich unter Nathans, während ihr Blick zurück zu der bildschönen Frau zu ihren Füßen schnellte.

Diese lächelte verzückt. »Nun ja, nur leider sind Sirenen

dafür bekannt, immer das zu bekommen, was sie wollen, und nicht gerade dafür, auf die Forderungen eines Mannes zu hören.« Ihre blauen Augen verdüsterten sich bei der Bezeichnung des männlichen Geschlechts, bevor sie ihre Aufmerksamkeit allein auf Nathan richtete. »Deine Mutter und ich sind mehr als bloße Bekannte. Daphris ist meine Schwester.« Sie schluckte, als würde das, was sie als Nächstes sagte, ihr physische Schmerzen bereiten. »Als Kinder des Meeres sind wir alle Schwestern, was dich wohl oder übel zu unserem Bruder macht. Auch wenn es bisher noch keinen gab.« Sie schüttelte sich, als wäre ihr der Gedanke zuwider.

»Gibt es denn nur weibliche Sirenen?« Lucys Neugier war geweckt.

»O ja, und damit ich für dich gleich die Frage aus dem Weg räumen kann: Ja, wir können uns untereinander fortpflanzen.« Sie schielte amüsiert zu Nathan. »Wir brauchen keine Männer.«

Lucy staunte. Sie hatte sich nie weiter Gedanken darüber gemacht, was es für Nathan bedeuten musste, eine Sirene zu sein. Ihr war gar nicht in den Sinn gekommen, dass er durch seine Mutter auch in dieser Spezies ein Unikat war, genauso wie die beiden es in Valo waren.

»Aber warum habt ihr dann eben für mich gesungen? Ich dachte, als Frauen lockt ihr nur Seemänner heran?«

»Ach, du süßes Ding, du.« Aerelis kicherte vergnügt. »Fleisch ist Fleisch, da sind wir nicht wählerisch.« Sie überlegte kurz. »Wobei ich zugeben muss, dass die Männchen meist einfacher zu überzeugen sind.«

Abgesehen von seiner Fähigkeit, andere zu beeinflussen, hatte er bisher noch nie etwas über diese Seite von ihm verraten. Warum? Schämte er sich? Oder war es zu schmerzhaft, weil seine Sirenenherkunft ihn automatisch an seine verstorbene Mutter erinnerte?

»Und du sagst, du kanntest Nathans Mutter?« Lucy schaute sich nach ihm um. Er war in den letzten Minuten beunruhigend still geworden.

»Falsch.« Aerelis blickte ihr ernst ins Gesicht. »Das ist der Grund, warum ich so verzweifelt versucht habe, mit dir zu sprechen, Nate. Aber du bist immer weggeflogen, sobald du mich gesehen hast. Deine Mutter lebt.«

Lucy starrte an ihre Zimmerdecke. Sobald Nathan und sie zurück an die Akademie gekehrt waren, hatten die beiden sich voneinander verabschiedet und waren in ihre jeweiligen Schlafsäle verschwunden. Zu mehr als einem »Gute Nacht«-Kuss war es nicht gekommen, und selbst dieser war von Nathans Seite aus nur halbherzig gewesen. Die Hitze, die sie während ihres Ausfluges miteinander geteilt hatten, war spätestens nach Aerelis' Geständnis erloschen.

Sie konnte es ihm nicht verübeln. Sie hatten soeben erfahren, dass seine Mutter noch am Leben war. Fast neunzehn Jahre zu glauben, dass die Mutter tot war, und dann von einer auf die andere Sekunde beigebracht zu bekommen, dass dies ein Irrtum war, war nicht leicht. Sie wusste noch genau, wie es sich für sie angefühlt hatte, als ihr Vater plötzlich aufgetaucht war. Nur dass sie nie gedacht hatte, dass ihr Vater tot wäre, sondern sich nicht für sie interessierte. Auch wenn ihr Vater sich dieser Tatsache bewusst gewesen war, so hatte er es in Kauf genommen, dass sie ihn hassen könnte, um möglichst viele Informationen über ihre und Nathans Existenz herauszufinden.

Nathan selber hatte ihr am Strand, nachdem Aerelis wieder in den Tiefen des Ozeans verschwunden war, gestanden, dass er sich immer die Schuld am Tod seiner Mutter gegeben hatte. Obwohl er nichts dafürkonnte, so wäre doch seine Existenz ihr Todesurteil gewesen.

Bei den Parallelen zwischen Daphris und ihrem Vater war es Lucy sauer aufgestoßen. Auf Nathans Frage, warum seine Mutter ihn nicht gesucht habe, hatte Aerelis mit den Schultern gezuckt.

»Daphris hatte den Ältesten schwören müssen, dass sie dich aufgibt. Wärst du ein Mädchen gewesen, hätten sie euch vielleicht gestattet zusammenzubleiben, doch eine männliche Sirene … Du warst in ihren Augen eine Beleidigung unserer Rasse.« Sie selbst bedachte Nathan mit einem Blick, der deutlich zeigte, dass auch sie eine gewisse Abneigung ihm gegenüber empfand. »Sie wusste, dass sie dich niemals am Leben lassen würden. Sie hätten euch beide bis ans Ende der Welt gejagt, um diese …« Sie bedachte Nathan mit einem weiteren Blick. »Unreinheit zu beseitigen. Deshalb hat sie dich an Land gebracht, bevor sie selbst ins Exil geflohen ist und wir sie seitdem nicht mehr gesehen haben.«

Als Aerelis schließlich fort war, packten die beiden das Picknick zusammen und flogen zurück nach Valo. Lucy versuchte, mit Nathan darüber zu reden, wollte wissen, wie es ihm ging und versicherte ihm, dass er sich ihr anvertrauen könnte und sie für ihn da sein wollte, doch er lehnte ab. Er müsse erst einmal nachdenken, bevor er darüber sprechen wollte.

In ihrem Schlafsaal hatte sie festgestellt, dass Casey unterwegs war und sie so das Zimmer für sich allein hatte.

Erschöpft war sie auf ihr Bett gefallen und starrte nun schon seit wer weiß wie lange an die Zimmerdecke. Sie stieß frustriert den Atem aus.

Es hört wohl nie auf, kompliziert zu sein!, dachte sie und rollte sich auf die Seite.

Genug von den niederziehenden Gedanken ließ Lucy sie stattdessen zurück zu den schöneren Ereignissen des Tages wandern. Ohne es zu beabsichtigen, stahl sich ein breites Lächeln auf ihr Gesicht. Ihr Ausflug auf die Insel in den Bahamas war wie auch schon beim letzten Mal perfekt gewesen. Das Essen, der Sand, das Meer ... nicht zu vergessen Nathans Küsse. Und nicht nur die. Die Kühle des Wassers an ihrem nackten Körper. Nathans heiße Blicke, als er sie angeschaut hatte. Das Verlangen in seinen Augen, das das ihre widergespiegelt hatte. Das Gefühl seines harten Körpers an ihren gepresst.

Als wäre sie erneut dort, schoss Hitze durch ihren Körper und sie biss sich auf die Unterlippe. Himmel, sie musste aufhören, vor dem Schlafengehen an solche Dinge zu denken, denn sonst wusste sie ganz genau, wo sie in ihren Träumen landen würde ...

17

Die Wahl zwischen Pest und Cholera

Mittlerweile war Lucy diese erzwungene Ruhe egal. Sie hatte herausgefunden, dass sie um einiges erschöpfter war, wenn sie sich während der Unterrichtsstunden mit Michael gegen die innere Ruhe wehrte. Außerdem hatte sie festgestellt, dass sie auf diese Weise offener für seine Anweisungen war.

»Gut so, Lucienna«, lobte er sie. Wie immer saß er ihr gegenüber, wenige Zentimeter über der grünen Wiese schwebend, und hatte die Augen geschlossen. »Werde dir all deiner Sinne bewusst. Was fühlst du? Hörst du? Riechst du?«

Sie nahm einen tiefen Atemzug und fühlte sich in vollem Einklang mit sich selbst. Das weiche Gras unter ihr pulsierte mit Lebenskraft. Der Wind, der ihr ein paar Strähnen ins Gesicht wehte, flüsterte ihr aufregende Dinge zu und der unverkennbare Geruch von sonnengeküsster Haut füllte ihre Nase. Es war atemberaubend. Lucy nahm Dinge in ihrer Umgebung wahr, die ihr noch nie aufgefallen waren, und spürte, wie die Natur um sie herum ein vollkommen eigenes Leben führte. Es war friedvoll. Unabhängig von dem der Engel und Menschen und absolut magisch. Ein Lächeln stahl sich auf ihr Gesicht.

Und plötzlich vernahm sie, was Michael ihr all die Male versucht hatte zu erklären. Es durchfloss sie in Wellen. Beim Einatmen nahm es zu und beim Ausatmen ab. Hin und her.

Es war ein Spiel aus Geben und Nehmen, Fangen und Fliehen. Und sie bestimmte darüber wie der Mond über die Gezeiten. Sie entschied, wie weit es in ihr anstieg, bevor es wieder aus ihr hinausglitt.

Es war ihr inneres Licht.

Die Kraft, die sie innehatte, die sie in manchen Situationen zu übermannen drohte und die sie bis jetzt noch nie geschafft hatte zu kontrollieren.

»Spürst du es?«

Ihr Blick wanderte zu dem Fürsten des Lichts vor ihr und sie zuckte leicht zusammen, als sie sah, dass seine amethystfarbenen Augen geöffnet waren und sich in sie hineinbohrten.

»Ich spüre es.«

Und nicht nur das. Sie ließ ihren Blick wandern und hielt kurz den Atem an. Von ihrem gesamten Körper ging wieder dieses Leuchten aus. Doch diesmal fühlte sie nicht diese betäubende Leere wie die anderen Male. Sie war immer noch sie selbst und sie wusste, dass sie die Kontrolle nicht wieder verlieren würde.

»Fokussiere dich auf diesen Zustand.« Michael musterte sie weiterhin aufmerksam. »Behalte ihn immer im Hinterkopf und konzentriere dich augenblicklich darauf, sobald die göttliche Kraft in dir erwacht. Verinnerliche deine Atmung und öffne dich den Elementen deiner Umgebung. So wirst du die Oberhand über die Kraft nicht verlieren.«

Ein weiteres Mal horchte sie in sich hinein und fühlte.

Und plötzlich wurde ihr bewusst, dass sie nicht länger auf der Wiese saß. Sie schwebte wie Michael, wenn auch um einige Zentimeter niedriger, über dem Boden.

Er nickte ihr zuversichtlich zu.

Und sie wusste, dass sie es schaffen würde.

Nach der Trainingsstunde mit Michael fand sie sich erneut in dem kreisrunden Raum auf der anderen Seite des Korridors wieder. Wie bereits bei ihrem letzten Besuch lag der Raum seelenruhig vor ihr. Keine Menschenseele war weit und breit zu sehen oder zu hören. In seiner Mitte thronte auf dem beleuchteten Podest der goldene Schlüssel. Die Luft um ihn herum pulsierte, als hätte er seinen eigenen Herzschlag, und ein Kribbeln machte sich in ihr breit, als hätte er nur auf ihren Besuch gewartet.

Wie von selbst trugen sie ihre Beine an das Podest heran. Sie hob die Hand und schluckte.

Sollte sie das hier wirklich tun?

Will ich das wirklich tun?, war wohl eher die Frage. Obwohl sie beide Fragen mit »Nein« beantworten würde, hatte sie keine Wahl. Lucifer hatte ihr bei ihrer letzten Begegnung zu verstehen gegeben, wie wenig Zeit ihr blieb. Verdammt, er hatte es an ihrem Vater nur zu deutlich gezeigt. Ihr lief die Zeit davon und sie konnte nicht länger warten. Sie musste handeln, sie musste sicherstellen, dass ihrer Familie nichts zustieß, sie musste –

»Lucienna?«

Mit einem Schrecken schnellte Lucy herum. Die Hand, die sie zuvor zu dem Schlüssel ausgestreckt hatte, fest zur Faust an ihre Brust gepresst. Ihr Puls raste und ihre Atmung ging schnell, während ihre Augen den Erzengel verfolgten, der nun den Raum durchquerte und sich neben sie an das Podest stellte.

»Was verschlägt dich an diesen Ort?« Jophiel lächelte sie freundlich an. Keine Spur von Argwohn in seinem Gesicht.

»Ich …« Shoot! Was sollte sie nur sagen? Dass sie die Toilette gesucht hatte und zufällig in diesen Raum gestolpert war? Offensichtlicher ging's wohl nicht. »Ich brauchte einen Ort zum Nachdenken und da bin ich …« Sie wusste beim besten Willen nicht weiter.

Nathan wäre sicherlich eine Notlüge eingefallen. Als Sirene konnte er anderen im Handumdrehen Illusionen vorgaukeln, doch bei ihr war das komplette Gegenteil der Fall.

Allerdings befreite Jophiel sie aus ihrer Stammelei, indem er ihr zustimmte: »Ah, ja. Ich komme auch manchmal hierher, um nachzudenken. Ich kann es nicht genau beschreiben, aber irgendetwas zieht mich an diesen Ort. Er ist …« Sein Blick wanderte von ihr zum Schlüssel und wieder zurück. »Er ist ganz besonders, weißt du? Hier wird der Schlüssel der Gläsernen Brücke aufbewahrt, der seinem Besitzer die Kontrolle über die Stadt und das damit verbundene Schicksal aller übergibt. Wer über Valo bestimmt, hat letztendlich die Macht, über alles Leben, egal ob das der Engel oder Menschen, zu entscheiden.«

Ein kalter Schauder lief ihr über den Rücken, doch sie zwang sich zu einem Lächeln. Ehrfürchtig richtete sie ihre Aufmerksamkeit wieder auf den Schlüssel. Noch immer flimmerte die Luft um ihn herum, als wollte er ihr etwas ganz Wichtiges mitteilen.

»Unvorstellbar, dass so viel Bedeutsames an einem solch einfachen Gegenstand hängt«, flüsterte sie mehr zu sich selbst als zu Jophiel.

»Die besonders wichtigen Dinge im Leben erscheinen auf den ersten Blick meist unbedeutend. Doch wenn man sich die

Zeit nimmt und genauer hinschaut – sie mit all ihren Gegeben- und Eigenheiten betrachtet –, findet man oftmals die Besonderheiten, die diese Welt zu bieten hat.«

Mit diesen Worten schenkte er ihr ein letztes Lächeln und verschwand dann, ohne ein weiteres Wort zu sagen, durch die Tür in den Korridor hinaus.

Zurück blieb Lucy mit ihren wirren Gedanken. War sie sich eben noch sicher, dass es die richtige Entscheidung wäre, den Schlüssel zu nehmen und ihn Lucifer zu übergeben, so brachte sie es nach Jophiels Worten einfach nicht über sich. Wenn Lucifer den Schlüssel in die Finger bekäme, würde er vermutlich nicht nur Valo einnehmen. Letztendlich würde er auch auf die Erde einfallen, so wie es damals schon sein Plan gewesen war.

Nein. Sie konnte den Schlüssel jetzt nicht nehmen. Es musste einen anderen Weg geben, wie sie Lucifer entgehen konnte. Sie musste ihn bloß finden. Doch zuerst musste sie sich noch um eine andere Sache, die sie schon seit einigen Tagen begleitete, kümmern.

Tief Luft holend klopfte Lucy an Nathans und Lukes Zimmertür.

In ihrem Magen verspürte sie ein unruhiges Flattern, aber es musste sein.

Seit Nathan und sie gemeinsam auf der Insel erfahren hatten, dass seine Mutter noch am Leben war, verhielt er sich seltsam. Oder zumindest nicht wie er selbst. Er war ruhig und in sich gekehrt, keinerlei Spur von dem sonst so vorlauten, selbstgefälligen Footballspieler, den sie kannte.

»Hey, Lu.« Luke öffnete ihr die Tür und warf einen Blick über seine Schulter ins Zimmer hinein. »Mal sehen, ob du herausfindest, was mit ihm los ist. Ich bin mit meinem Latein wahrhaftig am Ende.« Mit einem Schulterklopfen verabschiedete er sich: »Ich lass' euch dann mal allein und gehe eine Runde spazieren. Viel Glück.«

Dann schob er sich an ihr vorbei.

»Bist du jetzt bereit, darüber zu reden?«, fragte Lucy, als sie an Nathans Bett trat, auf dem er mit hinter dem Kopf verschränkten Armen lag.

Eine Weile blieb es still. Lucy dachte schon, er würde nicht auf ihre Frage eingehen, da sagte er, ohne seinen Blick von der Decke zu lösen: »Ich will sie suchen.«

Lucy blinzelte. »Wie bitte?«

Er richtete sich auf und nahm ihre Hände in seine, nachdem sie sich zu ihm auf das Bett gesetzt hatte.

»Wenn sie tatsächlich noch lebt und sich irgendwo dort draußen rumtreibt, dann will ich versuchen, sie zu finden.« Sein entschlossener Gesichtsausdruck verwandelte sich in einen flehenden. »Und ich möchte, dass du mir dabei hilfst.«

»Ich?«

»Bitte. Sie ist die einzige wirkliche Familie, die ich habe, und da sie schlecht an Land gehen kann, kann ich auch nicht erwarten, dass sie mich eines Tages findet.« Er stieß ein Geräusch aus, das so verzweifelt klang, dass Lucy zusammenzuckte.

Ein schlechtes Gewissen machte sich in ihr breit, weil sie nicht früher darauf beharrt hatte, mit ihm darüber zu reden. Dass sie auf sein »Alles gut« vertraut und sich dann wieder voll und ganz auf ihr Training fokussiert hatte, obwohl er sie gebraucht hätte. Denn nun, so wie er vor ihr saß, wurde ihr klar, wie ganz und gar nicht gut alles für ihn war. Nathan musste sich die letzten Tage stärker den Kopf über diese Sache zerbrochen haben, als sie es zunächst angenommen hatte.

»Das ist vermutlich der Grund, warum sie mich all die Jahre lang nicht gesucht und gefunden hat. Ich war an Land, während sie durch die sieben Weltmeere geschwommen ist, vollkommen allein, ohne Zuhause, nirgendwo willkommen.«

»Du sagst es: die sieben Weltmeere. Wie willst du sie da finden?«

Lucy war ein wenig misstrauisch gestimmt und sie hasste es zu sehen, wie sich Falten auf seiner Stirn bildeten, als er sie skeptisch bedachte. Doch sie ließ es über sich ergehen.

In ihr regte sich vor allem die Sorge, dass Nathans Hoffnungen, seine Mutter wiederzusehen, zerstört werden könnten, wenn er sie nicht fand. Allerdings wusste sie aus eigener Erfahrung nur zu gut, wie wichtig es für ihn war, dass ihm dies gelang und er sie wieder in seinem Leben hatte. Wenn auch nur für einen einzigen Augenblick.

»Ich weiß es noch nicht, aber ich hätte dich gerne bei der Suche an meiner Seite«, wiederholte er seine Bitte. »Ich brauche dich, Lucy.«

Wie kann ich da nein sagen?

In ihr rumorte ein dunkles Gefühl der Sorge, er würde sich in der Suche nach einem Geist verrennen. Und obwohl alles in ihr danach schrie, sie solle es ihm sagen, waren die einzigen Worte, die ihren Mund verließen: »Okay, ich werde mit dir zusammen nach ihr suchen.«

Das Strahlen, das von seinen Augen ausgehend sein gesamtes Gesicht erhellte, erwärmte ihr Herz.

Doch sie kam nicht drum herum hinzuzufügen: »Sobald wir den Sommer an der Akademie hinter uns gebracht und anschließend die Highschool beendet haben, können wir sofort los.«

Ihre Sorge um seine Reaktion war umsonst, denn Nathan lachte nur. »Abgemacht, du kleiner Streber.«

Sie wollte gerade zu einer Antwort ansetzen, als er ihr Gesicht in beide Hände nahm und ihr einen Kuss auf die Lippen drückte.

»Du bist zu aufrichtig und gutherzig für mich, Dornröschen«, murmelte er an ihre Lippen, nur um sie im nächsten Moment erneut an seine zu pressen.

18

Die Konsequenzen meiner Entscheidungen schmecken bitterer als schwarzer Kaffee

Ich sollte nicht hier sein. Nein. Ich durfte nicht hier sein. Aber ich konnte es nicht länger ertragen, noch länger in meinem Versteck zu hocken und nicht zu wissen, wie es ihr ging, was sie tat. Und so bin ich den gesamten Weg zu ihr im Schatten der Dunkelheit gekrochen.

Es hatte mich die ganze Nacht gekostet. Meine Füße schmerzten und meine Lungen brannten. Doch es war den Ausflug wert. Als ich durch die Fenster ihres Hauses sah, wie sie in der Küche stand, sich Kaffee kochte und etwas Essen für die Arbeit packte, war es alles wert. Es könnte jetzt hier und gleich alles enden und es wäre in Ordnung. Jetzt, da ich sah, dass Annabell zurechtkam. Dass Erikson nicht einfach nur behauptete, es ginge ihr gut, sondern dass sie wirklich glücklich war. Ich sah es in der Art und Weise, wie sie leicht mit ihrem Kopf wippte und die Lippen bewegte. Sie hörte sicherlich Musik, die sie leise mitsang, so wie sie es immer getan hatte, wenn sie ausgelassen durch den Tag gegangen war.

Bei der Erinnerung zog sich mein Inneres schmerzhaft zusammen. Es war so unfair. Ich sollte dort mit ihr sein, in dieser Küche, und mit ihr Kaffee kochen. Sie an die Schultern fassen und herumdrehen, um mich gemeinsam mit ihr im Takt der Musik zu bewegen. Das sollte mein Leben sein. Doch stattdessen hatte es meinen Tod bedeutet.

Ich wich zurück, konnte den Anblick nicht länger ertragen und stolperte gegen die Hecke, die das Grundstück von dem der Nachbarn trennte.

Einen letzten Blick über die Schulter werfend erkannte ich, dass Annabell nun am Fenster stand und mich ansah. Wobei das natürlich nicht möglich war, aber sie schien es im Gefühl zu haben, dass dort etwas war, das sie nicht sehen konnte.

Ich schluckte. Dann kehrte ich ihr den Rücken zu. Sie verdiente ein Leben ohne mich. Ein glückliches, unbeschwertes Leben. Denn mit mir war das nicht möglich. Daran hatten mich die Tränen, die eben in Annabells Augen aufgeblitzt waren, erinnert.

»Er hätte beinahe alles kaputt gemacht!« Austins aufgebrachte Stimme donnerte durch mein Arbeitszimmer unter dem verlassenen Haus am Rande Downtowns. Er und Erikson waren vorbeigekommen, um mit mir über den Vorfall an der Akademie zu sprechen.

»Jetzt beruhige dich, Austin. Nate wollte Lucy nur beschützen. Ist es nicht das, was zählt?«

Wütend sah er mich an. »Wenn er durch sein rücksichtsloses Verhalten dabei allerdings aus Valo verbannt wird, wird er das aber nicht mehr tun können und so seinen gesamten Fortschritt zunichtemachen. Ganz davon abgesehen, die Schande, die er über mich —«

»Es ist doch nichts passiert, er musste sich nur beruhigen.

Das wussten die Erzengel, deshalb sollte er auch nur für einen Tag fort. Sei nicht so streng mit ihm.« Meine beste Freundin legte ihrem Mann eine Hand auf die Schulter und schenkte ihm ein Lächeln, doch er schüttelte diese ab.

Tiefe Furchen der Verwirrung zogen sich über Eriksons Stirn und sie zuckte zurück.

»Jetzt hör auf, die Tatsache runterzuspielen, dass Nate nicht nur auf seine Mitanwärter losgegangen ist, sondern auch gegen die Erzengel –«

»Wir haben es verstanden, Austin. Aber es bringt nichts, sich über vergangene Dinge aufzuregen. Wir können sie nicht ändern. Und außerdem ist deine Reaktion ein wenig übertrieben und vor allem unverständlich meiner Meinung nach«, sagte ich. »Als ich erfahren habe, wie sehr sich der Junge für meine Lucy eingesetzt hatte, war ich stolz auf ihn. Er hat den Erzengeln die Stirn geboten. Warum bist du es also nicht?« Ich legte die Fingerspitzen aneinander und beugte mich vor.

Die gesamten letzten Wochen war mir bereits aufgefallen, dass Austin immer fanatischer wurde, wenn es um Valo oder die Erzengel ging. Mir war bewusst, dass er und Erikson ein anderes Verhältnis zu unserer ehemaligen Heimat hatten als ich, aber gerade in Momenten wie diesen fragte ich mich, ob Austin vielleicht die Erzengel und ihre Regentschaft anders sah als seine Frau und ich.

»Ich werde stolz auf ihn sein, wenn es die Erzengel sind.« Er stand auf und verließ den Raum.

Erikson und ich blieben allein zurück. Sie sagte kein Wort, presste die Lippen stattdessen fest aufeinander und schluckte.

»Hey, ich –«

»Schon gut, Leonardo.« Sie lächelte mich an, doch Tränen

schimmerten in ihren Augen. »Er ist sehr gestresst, weil Nate nicht mehr länger schweigen will. Er wird es ihr sagen.«

Panik flutete meinen Körper. »Das darf er nicht. Es würde alles ruinieren.« Drängend sah ich meine beste Freundin an, die wehmütig lächelte. »Du darfst das nicht zulassen. Sonst gerät alles außer Kontrolle.«

»Ich glaube, wir haben schon lange nicht mehr die Kontrolle über die Situation. Es liegt jetzt in den Händen der beiden, was geschehen wird.«

Nun stand auch Erikson auf und folgte ihrem Mann.

Ich blieb allein zurück. Nur ich und meine Sorge, dass ich, genauso wie ich Annabell verloren hatte, nun auch sie verlieren würde. Lucy.

19

Der Zaubergarten, die Harfe und tanzende Sterne

»Happy Birthday!«, kreischte Casey vergnügt auf und fiel ihr um den Hals. Sie drückte Lucy so fest an sich, dass sie husten musste.

Auch wenn es wehtat, von Casey so erdrosselt zu werden, hatte sie das Gefühl, freier atmen zu können als noch vor wenigen Tagen. Als sie heute Morgen aufgewacht war und festgestellt hatte, dass sie allein im Schlafsaal gewesen war, hatte eine leise Stimme in ihrem Kopf angemerkt, dass ihre Freunde ihren achtzehnten Geburtstag vergessen hatten. Dass sich nichts geändert hatte und sich alle, genau wie auf der Washington High, lieber fern von ihr hielten.

Bei dem Gedanken hatte ihr Herz angefangen dumpf zu pochen, doch da war auch schon die Tür zu ihrem Schlafsaal aufgeflogen und die Drillinge waren mit Luke und einer Torte voller brennender Kerzen laut singend hineingestürmt. Na ja, eigentlich hatten nur Casey und Luke gesungen. Die beiden hatten die Torte getragen und dabei den Eindruck gemacht, dass sie sich in einem Kampf um diese befanden, weil sie auffallend energisch zwischen den beiden hin und her gewankt hatte. Währenddessen hatte Cara die Lippen bewegt, aber Lucy war sich sicher, dass kein Ton ihre Kehle verlassen hatte, und Celeste hatte ausgesehen, als hätte sie innerlich mit sich selbst debattiert, ob sie zuerst Casey oder Luke mit dem Gesicht voran in die Torte drücken sollte.

»So, das reicht jetzt, ich bin dran. Komm her, Lu.« Bei Lukes strahlendem Lächeln wurde ihr warm. Auch er umschloss sie fest mit beiden Armen, nachdem Casey sie losgelassen hatte, wenn auch nicht so fest. Danach waren Celeste und Cara an der Reihe. Cara umarmte sie flüchtig und murmelte ihre Glückwünsche mehr in sich hinein, als dass sie sie aussprach, und Celeste verdrehte nur die Augen, bevor sie ihr einen freundschaftlichen Stoß gegen den Oberarm gab und »Alles Gute, Lucienna« sagte. Natürlich konnte sie es sich nicht verkneifen hinzuzufügen, dass es reine Zeitverschwendung sei, den Geburtstag einer Sterblichen zu feiern, da diese ihre ohnehin schon viel zu kurze Lebenszeit nicht mit Geburtstagsfeiern verschwenden sollten.

Freudentränen sammelten sich in Lucys Augenwinkeln und sie blinzelte, damit es ihre Freunde nicht mitbekamen, aber sie war nicht schnell genug.

»Na toll, Celeste!«, schnaubte Casey. »Jetzt weint sie, weil du ihr gesagt hast, dass sie bald sterben würde.«

»Ja, ganz toll, Cece«, stimmte Luke ihr zu. »Wenn du den ganzen Tag weiterhin so eine –«

»Hey!«, fuhr Lucy dazwischen und schniefte lautstark in das Taschentuch, das Cara ihr wortlos gereicht hatte. Lucy bedankte sich mit einem Lächeln, während Cara rot anlief. Dann richtete sie ihre Aufmerksamkeit wieder zurück auf die drei Engel vor sich, die sich immer noch gegenseitig wütend mit Blicken erdolchten. »Ich bin nicht bedrückt, keine Sorge. Ich bin einfach nur überwältigt.« Auf die fragenden Blicke, die sie nun erntete, fügte sie hinzu: »Das hier ist mein erster

Geburtstag, den ich mit Freunden feire. Das ist … das macht mich einfach sprachlos, das ist alles. Ich glaube, heute kann Celeste tatsächlich alles sagen und es würde mir nicht die Laune vermiesen.«

Celestes Augen blitzten herausfordernd auf und sie öffnete den Mund, doch Cara stieß ihr den Ellenbogen in die Seite. »Untersteh dich!«

»Oh, damn!«, sprach Luke aus, was alle dachten. Sogar Celeste hielt den Mund und setzte nicht, wie sonst üblich, zum Konter an.

»Torte oder Geschenke?«, fragte Casey und versuchte die entstandene Stille, die sich nach Lukes Kommentar ausgebreitet hatte, zu füllen.

»Was für eine Torte ist es?«, fragte Lucy, der allein schon bei ihrem Anblick das Wasser im Mund zusammenlief, mit großen Augen. Die Torte war riesig, kreisrund und von einer dunklen Schokoladenschicht ummantelt. Auf ihre Oberfläche waren wild durcheinander viele verschieden große bunte Kerzen gesteckt, die allesamt brannten.

»Nutella.« Casey grinste stolz. »Mir hat nämlich ein Vögelchen gezwitschert, dass du wohl total auf dieses Zeug abfährst, also haben wir extra von der Erde welches geholt.«

Erneut spürte Lucy heiße Tränen in ihren Augenwinkeln, doch dieses Mal schaffte sie es, sie zurückzudrängen, bevor sie ihr die Wangen hinabliefen.

»Apropos, wo ist dieses Vögelchen eigentlich?«, fragte nun Celeste, die ihrer Schwester und Luke den Kuchen abgenommen hatte, ihn zu einem der Schreibtische trug und ihn mit einem Dolch, den sie sich aus dem Stiefel gefischt hatte, anschnitt.

»Ihh! Celeste, das ist ja sowas von unhygienisch! Jetzt ist

der Kuchen ruiniert!« Casey schüttelte sich aufgebracht und Luke stimmte mit ein. »Jetzt ist das ein Fußkuchen!«

»Kriegt euch wieder ein! Ich habe den Dolch eben aus einer Scheide gezogen. Schaut!« Demonstrativ hielt sie besagte Dolchscheide, die sie auch aus ihrem Stiefel gezogen hatte, hoch. »Er hat nie meinen Fuß berührt und ich habe ihn eben noch gereinigt, um mit ihm den Kuchen zu schneiden. Zufrieden?«

Die beiden grummelten missmutig, doch Lucy kam gebannt näher. Schon viel zu lange hatte sie hier auf den Geschmack der butterweichen Haselnusscreme verzichten müssen, um sich daran zu stören, ob der Kuchen nun mit einem Fußdolch geschnitten worden war oder nicht.

»Wo ist Nate denn jetzt?«, holte Celeste von vorhin wieder auf.

»Er hat wohl noch einiges vorzubereiten.« Lucy zuckte mit den Achseln. »Letzte Nacht hat er sich entschuldigt, dass er nicht rechtzeitig fertiggeworden ist, aber er hat mir versprochen, dass es sich lohnen wird, und mir einen schönen Tag mit euch gewünscht. Er holt mich dann heute Abend ab.«

»Oh, ich bin mir sicher, dass sich die Nacht für dich lohnen wird, Luce.« Casey wackelte kokett mit ihren Augenbrauen und Luke zwinkerte ihr zu, während er eifrig nickte.

»Ich schlafe heute Nacht bei Casey, wie es aussieht.«

Zu gern hätte sie darauf eine genauso schlagfertige Antwort gehabt, doch alles, was sie zustande brachte, war ein: »Hargh«, weil sie mehrere Worte gleichzeitig hatte sagen wollen und sich dann dabei an ihnen verschluckt hatte.

Ihre Freunde lachten laut los, selbst Cara und Celeste konnten sich nicht zurückhalten, und Lucy wurde ganz heiß vor Scham. Doch dann stimmte auch sie in das Gelächter mit ein, bevor sie sich ausgiebig über ihre Geburtstagstorte hermachte.

Nervös strich sie sich über ihre Kleidung und prüfte ihr Outfit mit einem letzten Blick in den Spiegel. Sie hatte sich für eine luftige, elegante schwarze Stoffhose mit einem zartrosa Alkuun entschieden. Abgesehen von der silbernen Flügelkette, die sie von Jenny zum Abschlussball geschenkt bekommen hatte, trug sie keinen Schmuck und hatte beschlossen, kein Make-up zu tragen. Ihre goldblonden Haare fielen ihr in sanften Wellen über die Schulter und einzig ein wenig Wimperntusche betonte ihre grünen Augen. Mit ihren weißen Flügeln, die hinter ihr aufragten, sah sie aus wie ein Engel.

Wäre auch seltsam, wenn ich es nicht täte.

Sie schmunzelte bei dem Gedanken. O ja, ihr gefiel, was sie im Spiegel sah, und sie war sich sehr sicher, dass es Nathan genauso ergehen würde.

Wie aufs Stichwort klopfte es in diesem Moment. Freudig öffnete sie die Tür und grinste Nathan an, dessen Lächeln verrutschte, als er sie sah.

»Wow.« Ehrfürchtig wanderten seine Augen über sie.

Ihr Grinsen wurde breiter. »Kann ich nur zurückgeben.«

Früher hätte sich Lucy nicht passend angezogen gefühlt, weil Nathan wieder den Smoking vom Abschlussball trug, aber heute nicht. Nicht mehr. Ihr Blick in den Spiegel hatte ihr vorhin gereicht, um sich ihrer Erscheinung sicher zu sein, und Nathan hatte dies mit seiner Reaktion nur unterstrichen.

»Wollen wir?« Er hielt ihr den Arm hin, um sie zu geleiten.

»Sehr gern.«

Lucy traute ihren Augen nicht. Nathan hatte sie durch das Zentrum Valos geführt und sie waren schließlich in einem der Außenbezirke gelandet. Vor ihnen ragte ein großes, antik aussehendes, schmiedeeisernes Tor auf.

»Valos Puutarha«, las sie laut vor.

»Der botanische Garten«, sagte Nathan. »Ich dachte mir, dass dir dieser Ort gefallen würde, weil du Pflanzen und Gärten so gern hast.«

Dann schritt er mit ihr zusammen am Arm in die Welt dahinter. Denn es war wirklich eine andere Welt. Nichts hier erinnerte an die großen, luxuriösen Bauten vor dem Tor. Ein kleiner gewundener Pfad schlängelte sich durch die Vielzahl an Pflanzen und Gewächsen, die sich umeinander wanden, als gehörte diese Welt ihnen allein und sie bräuchten keinerlei Rücksicht auf andere zu nehmen. Große und kleine, dicke und dünne Stämme kreierten Gänge, formten Rahmen und verschwanden in Wipfeln ineinander. Die Farben der Blätter variierten von einfachem Baumgrün bis hin zu Zuckerwatte-rosa oder Nachtblau.

Noch nie hatte Lucy etwas Vergleichbares gesehen und so ließ sie sich mit offenem Mund von Nathan am Arm durch den Garten führen. Eine Lichtung öffnete sich vor ihnen und sie blieb ruckartig stehen.

Verwundert drehte sich Nathan zu ihr um.

»Das … das hast du für mich gemacht?«, fragte sie nahezu sprachlos.

Nathan wandte sich ihr ganz zu und nahm ihre Hände. Liebevoll strichen seine Daumen über sie. »Ich liebe dich, Lucy. Du bist für mich besondersten Menschen in meinem Leben geworden. Zu jemandem, dem ich blind vertraue. Mit dem ich mich durch eine uralte Prophezeiung schlage und dem Ende der Welt entgegenjage. Du bist der Tag zu meiner Nacht, das Licht in meiner Dunkelheit. Die Luft in meinem Ozean. Wenn ich das Gefühl habe zu ertrinken, bist du die rettende Insel im Auge meines Sturms. Du bist der Engel, der mich vor dem Abgrund der Hölle rettet. Du bist mein.« Tränen hatten sich in seinen Augenwinkeln gesammelt, doch er blinzelte sie nicht weg. Ließ sie seine Gefühle sehen, gewährte einen Blick in sein Inneres.

Und in diesem Moment brach etwas in ihr. Die letzte Schicht der Mauer, die sie all die Jahre eng um sich und ihre Gefühle getragen hatte, geriet ins Wanken und brach schlussendlich in sich zusammen. Nun sammelten sich auch in ihren Augen Tränen und sie stellte sich auf die Zehenspitzen, um Nathan einen tiefen Kuss zu geben. Sie legte all ihre Emotionen in diesen Kuss, vertiefte ihn, versuchte ihm alles zu sagen, was ihr auf dem Herzen brannte. Wie viel ihr diese Worte bedeuteten, wie viel er ihr bedeutete.

Atemlos lehnten sie ihre Stirn aneinander. Und nur für den Fall, dass Nathan es nicht verstanden hatte, flüsterte sie: »Ich liebe dich, Nathan.«

Noch ehe sie weitersprechen konnte, hatte er sie in eine stürmische Umarmung gezogen, sie von den Füßen gehoben und wirbelte sie im Kreis drehend um sich herum.

»Sag das nochmal!«, raunte er in ihr Ohr. Seine Stimme war rau und verlangend. Wie von Endorphinen getrieben, die mehr brauchten. Mehr von ihrer Liebe. Mehr von ihr.

»Ich liebe dich, Nathan.« Ein Kichern entschlüpfte ihrem Mund und sie legte den Kopf in ihren Nacken, während Nathan sie weiterhin umherwirbelte. »Ich liebe dich!«, rief sie in den offenen Nachthimmel über ihnen. »Ich liebe dich!«

»Du machst mich zum glücklichsten Mann der Welt,

Dornröschen«, flüsterte er dicht an ihrem Ohr und seine Worte ließen eine ganze Horde an Glühwürmchen in ihrem Bauch los. Heiß und magisch.

Sanft setzte er sie wieder zu Boden und nahm erneut ihren Arm. So führte er sie in die Mitte der Lichtung, über der ein großer Baum mit herzförmigen weinroten Blättern thronte. Dort stand ein kleiner, formell gedeckter Tisch mit einer brennenden Kerze. Nathan zog einen der Stühle zurück, wartete darauf, dass sie sich setzte, und schob ihren Stuhl näher an den Tisch heran. Dann nahm auch er Platz.

Aus dem Nichts eilte ein Kellner herbei, der ihre Gläser mit einer fliederfarbenen Flüssigkeit füllte, in der kleine Bläschen hochstiegen. Lucy traute ihren Augen nicht, als sie erkannte, dass der Kellner kein anderer als Luke war.

»Wie …?«

Doch weiter kam sie nicht, denn auf einmal ertönten leise Klänge von ihrer rechten Seite und ihr Blick fiel auf eine Musikerin. Cara saß auf einem kleinen Hocker und spielte auf einer Harfe. Als sie Lucys Blick bemerkte, schenkte sie ihr ein Lächeln.

»Nicht fragen, einfach genießen«, säuselte Luke und zwinkerte ihr frech zu. »Ich bringe euch gleich den ersten Gang.« Mit diesen Worten verschwand er wieder im Dickicht.

Lucy verstand die Welt nicht mehr. Vor wenigen Stunden hatte sie mit ihren vier Freunden zusammengesessen und die Nutellatorte, die sie geschenkt bekommen hatte, verdrückt. Keiner von ihnen hatte sich auch nur anmerken lassen, dass sie wussten, was Nathan heute Abend für sie geplant hatte, geschweige denn, dass sie Teil des Ganzen waren.

»Überraschung geglückt?«, erkundigte sich Nathan und griff über den Tisch hinweg nach ihrer Hand.

Erneut ließ sie ihren Blick über den edel gedeckten Tisch und den sie umgebenden Garten mit seinen verzauberten Pflanzen wandern.

»Es ist perfekt.«

Er hob eine Augenbraue. »Also habe ich wieder Pluspunkte gesammelt, weil ich dich kein drittes Mal an den Strand gebracht habe?«

»O ja!« Sie lachte. »Für die Originalität heute Abend gibt es sogar Extrapunkte.«

»Da bin ich ja beruhigt.« Er lächelte sie an.

Plötzlich stand Luke wieder bei ihnen. »Ein Gruß aus der Küche.«

Er verbeugte sich sanft und gab den Blick auf seine schokoladenfarbenen Flügel preis. Dann erhob er sich wieder und war so schnell verschwunden, wie er aufgetaucht war.

»Lass es dir schmecken.« Nathan ließ ihre Hand los, um nach dem Besteck zu greifen, und nun richtete sie ihren Blick auf den Teller vor ihr. Es war ein kleiner, aus geraspeltem Gemüse angebratener Puffer, der mit einer Art Frischkäse bestrichen und mit frischen Kräutern garniert worden war. Hungrig griff auch sie nach ihrem Besteck und schnitt sich ein Stück von dem Gemüsebratling ab.

»Mmhh«, machte sie anerkennend und schloss genüsslich die Augen, als sich mit jedem Biss eine neue Geschmacks-explosion in ihrem Mund ausbreitete.

Ebenso verlief jeder weitere Gang. Das Essen war außergewöhnlich, die Musik von Caras zarten Harfenklängen im Hintergrund himmlisch und die Atmosphäre des Gartens magisch. Nathans Anwesenheit und die Gespräche mit ihm machten den Abend perfekt.

Als sie schließlich beim Nachtisch angelangt waren, griff er erneut nach ihrer Hand und sah ihr ernst in die Augen. »Lucy, ich muss –«

»Nathan, guck mal!«, stieß sie aus.

Aus dem Baum über ihnen senkten sich kleine fliegende Lichter hinab. Als regnete es kleine Sterne, fielen sie aus der Krone und tanzten und wirbelten umeinander herum.

»Lucy, ich …«, versuchte Nathan es erneut, doch sie schnitt ihm das Wort ab.

»Willst du tanzen?«, fragte sie ihn frei heraus.

Perplex blinzelte er ihr entgegen. »Okay.«

Aufgeregt sprang sie auf die Füße und zog ihn mit sich. Dann legte sie die Arme um ihn und verschränkte ihre Hände in seinem Nacken. Er legte seine Hände auf ihre Hüfte und sanft wiegten sie sich im Takt von Caras Harfenklängen.

Sie hob den Blick und schaute in seine ozeanblauen Augen. Sie waren getrübt, wie das Meer nach einem Sturm.

»Ich liebe dich«, flüsterte sie und hoffte, so die Mattheit aus seinen Augen zu vertreiben. Als sich das Licht der um sie herumtanzenden Sterne in ihnen spiegelte, breitete sich ein Lächeln auf ihrem Gesicht aus. Geschafft.

»Sag das nochmal«, verlangte er. »Und hör nie mehr damit auf, es zu sagen.«

Sie lachte. »Ich, Lucy Farrens, liebe dich, Nathan Dawson.«

Seine Lippen lagen so schnell auf ihren, dass sie in der Zeit nicht einmal hätte blinzeln können.

Fordernd strich seine Zunge über ihre Lippen und sie gewährte ihm Einlass. Dort tanzte sie genauso leidenschaftlich mit ihrer, wie die Sterne es in diesem Moment um sie herum taten. Auf und ab. Links und rechts. Als würden sie sich über ihr Liebesgeständnis genauso freuen wie Nathan und wollten dies nun feiern.

Wenn selbst die Sterne unsere Liebe zelebrieren, dann kann sie ja nur richtig sein, dachte sie und wurde von einer Leichtigkeit durchflutet, die sie überraschte, aber nicht verwunderte. Noch nie hatte sie jemandem außer ihren Eltern und Großeltern gesagt, dass sie ihn liebte. Es mag keine große Sache sein, aber sie hatte es unheimliche Überwindung gekostet.

»Ich werde nie genug davon bekommen, diese Worte aus deinem Mund zu hören.« Heiß knurrte Nathan an ihrem Mund und entzündete damit eine ganz andere Flamme der Gefühle in ihr.

»Lass uns zu dir«, war alles, was sie noch wollte. Nur die beiden und nichts sonst. Denn das war alles, was jetzt noch zählte.

20

Mein Innerstes vor dir

Die Tür fiel hinter ihnen ins Schloss und eine Stille legte sich über den Raum. Die Luft war geladen von Endorphinen und Verlangen. Lucy hielt den Atem an.

Es sah alles noch genauso aus wie beim ersten Mal, als sie hier gewesen war. Damals hatten sie zusammen mit Luke und den Drillingen »Seven Minutes in Heaven« gespielt und Lucy war danach bewusst geworden, dass ihre Gefühle für Nathan weitaus tiefer gingen, als sie sich bis zu diesem Zeitpunkt hatte fühlen lassen.

Sie hielten sich immer noch an der Hand und Nathan machte einen Schritt auf sie zu und nahm ihre zweite Hand.

»Ich liebe dich«, sagte er und ihr Herz schwoll vor lauter Glückseligkeit auf die doppelte Größe an.

»Ich liebe dich«, war ihre Antwort und um ihre Worte zu untermalen, stellte sie sich auf die Zehenspitzen und küsste ihn.

Es war ein gefühlvoller, unschuldiger Kuss. Sie vergrub die Finger in seinem weichen Haar und Nathans große Hände hielten ihre Taille fest umschlungen. Seine Zunge strich über ihre und sie stöhnte. Nathan antwortete mit einem bestätigenden Brummen, als wüsste er genau, was sie ihm hatte sagen wollen, und presste sie enger an sich.

Die beiden stolperten rückwärts. Wer den ersten Schritt

getaumelt war, konnte Lucy nicht sagen, aber mit einem Mal fühlte sie eine Schranktür in ihrem Rücken und war unendlich dankbar für den Halt, den sie ihr bot. Langsam, Kuss für Kuss, ließen Nathans Lippen von ihren ab, die ganz heiß und geschwollen nun stumm nach mehr schrien, doch sich erleichtert zu einem Grinsen verzogen, während Nathan eine Spur aus Küssen legte, die an ihrem Hals endete. Von dort aus sandten seine Lippen einen Schauer durch ihren Körper und alle Härchen stellten sich auf. Es war elektrisierend.

Ihre Hände ließen von seinem Haar ab und wanderten über sein glühendes Gesicht zu seiner Brust hinab. Als sie darüberstrich, stöhnte er an ihrem Hals auf. Sein Atem war heiß und feucht an ihrer Haut und sie biss sich auf die Unterlippe. Gott, er brachte sie noch um den Verstand. Ein heißer Knoten aus Anspannung und Lust hatte sich in ihr zusammengebraut und sie ließ den Kopf nach hinten gegen die Schranktür in ihrem Rücken fallen, weil sich alles in ihm drehte. Sie fühlte sich betrunken und zugleich nüchtern, weil sie jede Berührung, jeden Atemzug überdeutlich wahrnahm.

Nathans Hände wanderten abwärts, über ihre Hüften, packten sie an den Oberschenkeln und hoben sie hoch. Ohne darüber nachzudenken, schlang sie ihre Beine um ihn, und er presste sich noch fester gegen sie. Lucys Hände verknoteten sich in seinem Nacken und zogen ihn noch näher an sich heran. Doch es war nicht genug. Sie spürte seine Härte an ihrer weichsten Stelle und eine weitere Welle, die den Ausgangspunkt in ihrer Mitte hatte, spülte über ihren Körper hinweg.

»Zu viel«, keuchte sie.

Sein Mund ließ augenblicklich von ihrem Hals ab. »Zu viel?«

»Kleidung.« Ihre Stimme zitterte vor Anspannung und das Lachen, das eher einem stoßhaften Ausatmen glich, ließ ihre Mundwinkel in die Höhe wandern.

Vorsichtig setzte Nathan sie zurück auf den Boden. Noch ehe er seine Hände von ihren Beinen wegbewegen konnte, legte sie ihre Lippen erneut auf seine, eroberte seinen Mund und begann damit, erst sein Jackett und anschließend sein Hemd aufzuknöpfen. Sie löste seine Fliege und öffnete geschickt jeden seiner Knöpfe, bevor sie ihm seine Kleidung von den Schultern streifte. Der Stoff raschelte leise, als er auf den Boden traf. Sie hoffte inständig, dass Nathan es ihr gleichtun und sie aus ihrem Alkuun befreien würde, denn sie war sich sicher, dass sie sonst vor Hitze verglühen würde. Doch sie musste nicht lange warten. Mit fiebrig zitternden Händen versuchte auch Nathan ihr Oberteil zu lösen, hatte allerdings weniger Erfolg als sie. Mit einem Lächeln auf den Lippen half sie ihm aus und so standen die beiden nun oben ohne voreinander. Beide atmeten schwer und ihre Schultern hoben und senkten sich bei jedem Atemzug. Sie hielten sich mit einem eindringlichen Blick fest und Lucy senkte ihn nicht, als sie schließlich an ihre Hose griff, erst den Knopf löste und dann den Reißverschluss hinunterzog. Sie streifte sie sich hinab und stieg mit den Füßen aus den Hosenbeinen. Erst rechts, dann links.

Nathan schluckte. Dann tat er ihr gleich. Sobald er seine Hose abgestreift hatte, sprang seine Erektion ihr entgegen und der Anblick ließ auch sie schlucken. Als sie merkte, dass sie ihn anstarrte, ließ sie ihre Augen schnell hinaufwandern. Sein Körper war definiert und seine Haut ebenmäßig. Die Muskeln an seinem Oberkörper spannten sich vor Aufregung an.

Er ließ ebenfalls seine Augen über jeglichen Zentimeter

ihres Körpers wandern, liebkoste ihn mit seinem Blick und schaute sie an, als wäre sie für ihn das Wertvollste auf der Welt. Schließlich fand er den Weg zurück zu ihren Augen und sie hielt die Luft an. Wagte es nicht zu atmen, so kostbar schien ihr dieser Moment.

Sie standen immer noch an Nathans Kleiderschrank. Seine ozeanblauen Augen, die sie vom ersten Moment an so in ihren Bann gezogen hatten, sahen ihr offen und weitläufig entgegen. Sie waren dunkel, voller Verlangen, doch wie sonst so oft fürchtete sie sich nicht vor ihren Tiefen, vor ihren Stürmen. Lucy vertraute diesen Augen, sie vertraute Nathan und darauf, dass er immer für sie da sein würde.

Er liebte sie. Und sie liebte ihn.

Sie hob die Hand, um ihn zu berühren. Sie zitterte leicht, als sie über seine starke Brust strich, die Taille entlang, hinunter zu seiner Hüfte. Gierig folgten ihre Augen ihrer Hand.

Nathan zog scharf die Luft ein. Bevor sie ihre Hand noch weiter auf Erkundungstour gehen lassen konnte, packte er sie am Handgelenk.

Ihr Blick schnellte zurück zu seinem Gesicht, suchte nach Gründen, warum Nathan sie gestoppt hatte, aber er lächelte nur angespannt.

»Willst du nicht?«

Er lachte erstickt auf. »Glaub mir, ich will nichts lieber. Aber ich will es vor allem genießen, solange es dauert, und wenn du so weitermachst, bevor ich eine Chance habe, dir genügend Aufmerksamkeit zu schenken, werde ich mich nicht lange zurückhalten können. Ich befürchte nämlich, so sehr, wie ich mich nach dir verzehre, dass mein Durchhaltevermögen ein wenig beeinträchtigt ist.«

Bei seinen Worten stieg Lucy sowohl Hitze in die Wangen

als auch in ihre Mitte. Schnell senkte sie den Kopf und biss sich auf die Unterlippe, bevor Nathan sah, dass sie rot wurde. Er gab einen Laut von sich, der halb gequält, halb gestöhnt war. Er legte einen Finger unter ihr Kinn und hob es sachte an. Tief sah er ihr in die Augen und die Intensität in seinem Blick bereitete ihr eine Gänsehaut auf dem gesamten Körper. Ihre Brustwarzen richteten sich auf und ihr Herzschlag hallte in ihrem Unterleib wider.

Langsam drängte er sie zurück in Richtung Bett. Als sie die Matratze in ihren Kniekehlen spürte, raunte er: »Erstens schämst du dich nicht vor mir. Du bist berauschend, Lucy.« Seine Stimme klang noch tiefer als sonst. Er vergrub seinen Kopf in ihrer Halsbeuge und atmete tief ein. »Ich bin vollkommen abhängig von dir.« Während er das sagte, kitzelte sein Atem heiß an ihrer Haut und sie sank auf das Bett zurück.

Zu ihm aufblickend, nahm sie seine ganze Statue in Augenschein. Seine stählernen Muskeln, das schwarze Haar und die majestätischen Flügel, die links und rechts über seinen breiten Schultern emporragten. Das selbstgefällige Lächeln, das so zu ihm gehörte wie das Funkeln in seinen Augen, zierte seinen Mund, als wüsste er ganz genau, wie atemberaubend er war.

»Zweitens muss ich jetzt von dir wissen, ob du das hier wirklich willst. Vorher rühre ich dich nicht an.«

Er beugte sich abwartend zu ihr hinunter und Lucy lehnte sich zurück.

Sie nickte.

»Ich muss es hören, Lucy.«

»Ja, ich will es.« Ihre Stimme klang in ihren Ohren heiser und fremd, doch das störte sie nicht. Voller Anspannung rutschte sie weiter das Bett empor und legte sich auf den

Rücken, als Nathan, immer noch über ihr lauernd, die Arme zu beiden Seiten ihres Kopfs abstützte.

»Gut.« Sein Kopf schwebte nur noch wenige Millimeter über ihrem. »Denn drittens: Wenn ich noch einmal mit ansehen muss, dass du an dieser Lippe knabberst, ohne dass ich mitmachen darf, drehe ich durch.«

Keine Sekunde später lagen seine Lippen auf den ihren. Ihre Arme legten sich um seinen Oberkörper, strichen seine Arme hinauf und sie genoss, wie er unter ihrer Berührung zitterte.

»Siehst du?« Seine Stimme klang atemlos an ihrem Ohr. »Ich verzehre mich nach dir.«

Sobald die Worte seine Lippen verlassen hatten, lagen sie auf ihrer Haut. Nathan verteilte einen Kuss nach dem anderen von ihrem Ohr über ihre Halsbeuge zu ihrem Schlüsselbein. Zwischendurch verweilte er immer mal wieder, um eine Stelle besonders zu liebkosen, indem er an ihr saugte oder leicht knabberte.

Lucy war wie berauscht. Ihr gesamter Körper kribbelte und ihre Atmung ging stoßweise. Als Nathans Mund bei ihren Brüsten angelangt war und sich seine Lippen um ihre rechte Brustwarze schlossen, vergrub sie ihre Hände nach Halt suchend in dem Kissen über ihrem Kopf. Er bewegte seine Zunge mit einer Leichtigkeit, neckte und reizte sie, dass sie bald schon nicht mehr wusste, wo oben und wo unten war. Doch das war nichts im Gegensatz zu dem aufgeregten Kribbeln, das sie erfüllte, als Nathan eine Spur aus Küssen ihren Bauch hinab legte, nachdem er auch ihre linke Brust mit seinem Mund verwöhnt hatte. Angespannt hielt sie den Atem an.

Der Anblick, wie Nathan zwischen ihren Beinen lauerte, ein erwartungsvolles Funkeln in den Augen, war etwas, das Lucy nicht so schnell vergessen wollte. Er hielt ihrem Blick stand, leckte sich die Lippen, bevor sich sein Mund auf ihre heiße Mitte senkte. In dem Moment, als er auf sie traf, sah sie Sterne. Eine Welle der Lust entsprang an der Stelle, wo Nathans Kopf vergraben war, und ihr Oberkörper bäumte sich auf, während sie über Lucy hinwegspülte. Das Kissen bot ihr nicht mehr genug Halt und so vergrub sie ihre Finger in seinem dichten, seidigen Haar. Spielte mit ihm, zog an ihm, bis aus Nathans Mund ein dunkles Grollen erklang. Die Vibration dessen fühlte sie in ihrem gesamten Körper.

»O Gott!«, keuchte sie.

Er antwortete mit einer gekonnten Zungenbewegung, die sie eine Stufe höher trieb. Alles in ihr sang. Sang seinen Namen. Wieder und immer wieder, während es sie höher und höher trieb. Immer weiter hinauf, bis es kein Zurück mehr gab und sie die reinste Glückseligkeit erwartete. Ihr Atem ging heftiger und sie sah erneut Sterne vor ihren Augen tanzen.

»Nathan!«, ächzte sie und zog an ihm. »Ich brauche dich hier. Bei mir.« Sie war vollkommen außer Atem und beruhigte sich erst allmählich, als Nathans Kopf zwischen ihren Beinen wieder auftauchte und er zu ihr hochrutschte. Vorsichtig legte sich sein Mund auf ihren und er schnappte erstaunt nach Luft, als sie den Kuss intensivierte, als hätte er nicht damit gerechnet. Sein Gesicht war ein wenig nass und sie schmeckte sich selbst auf seinen Lippen, doch das ließ nur noch mehr Verlangen in ihr aufkommen. Gierig glitten ihre Hände zu seinen Hüften hinab. Gebannt darauf, ihn endlich auch zu berühren. Ihn die Dinge fühlen zu lassen, die er sie hatte fühlen lassen, und ihm zu zeigen, wie nah sie ihm sein wollte.

»Lu-«, keuchte Nathan, als sie ihre Hand fest um ihn schloss.

Er war steinhart und fühlte sich ungewohnt und gut zugleich in ihrer Hand an. Vorsichtig begann sie, ihre Hand auf und ab zu bewegen. Konzentriert kniff sie die Augen zusammen, um erkennen zu können, was genau ihre Hände da unten taten und ob sie es richtig machte und es Nathan gefiel. Als er ihren gebannten Gesichtsausdruck sah, entrann ein raues Lachen seiner Kehle.

»Was ist? Gefällt es dir nicht?«, fragte sie bestürzt.

»O doch«, versicherte er ihr augenblicklich. »Aber es sollte dir genauso Spaß machen und aktuell siehst du aus, als würdest du an einer schweren Mathematikaufgabe feilen, anstatt an meinem –«

»Nathan!«, zischte sie und ließ augenblicklich von ihm ab. Heiße Scham flutete ihren Körper und sie wandte sich von ihm ab. »Ich habe so etwas eben noch nie gemacht und wollte nur sichergehen, dass dir gefällt, was ich tue.«

Er rutschte an sie heran und legte seine Arme um sie. »Glaub mir, Lucy. Alles, was du tust, gefällt mir.« Er rückte noch ein Stück näher und sie fühlte, dass er recht hatte. »Aber wenn du dir unsicher bist, kann ich es dir zeigen.«

Verwundert drehte sie sich um und folgte ihm, als er ein Stück das Bett hinaufrutschte, um sich gegen das Kopfteil zu lehnen. Er streckte den Arm aus und bedeutete ihr, sich seitlich an ihn zu schmiegen, was sie augenblicklich tat. Er nahm ihre Hand und legte sie erneut um sich, während er sie fest umschlossen hielt. Dann begann er, ihre Hand auf und ab zu bewegen. Erst langsam, dann ein wenig schneller, mit festem Druck, der Lucy wundern ließ, dass es ihm nicht wehtat. Seine Hand löste sich schließlich von ihrer und sie hielt den Rhythmus bei.

Als Lucy sah, wie sich seine Lieder zitternd schlossen und

er seine Zehen verkrampfte, stahl sich ein Lächeln auf ihr Gesicht.

»O Gott«, stöhnte Nathan.

Das spornte sie an, noch ein wenig an Tempo zuzulegen, was ihm nur einen weiteren wimmernden Laut entlockte, der auch in ihre Mitte ein schmerzhaft süßes Ziehen schickte. Sie musste ihm noch näher sein. Sie musste einfach. Von purer Lust getrieben schwang sie ihr Bein seitlich über Nathans und drängte ihren nackten Körper seinem entgegen. Es war, als hätte ein Instinkt in ihr die vollkommene Kontrolle übernommen. Rhythmisch begann sie sich an ihm zu reiben, auf einer Welle der puren Ekstase.

»Lucy, nicht – Ich ...«

Lucy verstand nicht, was Nathan ihr sagen wollte. Im Moment fokussierte ihr Körper ihre Aufmerksamkeit eindeutig auf andere Regionen als ihr Gehirn. Sie rieb sich weiter an ihm und ihre Hand um ihn, doch es war nicht genug. Auch wenn sie noch nie jemanden in sich gehabt hatte, spürte sie dieses innere Verlangen, von ihm ausgefüllt zu werden. Sie brauchte ihn. In sich. Jetzt.

»Fuck!«, stieß Nathan zwischen zusammengebissenen Zähnen hervor und seine Hüfte bäumte sich auf, gefolgt von einem animalischen Laut, der über seine Lippen kam.

Sie senkte den Blick und sah fasziniert zu, wie Nathan sich auf den Bauch kam. Dabei packte er ihre Hand, um das Tempo zu drosseln, während er die Augen fest zusammenkniff. Seine Hüfte zuckte und sein Brustkorb hob und senkte sich rasch, bis auch seine Atmung sich beruhigte.

Mit einem Ruck zog er Lucy an sich und drückte ihr einen Kuss auf den Mund.

»Du ... ich ...«

Okay, anscheinend ist wohl noch nicht alles Blut wieder in seinem Gehirn angekommen.

Sie kicherte leise und Nathan wandte sich kopfschüttelnd ab, griff nach seiner Nachttischschublade und holte ein paar Taschentücher hervor, um seinen Bauch zu säubern. Lucy gab er auch eins, um sich die Hand abzuwischen. Anschließend lehnte er sich zurück an das Kopfteil seines Bettes, drückte Lucy fest an sich und breitete die Decke über ihnen aus.

Sie spürte seine Lippen an ihren Schläfen und sein Atem kitzelte sie, als er sprach: »Gib mir ein paar Minuten.«

Verwundert wandte sie sich ihm zu. »Wofür?«

Er lachte. Noch immer klang er völlig außer Atem und die Erkenntnis, dass sie der Grund dafür war, ließ Lucy schmunzeln. »Ich schulde dir noch einen wahnsinnig großen Gefallen für gerade.«

Sie stutzte. »Ich habe das nicht gemacht, um etwas bei dir gutzuhaben. Demnach ist es weder ein Gefallen noch schuldest du mir etwas. Ich habe das gemacht, weil ich dich liebe und dir ein gutes Gefühl bereiten wollte. Und ich hoffe, du siehst das andersrum genauso.«

»Natürlich ist es andersrum genauso«, beeilte er sich zu sagen. »Ich habe mich unglücklich ausgedrückt. Selbstverständlich glaube ich nicht, dass du eine Gegenleistung verlangst für das, was du soeben getan hast. Nur …« Er stieß einen frustrierten Laut aus. »Es war mir unglaublich wichtig, dass es dir gefällt, dass du es vollends genießen kannst, wenn wir endlich auf diese Weise zusammen sind. Und jetzt kam es nicht einmal dazu, weil ich mich nicht im Griff hatte …«

Als sie seinen schuldbewussten Gesichtsausdruck sah, überbrückte sie schnell den Abstand zwischen ihnen.

Es war ein inniger, leidenschaftlicher Kuss, der Nathan

überrascht nach Luft schnappen ließ.

»Ich habe das gerade eben sehr genossen, glaube mir. Nur weil ich nicht … du weißt schon, heißt es nicht, dass es mir nicht genauso viel Spaß gemacht hat.«

Nathan grinste sie anzüglich an. »Das Wort Orgasmus beißt nicht, Lucy. Das ist dir bewusst, oder?«

Ihr klappte der Mund auf und als sie Nathans belustigtes Grinsen sah, schnappte sie sich eins der Kissen und schlug es ihm ins Gesicht. Lachend rollte er sich auf sie und hielt ihre Handgelenke fest.

»Und wenn du mich weiterhin so küsst wie gerade eben, wirst du schneller zu einem kommen, als du mich noch einmal mit einem Kissen angreifen kannst.«

Wie um seinen Worten Taten folgen zu lassen, drückte er seine Hüfte gegen sie und ihr stockte der Atem, als sie spürte, wie hart er bereits wieder war.

Die Sonne, die durch das Fenster auf das Bett fiel, kitzelte Lucy im Gesicht und sie zog die Nase kraus. Nur ganz langsam kam sie zu sich, die weichen Arme des Schlafs hielten sie immer noch innig umschlungen. Genauso wie die Arme, die sich nun regten und sie noch enger gegen die feste Brust hinter ihr zogen.

Gierig sog Lucy die Luft ein und genoss das Gefühl, so dicht an Nathan gekuschelt in seinen Armen zu liegen. Diesen Moment wollte sie sich für immer bewahren. Sie, Nathan, dieses Bett und nichts anderes. In diesem Augenblick zählten nur sie und das, was sie teilten.

Etwas hatte sich zwischen den beiden verändert.

Letzte Nacht hatte sie ihm gesagt, dass sie ihn liebte. Hatte ihn hinter diese letzte Mauer blicken lassen, die sie sorgfältig all die Jahre, die sie allein durchs Leben gestreift war, um sich herum errichtet hatte. Und obwohl es ihr eine Heidenangst einjagte, spürte sie tief in sich, dass es die richtige Entscheidung war. Dass sie auf ihn zählen konnte und dass er sie nicht allein lassen würde. Nicht nachdem, was sie miteinander geteilt hatten.

Auch wenn die beiden gestern Nacht nicht miteinander geschlafen hatten, so hatte Nathan doch noch einige andere Dinge getan, die Lucy jetzt bei Tageslicht quietschen und sich verstecken lassen wollten.

Bei der Erinnerung daran, wie Nathans Gesicht erneut zwischen ihren Beinen verschwunden war, nachdem sie ihm mit dem Kissen eine verpasst hatte, flammte dasselbe Feuer, das er letzte Nacht gestillt hatte, erneut auf.

Sie biss sich auf die Unterlippe und rieb unruhig die Beine aneinander, in der Hoffnung, das Gefühl würde ein wenig nachlassen, doch das Gegenteil war der Fall. Mit einem Mal wurde ihr überdeutlich bewusst, dass sowohl sie als auch Nathan noch nackt waren. Seine Haut glühte heiß an den Stellen, wo sie sich berührten. Was praktisch gesehen überall war und Lucy fragte sich, wie das möglich sein konnte, schließlich war ihr selbst total heiß.

Erneut rutschte sie hin und her, um dem Verlangen zwischen ihren Beinen ein wenig Abhilfe zu verschaffen.

»Wenn du weiter so rumzappelst, haben wir dasselbe Problem wie gestern Nacht.« Nathans Stimme klang rau an ihrem Ohr.

Er schob seine Hüfte ein wenig vor und als *er* sich überdeutlich gegen ihren Hintern presste, schnappte sie nach

Luft. Nathan lachte leise und Himmel. Das Ziehen, das sie in sich verspürte, wurde zu einem Drängen.

»Keine Angst, er beißt nicht«, flüsterte er verführerisch in ihr Ohr und begann, zärtliche Küsse an ihrem Hals zu verteilen. »Das solltest du doch seit letzter Nacht wissen.«

Ruckartig drehte sie sich zu ihm, um zu kontern, aber ein Blick in seine Augen reichte, um sie in der Bewegung innehalten zu lassen. Doch es war nicht wie üblich das in seiner wechselnden Farbgebung verzaubernde Blau, das sie innehalten ließ. Es waren die Gefühle, die sich in ihnen in ihrer rohen Beschaffenheit zeigten. Die aufrichtige Liebe, Bewunderung und Zuneigung, die Nathan in diesen Blick legte, raubte ihr den Atem, und obwohl es in ihrem Inneren bereits loderte, fühlte sie, wie eine noch intensivere Wärme ihr Herz umschloss.

Nathan bemerkte ihr Zögern und legte eine Hand an ihre Wange. »Hey. Ist alles in Ordnung?«

»Ja, alles bestens«, beeilte sie sich zu sagen und verschluckte sich fast an den Worten.

Sanft fuhr er mit dem Daumen ihre Wange entlang. »Ich liebe dich.«

»Ich liebe dich«, antwortete sie und beugte sich zu ihm vor.

Als ihre Lippen sich berührten, setzte ihr Herz einen Schlag aus, nur um danach im doppelten Tempo weiterzuschlagen. Wie seine Küsse noch immer eine solche Wirkung auf sie hatten, war ihr schleierhaft, doch sie hoffte, dass es niemals aufhören würde.

Nathan schlang beide Arme um sie und sie nahm dies als Einladung, sich auf ihn zu rollen. Mit hitzigen Wangen blickte sie auf ihn hinab und fragte sich, ob in ihren Augen dasselbe Verlangen brannte wie in seinen.

Sie saß auf ihm, die Knie links und rechts von seinen Hüften, und stieß den Atem aus, als sie seine Länge zwischen ihren Beinen spürte. Nathan antwortete darauf mit einem tiefen Brummen aus seiner Brust und ließ die Hände ihren Körper entlangwandern. Zart, fast schon ehrfürchtig, umschlossen seine Hände ihre Brüste und sie warf den Kopf in den Nacken, während ein Stöhnen ihren Lippen entwich.

Sie fing an, sich auf ihm zu bewegen. Langsam, aber bestimmt wiegte sie die Hüften vor und zurück. Auch wenn er nicht in ihr war, war es ein berauschendes Gefühl. Jede Bewegung sandte eine neue Welle der Lust von ihrer Mitte ausgehend bis in den letzten Winkel ihres Körpers. Sie wurde immer ungehaltener. In ihrem Inneren begann sich ein Druck aufzubauen, dem sie aufgeregt entgegenfieberte und von dem sie sich sicher war, dass nur Nathan ihn lösen konnte. Seine Hände wanderten weiter ihren Körper entlang, packten sie an den Hüften. Doch anstatt sie in ihren Bewegungen zu unterstützen, hielt er sie fest.

»Lucy«, keuchte Nathan angestrengt. Er sah aus, als würde es ihn große Anstrengung kosten zu sprechen. »Langsam.«

Ehe sie sich versah, lag sie auf einmal auf dem Rücken und er war über ihr. Sein Gesicht nur wenige Zentimeter von ihrem entfernt, atmeten die beiden schwer. Liebevoll und auch ein wenig überheblich schaute er auf sie hinab. Es mussten seine Gene sein, denn in seinem Gesichtsausdruck lag nichts als Zuneigung, während seine scharfen Gesichtszüge ihm einen arroganten Hauch verpassten. Einfach unwiderstehlich.

»Ich will nicht mehr langsam«, war alles, was Lucy imstande war zu sagen.

Nathan schüttelte leicht den Kopf und lachte, bevor er ihr einen Kuss auf den Mund gab und sich dann erneut von ihr abwandte und vom Bett rutschte.

Frustriert setzte sie sich auf. »Ich schwöre dir, wenn du noch mehr Zeit mit Vorspiel verbringen willst, explodiere ich. Ich will dich.«

Er verharrte in der Bewegung.

»Jetzt«, schob sie nach.

»Ist ja gut. Ich wollte mich nur hierum kümmern.« Er hielt eine kleine viereckige Verpackung hoch, die verheißungsvoll knisterte. Wo er die herhatte, wusste Lucy nicht, und es war ihr in diesem Moment auch so etwas von egal.

»Komm her«, raunte sie und legte sich zurück aufs Bett. Gebannt, ihm jetzt endlich so nahe sein zu können, wie es eben ging. Nathan war augenblicklich über ihr. Er küsste sie und sie schlang erwartungsvoll die Beine um seine schmalen Hüften, sodass er sich wieder von ihr löste.

»Langsam, Lucy. Sonst ist es schneller vorbei, als es dir lieb ist.« Nathan grinste schief und seine Augen weiteten sich, als sie antwortete: »Dann machen wir es eben gleich direkt noch einmal.«

Er schüttelte belustigt den Kopf. »Du bist echt … Ich liebe dich.«

Er nahm die Verpackung zwischen die Zähne, riss sie auf und streifte sich das Kondom über. Elegant ließ er sich erneut auf ihr nieder. Ihre Beine waren zu den Seiten seiner Hüften angewinkelt und er stützte sich mit einem Arm neben ihrem Gesicht ab, während er mit der freien Hand ihre Wange entlang streichelte, bevor sie zwischen ihren Beinen verschwand. Sie spürte ihn an ihrem Eingang und konnte ein Stöhnen nicht zurückhalten.

Nathans Augen verdunkelten sich. »Okay?«, erkundigte er sich ein letztes Mal.

»Okay«, gab sie zurück.

Mit quälender Langsamkeit schob er sich ein Stück in sie. Sein Mund war leicht geöffnet, aber es kam kein Ton heraus. Lucy sog scharf die Luft ein. Dann zog er sich wieder zurück, bevor er erneut in sie eindrang, tiefer als zuvor. Nathan wiederholte dies ein paar Mal, bis er schließlich vollständig in ihr war. So verharrte er, ließ ihr Zeit, sich an ihn und dieses neue Gefühl zu gewöhnen.

»Sag etwas«, bat er. »Wie geht es dir?«

»Es brennt ein bisschen«, gab sie zu.

Sofort zog er bestürzt die Augenbrauen zusammen. »Sollen wir aufhören?«

»Nein«, sagte sie bestimmt. »Es ist nicht so schlimm.« Dass er ihr nicht glaubte, erkannte sie sofort, weshalb sie sich beeilte zu sagen: »Wirklich. Ich will das hier genießen. Mit dir. Also sei einfach ein bisschen vorsichtig, okay?«

»In Ordnung, aber wenn es zu sehr wehtut oder du aus irgendeinem anderen Grund nicht mehr möchtest, sagst du Bescheid.«

Sie nickte. Und dann fing er an, sich erneut zu bewegen. Er zog sich ein Stück zurück, nur um sie kurz darauf wieder auszufüllen. Das wiederholte er einige Male. Mit jedem Stoß fing sie an, sich mehr und mehr zu entspannen, bis das Brennen verschwand und nur noch Lust blieb. Ihr entfuhr ein Stöhnen. Ihre Hände, die sie zuvor an seinen Schultern verkrampft hatte, lockerten sich und wanderten über seinen Körper. Seine Arme waren angespannt, weil er sich immer noch mit seinem Gewicht auf ihnen abstützte, und zitterten leicht. Ein zarter Schweißfilm hatte sich auf seiner Stirn gebildet. Ob vor Anstrengung oder weil er sich zurückhielt, wusste sie nicht.

Mit dem nächsten Stoß traf er einen Punkt in ihr, der sie laut aufkeuchen ließ, und augenblicklich suchte sie den Halt abermals an seinen Schultern.

»Habe ich dir wehgetan?«, fragte Nathan erschrocken.

»Nein«, gab sie zurück. »Nicht aufhören.«

Dem nächsten Stoß seiner Hüften kam sie mit ihren entgegen. Sie passte sich seinem Rhythmus an, der die beiden immer höher trieb. Den Hang hinauf, hinter dessen Spitze der süße Fall wartete. Wieder traf Nathan diesen Punkt, der sie wimmern ließ, und sie schlang die Beine um seine Hüften, hielt ihn eng an sich gepresst, um diese Berührung nicht zu verlieren.

»Lucy«, stöhnte Nathan und drückte ihr einen Kuss auf die Lippen, unterbrach den Kuss aber schnell wieder, da sie beide Luft holen mussten.

Ihr Atem ging nur noch stoßweise und ein Blick in Nathans Augen verriet ihr, dass er genauso kurz davor war, von der Klippe zu fallen, wie sie. Sein Blick brannte sich heiß in ihre Haut und sie wollte, dass er niemals aufhörte, sie so anzuschauen. Sie wollte der Grund sein, dass er von der Klippe fiel, und sie wollte diejenige sein, die ihn unten wieder auffing.

Von ihren eigenen Gedanken angespornt, presste sie sich noch näher an ihn, bohrte ihre Fingernägel in seinen Rücken und fuhr diesen entlang. Ein kehliger Laut entsprang Nathan und er legte eine Hand an ihren Hintern und hielt ihn fest an sich gedrückt, während er nun leidenschaftlich in sie stieß. Nathan so ungehalten zu sehen, seine Kraft nicht nur zu sehen, sondern auch zu spüren, trieb Lucy über die Kante.

»Nathan, ich …«, stöhnte sie verzweifelt an seinem Hals.

»Komm für mich, Dornröschen.« Seine Stimme war leise an

ihrem Ohr und doch hallte sein Befehl laut in ihren Ohren wider.

Sie bäumte sich auf und bog den Rücken durch, als die Welle der Erleichterung über sie drüber und durch sie hindurch fegte.

»Fuck!«, stieß Nathan mit zusammengebissenen Zähnen hervor, während sie sich um ihn herum zusammenzog, und stöhnte laut ihren Namen, als auch er mit einem letzten Stoß zuckend in ihr zum Höhepunkt kam.

Erschöpft sank er auf ihr nieder.

Schwer atmend und verschwitzt lagen die beiden Arm in Arm auf Nathans Bett.

»Habe ich dir wehgetan?«, fragte Nathan, nachdem sie wieder zu Kräften gekommen waren.

»Nein«, versicherte Lucy ihm.

»Sicher? Weil eben meintest du noch, dass ich vorsichtig sein soll und dann …« Er räusperte sich. »… war ich alles andere als vorsichtig.«

»Ich wollte es so.«

Und auch wenn sie nun wieder ein leichtes Brennen verspürte, war ihr ein wenig Wundheit das, was sie soeben mit Nathan erlebt und geteilt hatte, alles wert.

»Also, fandest du es gut?«

Sie schielte zu ihm hoch. »Darauf werde ich dir jetzt definitiv keine Antwort geben.«

»Warum?«

»Weil du dabei gewesen bist.« Sie lachte. »Ich glaube, du hast ziemlich deutlich gespürt, wie sehr es mir gefallen hat. Fishing for compliments steht dir nicht, Nathan.«

Er grinste selbstzufrieden und drückte sie fest an sich. »O ja, das habe ich definitiv gespürt.«

Er sah das Kissen, das in seinem Gesicht landete, nicht kommen.

21

Die Engelsschwäche, die ich nicht habe

Lucy saß an ihrem Schreibtisch und war vollkommen in ihr Exemplar von »Valos Geschichte – Vom Anfang der Zeit bis zur Ewigkeit« vertieft, sodass sie erschrocken zusammenzuckte, als es plötzlich an der Tür klopfte.

Sie runzelte die Stirn. *Wer mag das wohl sein?*

Mit schnellen Schritten durchquerte sie den Schlafsaal und ihr Herz machte einen freudigen Hüpfer, sobald sie die Tür geöffnet hatte.

»Jenny!« Übers ganze Gesicht grinsend fiel sie ihrer besten Freundin um den Hals.

»Hey, Darling!«, sagte Jenny und erwiderte Lucys Umarmung mit einer solchen Intensität, dass sie Lucy kurz die Luft abdrückte. Mit einem hastigen Tätscheln auf Jennys Schulter gab Lucy ihr zu verstehen, dass sie sie loslassen sollte, und Jenny schmunzelte sie entschuldigend an. »Wollen wir ein Stück spazieren gehen?«

Lucy nickte, warf noch einen kurzen Blick in ihren Schlafsaal und zog die Tür hinter sich zu.

Die beiden spazierten über das Gelände der Akademie, zwischen den Gebäuden mit den Schlafsälen vorbei, zu dem großen Park, der sich hinter dem vierkantigen Lehrgebäude befand. Im Schatten eines großen Baumes ließen sie sich ins weiche Gras nieder.

Lucy blickte beeindruckt hinauf in die Baumkrone. Sie wusste nicht, um was für eine Art Baum es sich handelte, doch sie war sich sicher, dass sie nicht auf der Erde wuchs. Die Blätter des Baumes waren groß wie Fächer und besaßen eine herzähnliche Form. Ihr sattes Grün war wie das des Grases unter ihr fast schon unnatürlich. Doch in den Wochen, die sie nun in Valo lebte, hatte sie sich fast daran gewöhnt, dass hier alles bis aufs Äußerste perfektioniert war.

Ihr Blick wanderte weiter zu ihrer Freundin. Jenny schaute gedankenverloren in die Ferne, ihre Stirn leicht gekräuselt, als würde sie angestrengt über etwas nachdenken. Ihr dickes kupferrotes Haar trug sie zu einem Pferdeschwanz gebunden, dessen Ende ihr über die linke Schulter fiel. Die dazu farblich passenden Flügel lugten hinter ihren Schultern hervor und verpassten ihr so, wie sie auf der unnatürlich grünen Wiese unter diesem unnatürlich schönen Baum saß, ein märchenhaftes Aussehen, als sei sie ein Fabelwesen. Bereits auf der Erde war Lucy bewusst gewesen, wie hübsch Jenny war, aber erst in Valo zeigte sich ihre wahre Vollkommenheit. Alles an ihr war makellos, genauso perfekt wie bei allen anderen Engeln, denen sie hier begegnet war. Lucy wurde warm ums Herz, doch als sie die unendliche Traurigkeit in Jennys Augen entdeckte, sackte es ihr augenblicklich in die Hose.

»Was ist los? Ist etwas passiert?«, fragte sie nun alarmiert. Was, wenn ihrer Mutter etwas zugestoßen war? Wenn sie krank oder verletzt war oder …?

Jenny legte ihre warme Hand auf Lucys Schulter und augenblicklich kehrte Ruhe in ihre Gedanken ein. »Ganz ruhig, keine Sorge.« Jenny lächelte zaghaft. »Es ist nichts passiert, deiner Mutter geht es blendend. Sie liebt ihren Job, ist voller Energie und kann es kaum abwarten, dass du bald wieder nach Hause kommst«, beruhigte Jenny sie, als hätte sie ihre Gedanken gelesen.

»Und das ist –«

»Ja, das ist die Wahrheit, ich besuche sie alle zwei Tage. Sie lässt dich lieb grüßen und ich soll dir ausrichten, dass du dir keine Sorgen um sie machen musst.«

Erleichterung flutete Lucys Körper und sie atmete auf, obwohl gleichermaßen das schlechte Gewissen an ihr nagte, da sie es verabscheute, ihre Mutter so lange allein zu lassen.

»Warum bist du dann hier?«, fragte sie neugierig. »Hast du einen Auftrag der Erzengel?«

Jenny legte gespielt entrüstet eine Hand auf die Brust. »Darf ich nicht einmal mehr meine Freundin und meinen Sohn besuchen, wenn ich sie seit Wochen nicht mehr gesehen habe?«

»Du warst schon bei Nathan?«

»Ja, ich habe ihn heute Vormittag besucht und ihn gefragt, ob er den Nachmittag mit uns verbringen will, aber er meinte, er müsse lernen.« Sie schüttelte irritiert den Kopf. »Dass ich ihn das einmal sagen höre … Er hat sich wirklich verändert!«

»In gewisser Hinsicht schon«, stimmte Lucy zu und konnte nicht verhindern, dass ihre Wangen heiß wurden.

»Ich habe schon gehört, dass ihr beiden euch gar nicht mal so hasst wie zu Anfang, richtig?« Sie hob anzüglich eine Augenbraue.

Unter Jennys wissendem Blick wurde ihr Gesicht noch heißer und Lucy war sich sicher, dass wenn sie jetzt in einen Spiegel gucken würde, ihr eine Tomate entgegenblicken würde. Wie peinlich!

»Ja, er ist gar nicht mal so doof, wie ich zu Anfang gedacht habe«, gab sie kleinlaut zu und Jenny lachte.

»Keine Sorge, ich werde dich jetzt nicht nach Details fragen – immerhin ist Nate tatsächlich wie ein Sohn für mich –, aber ich wollte dir sagen, dass ich mich wahnsinnig für euch freue. Er hat eben so glücklich gewirkt, wie ich ihn noch nie erlebt habe, als er von dir geredet hat, und auch in deinen Augen kann ich sehen, wie viel er dir bedeutet.«

Das Lächeln, das sich bei diesen Worten auf ihrem Gesicht formte, war aufrichtig, und nun konnte auch Lucy ihr Lächeln nicht mehr zurückhalten. »Ja, das tut er.«

Eine Weile schwiegen sich die beiden an, da holte Jenny plötzlich eine kleine Schachtel aus ihrer Hosentasche und hielt sie Lucy hin.

»Was ist das?«, fragte diese verwundert.

»Alles Gute nachträglich zu deinem achtzehnten Geburtstag, Lucy.« Jenny drückte ihr die Schachtel in die Hand und schaute mit großen Augen dabei zu, wie Lucy sie öffnete und den Inhalt bestaunte.

Es war ein zartes silbernes Armband mit kleinen Anhängern an den einzelnen Gliedern. Es waren ein Berg, ein Stern, Yin und Yang und ein mit Steinchen besetzter Flügel, wie der an ihrer Kette.

Ohne dass sie etwas dagegen tun konnte, formte sich ein Knoten in ihrer Kehle. »Es ist wunderschön, danke, Jenny.« Sie fiel ihr um den Hals.

Als sie sich wieder von ihrer Freundin löste, nahm diese ihr das Armband ab und legte es ihr an.

»Ich hatte Sorge, dass es nicht passt, aber es sitzt wie angegossen.« Sie strahlte. »Freut mich, dass es dir gefällt.«

»Wie könnte es mir nicht gefallen?« Wie automatisch fasste sie sich an ihre Kette, die sie vor den Sommerferien von Jenny zum Abschlussball bekommen hatte und seit jeher jeden Tag trug. »Ich fühle mich nur ein wenig schlecht, weil allein die Kette bestimmt schon teuer war und nun auch noch dieses Silberarmband …«

»Weißgold«, verbesserte Jenny sie.

Lucy riss die Augen auf. »Wie bitte?«

»Weißgold«, wiederholte Jenny seelenruhig, als hätte Lucy sie bloß akustisch nicht verstanden. »Der Schmuck ist aus Weißgold, da Silber tödlich für Engel ist.«

Erschrocken blinzelte Lucy. »Was?«

»Ja, das ist es. Engel können auch durch andere Materialien verwundet werden, aber wenn du einen Engel vollkommen kampfunfähig machen willst, reicht der kleinste Silbersplitter aus, den du in seinem Körper versenkst.«

Lucy war wie versteinert von den Informationen, die sie soeben erhalten hatte. Traf diese Empfindlichkeit gegenüber Silber auch auf sie zu?

Sie erinnerte sich vage an eine Situation, als ihre Großmutter ihr einmal ein paar Silberohrringe zum Geburtstag geschenkt hatte. Doch es war lediglich zu einer Rötung, gepaart mit Juckreiz, gekommen. Ihre Großmutter war davon ausgegangen, dass man sie im Laden übers Ohr gehauen hätte, dass die Ohrringe nicht aus echtem Silber wären und Lucy lediglich eine Nickelallergie hätte. Doch war es wirklich so schlimm gewesen, dass sie davon hätte sterben können? Lucy bezweifelte es, wollte allerdings ihre tatsächliche Empfindlichkeit dem Edelmetall gegenüber testen.

»Es ist auch eine Silberschere gewesen, mit der deinem Vater die Flügel abgeschnitten worden sind, damit sich die Wunde niemals mehr verschließt«, raunte Jenny und Lucy zuckte zusammen.

Erneut hatte sich diese unendliche Traurigkeit in ihre Augen gelegt und Lucy meinte nun, endlich den Grund dafür zu kennen.

Nachdem Jenny und sie noch einige Stunden auf der Wiese gesessen und geredet hatten, hatten sich die beiden voneinander verabschiedet.

Da Lucy sich nach dem Gespräch mit Jenny nicht danach fühlte, wieder allein in ihrem Zimmer zu lernen, machte sie sich auf den Weg zu Nathan. Während sie den Korridor entlangging, wirbelten ihre Gedanken um das, was Jenny ihr erzählt hatte, gerade so umher.

»Wenn du einen Engel vollkommen kampfunfähig machen willst, reicht der kleinste Silbersplitter aus, den du in seinem Körper versenkst.«

Sie fragte sich, warum noch nie zuvor jemand an der Akademie dieses Wissen mit ihr geteilt hatte. Klar, die Engel hielten sich für perfekt und wollten sicherlich nicht, dass jemand ihre eine Schwäche herausfand, und würden vermutlich niemals einen Feind unter sich erahnen, den sie so ausschalten müssten – doch Lucy wusste es besser. Ihr Onkel wartete nur darauf, hier in Valo einzumarschieren und die Kontrolle der Stadt an sich zu reißen.

Sie hatte schon längere Zeit nichts mehr von ihm gehört und die Stille beunruhigte sie mehr, als in einen selkeä unelma mit ihm gezogen zu werden. Sie lauerte über ihr wie ein Damoklesschwert, das nur darauf wartete, auf sie hinabzusausen und ihr den Kopf vom Körper zu trennen. Es machte sie wahnsinnig.

Sie würde den Schlüssel holen, spätestens nach ihrer nächsten Trainingsstunde mit Michael, wenn sie wieder allein im Tempel der Erzengel war. Aber sie musste Nathan davon erzählen. Sie musste sichergehen, dass er möglichst weit weg von Valo sein würde, wenn sie die Erzengel hinterging, um dem Teufel den Schlüssel zum Himmel zu geben. Es würde im Chaos enden, ohne jeden Zweifel. Aber durch Jenny hatte sie nun endlich einen Hoffnungsschimmer, dass sie nicht alles zerstören, dass sie nicht der Grund sein würde, warum die Hölle über ihr einstürzen würde.

Sie hatte noch keinen ausgefeilten Plan, nur diese Idee, aber sie könnte dafür sorgen, dass Lucifer niemals mehr jemandem wehtun würde und ihre Eltern und alle anderen in Sicherheit wären.

Es juckte sie in den Fingern, sofort mit der genauen Ausarbeitung und vor allem der Durchführung ihres Plans zu beginnen, aber sie musste sich noch ein wenig gedulden. Erst einmal musste sie zu Nathan, um ihn davon zu überzeugen, den anderen auch einmal den Strand in den Bahamas zu zeigen, weil sie so vielleicht auch die schönen Seiten der Erde zu schätzen lernten, und sie würde hierbleiben müssen, um mit Michael zu trainieren, aber sie wünschte natürlich, sie könne dabei sein.

In der Zeit musste sie handeln. Musste das Regime der Erzengel kurz ins Wanken bringen, um den Teufel zu hintergehen. Sie hoffte, dass die Erzengel es ihr nachsehen würden, wenn es ihr gelang, dafür Lucifer unschädlich zu machen. Falls es ihr gelang. Und sie betete zu … wer auch immer ihr zuhörte, dass ihre Freunde und Familie in der Zeit auf der Erde in Sicherheit sein würden.

An Nathans Zimmer angekommen, stockte sie.

Die Tür stand einen Spalt breit offen und die Stimmen drangen an ihr Ohr. Beide klangen hitzig.

Zögernd hielt sie inne.

»Ich werde es ihr sagen!« Nathan.

»Das wirst du ganz bestimmt nicht! Ist dir nicht klar, dass du damit alles, was du bis jetzt erreicht hast, wieder zunichtemachen kannst?« Mr Brown.

»Und wenn schon, etwas anderes habe ich nicht verdient.«

»Ach, jetzt tu nicht so, als würdest du es auf einmal bereuen, Nate. Als Leonardo und ich dir damals den Auftrag gegeben haben, hast du nicht einmal mit der Wimper gezuckt.« Mr Browns Stimme klang verächtlich und Lucy lief es kalt den Rücken hinab. Ihr Vater?

»Damals kannte ich sie ja auch noch nicht.« Nathan war immer leiser geworden. Er klang verletzt, fast schon gebrochen.

»Und jetzt, da du sie kennst und es so gut läuft, darfst du es nicht ruinieren.«

Sie wollte gerade in das Zimmer stürmen und Antworten verlangen, da fügte Mr Brown hinzu: »Die Prophezeiung muss erfüllt werden, Nate. Um jeden Preis. Das verlangt nun einmal, dass ihr beide zusammen seid.«

Nathan sagte nichts mehr und Lucy hielt sich die Hand vor den Mund, um nicht laut aufzukeuchen. Tränen sammelten sich in ihren Augen und ein zerreißender Schmerz machte sich in ihrem Magen breit, weil sie plötzlich eine Ahnung hatte, was für eine Art Auftrag Nathan von ihrem Vater und Mr Brown bekommen hatte.

»Und ich muss sagen, dass ich anfangs Sorge hatte, dass es überhaupt noch etwas mit euch beiden würde, weil du ja nicht gerade reizend zu Lucy warst, aber Valo sei Dank hast du ja doch noch deine überzeugende Seite.«

»Sie wird mir nie verzeihen, was ich ihr angetan habe.« Nathans Stimme war noch leiser als zuvor.

Oder hörte sie einfach nur schlechter? Es war schwer zu sagen, denn das Blut rauschte in ihren Ohren und ihr wurde schwindelig von den sich immer schneller umeinander drehenden Gedanken.

Lüge. Lüge. Lüge.

Es war alles eine Lüge gewesen.

Nathan hatte sie dazu gebracht. Er hatte sie mithilfe seiner Sirenenkräfte dazu gebracht, sich in ihn zu verlieben. Ihn an sich heranzulassen, ihn hinter ihre Mauern blicken zu lassen. Und sie hatte es ihm erlaubt. Hatte ihm alles von sich gegeben. Alles. Gott, wie hatte sie nur so blind sein können? All die Male, die seine Augen sie so in den Bann gezogen hatten, wenn sie den Blick von ihm nicht hatte abwenden können und die Luft um sie herum von Meeresluft und Magie geladen gewesen und dann wieder plötzlich verschwunden war. Es war so auffällig gewesen. Wie konnte sie nur so dumm gewesen sein?

Innerhalb weniger Sekunden wandelte sich ihr Schmerz in Zorn um. Sie verfluchte sich selbst, dass sie auf Nathan und seine Masche hereingefallen war, doch der Zorn, den sie gegenüber Nathan verspürte, wuchs ins Unermessliche.

»Sie wird es nie erfahren, Nate«, sagte Mr Brown.

Und das war ihr Stichwort.

Mit einem lauten Knall schlug die Tür schwungvoll gegen die Wand, als sie sie aufstieß.

»Ups«, sagte sie schulterzuckend und richtete ihren eisigen Blick auf Nathan, der erschrocken zusammengezuckt war. Er saß auf seinem Bett, die Schultern nach vorne, als wäre er in sich zusammengefallen und am Boden zerstört, doch es kümmerte sie nicht mehr, wie es ihm ging. Alles, was sie fühlte, war Schmerz und Verrat. »Zu spät.«

Mit diesen Worten machte sie auf dem Absatz kehrt.

22

Mein Herz in der Hölle

»Lucy! Warte!«

Sie durchquerte gerade mit hastigen Schritten den Platz zwischen den Männer- und Frauenschlafsälen, als Nathan sie einholte und am Handgelenk zurückhielt.

Als hätte sie sich an ihm verbrannt, entriss sie ihm ihre Hand. »Nicht!«, zischte sie.

Wind wehte über das Gelände der Akademie und kühlte ihre mit Tränen überströmten Wangen. Sie hatte ihre Tränen nicht länger zurückhalten können. Heiß rannen sie ihr Gesicht entlang, genauso brennend wie ihr gesamter Brustkorb, in dem die heiße Lava des Schmerzes und der Enttäuschung brodelte.

»Fass. Mich. Nicht. An«, sagte sie ganz ruhig, was das komplette Gegenteil ihrer Erscheinung widerspiegeln musste, denn Nathan verzog das Gesicht.

Eine Stimme in ihrem Inneren sagte ihr, dass sie den Blick senken sollte. Flehte sie an, sich umzudrehen und schnell davonzulaufen. Von ihm. Von dem Schmerz. Aber eine zweite Stimme sagte ihr, sie solle bleiben. Solle ihm zeigen, dass sie weiterhin mit erhobenem Haupt vor ihm stehen und sich seinetwegen nicht verstecken würde. Sie würde sich nie wieder vor irgendjemandem kleinmachen. Nie wieder.

»Lucy, bitte hör mir zu. Ich weiß, dass das schlimm klingt, was du soeben gehört hast, aber –«

Sie ließ ihn nicht ausreden. »Du meinst, dass ich erfahren habe, dass mein Freund nur mit mir zusammen ist, weil in einer Prophezeiung davon gesprochen wird, dass wir *zusammen* ein Schicksal zu erfüllen haben?«

Nathan zuckte bei ihren Worten zusammen, als würde es ihn schockieren, dass jemand einem anderen Menschen so etwas antun könnte. Lucy konnte ihr Schnauben nicht unterdrücken.

»So ist es doch gar nicht!« Er fuhr sich mit der Hand über sein Gesicht und vergrub sie dann in seinem Haar.

»Also habe ich mir die Unterhaltung zwischen dir und Mr Brown gerade nur eingebildet?« Unaufhaltsam strömten ihr die Tränen die Wangen entlang und benässten ihren Alkuun. Trotzdem war ihre Stimme frei von jeglichem Zittern oder Schluchzen. Lediglich ihre Tonlage verriet, wie zerrissen sie in ihrem Inneren war.

Nathan seufzte und schloss für einen Moment die Augen. »Nein, hast du nicht, aber –«

»Dann ist wohl alles zwischen uns gesagt, das gesagt werden muss.« Sie drehte sich um, doch plötzlich stand Nathan mit erhobenen Händen wieder vor ihr.

»Bitte! Ich flehe dich an, Lucy. Ich werde dich nicht anrühren, aber bitte hör mir zu, ich kann das erklären. Ich- ich habe dich zu Beginn unseres Trainings bei Austin manipuliert, es ist wahr. Aber immer nur für kurze Intervalle, damit du weiterhin die Kontrolle über dich behältst. Und als ich mit der Zeit gemerkt habe, dass ich dich mag, verdammt, dass ich mich in dich verliebe, habe ich natürlich sofort aufgehört. Alles, was seit dem Abschlussball passiert ist, war echt. Wir sind zusammen, weil du und ich uns lieben, Lucy. Nur deshalb.«

Tränen füllten nun auch seine Augen und er machte sich nicht die Mühe, sie fortzuwischen, als sie seine Wangen hinabliefen. Genauso stumm wie bei ihr. Doch als er wieder sprach, zitterte seine Stimme.

»Du bist für mich das Wichtigste in meinem Leben.«

»Dann hast du eine ganz verschobene Art und Weise, das zu zeigen, Nathan.«

»Bitte! Du musst verstehen, dass Austin und dein Vater gesagt haben, dass es sein müsse. Dass es keinen anderen Weg gebe und –«

»Ist das gerade dein Ernst?« Ihre Stimme wurde immer lauter. »Willst du mir wirklich weismachen, dass du keine andere Wahl hattest, dass man dir gedroht hätte, wenn du mich nicht dazu manipuliert hättest, mich in dich zu verlieben? Ist das dein Ernst?«

Sie deutete mit ihrem Zeigefinger auf seine Brust, doch ließ ihn schnell wieder sinken, als sie darüber nachdachte, wie sie immer ihren Kopf genau dorthin gelegt hatte, um Ruhe zu finden und seine Nähe zu genießen. Ihr finsterer Blick wanderte zurück zu seinem Gesicht und ihre Augen bohrten sich in seine. Der Ozean in ihnen so wild wie noch nie zuvor, als wüsste er selbst nicht, ob er es darauf anlegte, sich zu ertränken, oder verzweifelt versuchte, am Leben zu bleiben.

»Ich werde dir nie wieder vertrauen. Nie wieder.«

Und mit diesen Worten ging sie an ihm vorbei.

Weinen. Erbarmungslos weinen und eimerweise Nutella essen, war das Einzige, das Lucy nun tun wollte.

Nathans Verrat und der ihres Vaters schmerzten sie so sehr,

dass sie es kaum schaffte zu atmen, ohne sich in der Embryostellung auf ihrem Bett zusammenrollen zu wollen. Wie konnten sie ihr das antun? Ihr Vater hatte immer beteuert, dass alles, was er tat, mit der Gewissheit passierte, dass es das Beste für sie sei. Aber dies war nicht das Beste. Es war das absolut Schlimmste, das ihr je angetan worden war. Nicht einmal der Gedanke, dass er sie damals nicht gewollt und deshalb ihre Mutter verlassen hatte, hatte so sehr geschmerzt wie die Tatsache, dass er ihr so etwas willentlich angetan hatte.

Was jedoch am meisten wehtat, war die Erkenntnis, dass Lucy Nathan sogar glaubte, dass er sie genauso aufrichtig liebte wie sie ihn. Sie hatte es in seinen Augen gesehen, in seiner Stimme gehört. Doch wie sehr konnte sie darauf vertrauen, dass die beiden selbst über ihre Gefühle bestimmen konnten, wenn es von der Prophezeiung vorherbestimmt war, dass sie sich liebten? Wenn die beiden nun vom Schicksal getrieben Gefühle füreinander entwickelt hatten und es nicht ihre freie, eigene Entscheidung gewesen war? Wenn sie den Unterschied nicht einmal bemerkten?

So konnte sie unmöglich mit ihm zusammen sein. Über seinen Verrat, sie mit seinen Kräften gelockt zu haben, hinwegzusehen, war eine Sache. Aber die Unsicherheit, ihn womöglich nie aus eigenem Antrieb heraus zu lieben? Ein klares Ding der Unmöglichkeit.

Den Blick gesenkt, damit niemand sah, wie verheult sie aussah, machte sie sich weiter auf den Weg zu ihrem Schlafsaal, in der Hoffnung, dass Casey gerade mit ihren Schwestern unterwegs war. Lucy hatte im Moment keine Lust, ihr zu erklären, was geschehen war.

Doch kurz bevor sie das Gebäude, in dem sich ihr Zimmer

befand, betreten konnte, stellte sich ihr jemand in den Weg. Genervt hob sie den Blick und erstarrte, als sie sich Gabriel gegenübersah.

»Ich würde ja sagen, dass es mir leidtut, dass du einen schlechten Tag zu haben scheinst, aber das wäre glatt gelogen«, säuselte er mit einem falschen Lächeln im Gesicht, zuckte mit den Schultern und packte sie am Arm. »Du wirst jetzt mitkommen. Deine Anwesenheit wird vor dem Rat der Erzengel dringendst benötigt.«

»Ich kann auch selbst gehen!«, protestierte Lucy und stemmte sich gegen Gabriels Griff, was allerdings nur dazu führte, dass er genervt die Augen verdrehte, sie mit einem Arm umschlang und sich in die Luft abstieß. Er ließ sie erst wieder auf den Stufen vor dem Eingang zum Tempel der Erzengel los, zog sie allerdings direkt hinter sich her.

Lautstark protestierend betrat Lucy den Regierungstempel und verstummte schlagartig, als die ernste Stimmung, die erdrückend den Raum erfüllte, auch sie einnahm. Die Erzengel saßen auf ihren Thronen und beobachteten sie kühl. Einzig der Thron von Gabriel, der sie noch immer am Arm hinter sich her zerrte, war leer. In der Mitte des Tempels ließ er endlich von ihr ab und begab sich an die Seite seiner Brüder.

Es war mucksmäuschenstill. Die Herrscher Valos verzogen keinerlei Miene und musterten sie so wertend, dass Lucy es kaum wagte zu atmen.

Schließlich erhob sich Michael aus der Mitte der Erzengel und schritt auf sie zu.

»Ich habe dich nun schon einige Wochen trainiert, Lucienna.« Er blickte ihr ernst in die Augen und noch nie hatte die Intensität seiner amethystfarbenen Iriden sie dermaßen fasziniert und gleichzeitig eingeschüchtert. »Nun ist es an der

Zeit, zu sehen, wie gut du deine Kraft unter Kontrolle hast.«

Ein synchrones Rucken ging durch die Reihe der Erzengel, als sie sich alle aufrichteten und auf ihrem Thron interessiert ein Stück nach vorn rutschten.

»Ich …« Lucy wusste nicht, was sie sagen wollte. Die einzige Körperfunktion, zu der sie imstande schien, war Schwitzen, denn der Schweiß brach nun aus jeder Pore ihres Körpers hervor. Wie sollte sie den Erzengeln ihre Kontrolle über ihr inneres Licht demonstrieren? Würde Michael sie alle gemeinsam in die Illusion, in der sie immer trainiert hatten, bringen und sie würden ihr bei ihren Atemtechniken zuschauen?

»Wir werden mit dir ein Szenario durchgehen, in dem eine Versuchsperson deine Hilfe brauchen wird«, erklärte Michael, der offenbar gesehen hatte, wie verständnislos Lucy auf seine Aussage reagiert hatte. »All deine Instinkte werden dir sagen, dass du dieser Person helfen musst, und sobald die göttliche Kraft in dir getriggert wird, wirst du sie mithilfe der Übungen, die ich dir beigebracht habe, zurückhalten.«

Sie wollen ein Szenario durchgehen?

Was für ein Szenario sollte das sein? Immerhin wurde ihre Kraft nur erweckt, wenn jemand in Gefahr oder verletzt war, und das würden sie niemandem extra antun … oder?

Der Schweiß, der ihr soeben noch heiß über den Rücken geronnen war, wurde nun eiskalt.

»Sollte es dir nicht gelingen, werden wir überdenken müssen, wie sicher es ist, dich einfach so frei auf Valos Straßen herumspazieren zu lassen«, stichelte Gabriel von seinem Platz aus und zuckte mit den Schultern, als hätte er etwas so Belangloses gesagt, wie das Wetter zu kommentieren.

Mit weit aufgerissenen Augen sah Lucy wieder zu Michael, dessen Fokus inzwischen auf etwas hinter ihr lag. Sie hörte Schritte.

»Es beginnt.« Mit diesen Worten drehte er sich um und nahm erneut auf seinem Thron Platz.

»Hier sind wir, o ehrwürdige Valaistua.«

Als Lucy die Stimme erkannte, zuckte sie zusammen. Nein! Nein, nein, nein. Das konnte nicht sein. Das durfte nicht sein! Und doch realisierte sie, als sie es endlich wagte, den Kopf in Richtung der beiden Engel zu drehen, die soeben den Tempel betreten hatten, dass ihr Ende gekommen war.

Neben ihr standen Mr Brown und Nathan. Der Erstere beachtete sie keineswegs, sondern hielt ehrfürchtig den Kopf gen Boden gesenkt und schien am ganzen Körper zu zittern. Lucy wünschte sich, dass es Angst war, weil sie so sehr hoffte, dass Mr Brown endlich erkannt hatte, dass die Erzengel alles andere als heilig waren.

Ihre Aufmerksamkeit wanderte weiter zu Nathan, der sie mit erhobenem Kopf ansah. Alles, was seine Körperhaltung an Selbstbewusstsein und Stolz ausstrahlte, machte ein Blick in seine Augen zunichte. In ihnen lag so viel Schmerz, dass Lucy sich ihm – obwohl sie es nicht wollte – ein Stück weit verbunden fühlte, da auch sie diesen rohen, echten Schmerz in sich verspürte, den Nathan gerade einmal vor vielleicht einer Stunde selbst verursacht hatte.

»Sehr gut, Austin, du kannst dann gehen. Von hier an werden wir mit Lucienna und Nate allein fortfahren.«

»Sehr wohl, Valaistua.« Ohne einen weiteren Blick auf die beiden zu werfen, verschwand Mr Brown.

»Tritt vor, Nate.« Die Tonlage in Michaels Stimme ließ keine Widerworte zu.

Als er den Fuß der Throne erreichte, sprang plötzlich Gabriel auf, während Camael sich ebenfalls erhob. »Lass mich dir helfen, Bruder.«

Die Vorfreude in seiner Stimme verknotete Lucys Eingeweide. Gemeinsam gingen die beiden Erzengel zu Nathan, stellten sich jeweils links und rechts neben ihn und hielten ihn an den Armen fest. Dann, ehe Nathan verstand, was geschah, packte Camael ihn mit einer Hand im Genick, während Gabriel etwas zückte, das wie ein Messer aussah.

»Was zur —«, protestierte Nathan, doch sein Vater war schneller.

»Keinen weiteren Mucks oder du wirst es bereuen.« Er hielt das, wie Lucy nun erkannte, Kurzschwert an Nathans Kehle und drückte zu, sodass ein paar einzelne Blutstropfen seine Kehle hinabliefen.

Sofort regte sich das innere Brummen, das Lucy mittlerweile als ihr Licht wahrnahm, und ihr Körper blendete immer mehr und mehr ihre eigenen Empfindungen aus. Die Angst, die sich zuvor noch drückend in ihrem Magen breitgemacht hatte, verschwand mit jedem weiteren Atemzug, den Lucy tat. Genauso wie der Schmerz und ihre Wut, die sie seit ihrem Besuch in Nathans Schlafsaal verspürt hatte.

»Konzentriere dich, Lucienna«, mahnte Michael.

»Ich habe nicht einmal richtig angefangen und du kannst dich schon kaum zurückhalten.« Gabriel lachte. »Was geschieht dann erst, wenn ich das hier tue?« Mit einer flinken Bewegung nahm er das Schwert von Nathans Kehle und rammte es ihm in den Oberschenkel.

Nathans Schrei war markerschütternd und hallte durch den gesamten Tempel. Ehe sich Lucy versah oder es auch verhindern konnte, sprintete sie nach vorn, um Nathan zu helfen und Gabriel sein dämliches Grinsen mit seinem eigenen Kurzschwert aus dem Gesicht zu schneiden. Er tat Nathan weh. Seinem Sohn. Und nicht nur er. Die gesamten Erzengel saßen auf ihren hohen Thronen und blickten auf die Szene hinab, als wäre es ein Schauspiel und nicht die Wirklichkeit.

Sie sind wirklich das Letzte. Ich bin sowas von durch mit ihnen und ihren kranken Spielchen und Machtdemonstrationen.

Bevor Lucy ihren Plan, Gabriel sein Schwert ins Gesicht zu rammen, umsetzen konnte, erschien Michael vor ihr und versperrte ihr so den Weg.

»Konzentriere dich, Lucy. Es wird ihm nichts Schlimmes geschehen.«

Wie konnte er das sagen? Wie konnte er sich ihr in den Weg stellen und so etwas behaupten? Und wie konnte er davon ausgehen, dass sie ihm glauben würde? Wenn er der Grund war, warum Nathan gequält wurde. Wenn er der Grund war, warum ihr Vater zum Sterben verurteilt und ihre Mutter in die Depressionen getrieben worden war.

»Es ist sehr wichtig, dass du dich jetzt konzentrierst und das hier ausblendest.« Er trat einen Schritt zur Seite und gab den Blick auf Nathan wieder frei.

Es zerriss ihr das Herz, zu sehen, wie er vornübergebeugt, sein Gewicht auf das unverletzte Bein stützend, dastand und zischend ein- und ausatmete. Das Vibrieren in ihrer Brust nahm wieder zu und als hätte er es gespürt, hob er den Kopf und sah ihr direkt in die Augen. Blau in Grün. Und dann schüttelte er sachte den Kopf.

»Nicht.«

Als wäre er es nicht wert, von ihr gerettet zu werden. Als wäre er es nicht wert, dass sie seinetwegen die Kontrolle verlor. Aber er hatte recht. Wenn sie jetzt einknickte, würden die Erzengel sie wegsperren. Da war sie sich sicher. Und dann würde keiner sie zur Rechenschaft ziehen. Auch das war ihr bewusst. Sie musste durchhalten. Sie musste es einfach. Für Nathan. Für ihre Eltern. Und für all die anderen Seelen, die aufgrund der Erzengel und ihrer korrupten Führung gelitten hatten.

Widerwillig biss Lucy die Zähne zusammen. Kniff die Augen zu. Hörte auf zu atmen. Horchte in sich hinein, bis das Summen und Pochen ein wenig abnahm. Dann setzte sie wieder mit der Atmung ein. Ein durch die Nase, aus durch den Mund. Sie spürte das Licht in ihr anschwellen und wieder sinken, als wäre es ein flüssiges Element, das sie kontrolliert horten und freilassen konnte.

Vorsichtig öffnete sie die Augen und erkannte, dass sie mit jedem Atemzug glühte und beim Ausatmen wieder verglomm. Ein erleichtertes Lächeln stahl sich auf ihr Gesicht und Michael nickte anerkennend.

»Gut so.«

Gabriel hingegen sah aus, als würde er gleich wütend mit dem Fuß auf den Boden aufstampfen. »Ja, aber was tust du, wenn ich das hier mache?«

Mit einem Ruck zog er das Kurzschwert aus Nathans Bein und stieß es ihm zwischen die Rippen. Nathan schrie wie am Spieß und sackte vollends in sich zusammen, während Camael ihn fester fasste, damit er nicht hinfiel, und Gabriel einen wütenden Blick zuwarf.

Die Ruhe, die sie soeben mühsam über ihren Körper gebracht hatte, war augenblicklich verschwunden. Bevor Michael sie wieder aufhalten konnte, hechtete sie in Engelsgeschwindigkeit zu Nathan, rammte Gabriel ihre Faust ins Gesicht, der laut fluchend zurücktaumelte. Als sie sich Camael zuwandte, ließ dieser freiwillig von Nathan ab, schnappte sich Gabriel, der sich gerade auf Lucy stürzen wollte, und verschwand aus ihrem Sichtfeld.

Nathan verlor nun eindeutig zu viel Blut. Vermutlich war es besser, das Schwert erst einmal in seiner Seite stecken zu lassen und zuerst die Blutung an seinem Bein zu stoppen. Lucy hatte aufgegeben, sich kontrollieren zu wollen. Alles in ihr war taub. Einzig ihr Kopf wusste, dass sie gerade Höllenqualen litt. Zu sehen, wie Nathan am Boden lag, seine Atmung immer flacher ging, der Ohnmacht nah, erinnerte sie an den Heaven, in dem sie mit Celeste gewesen war, doch sie verspürte nicht diesen alles zerreißenden Schmerz wie damals. Sie fühlte schlicht und ergreifend nichts.

Langsam drehte sie sich zu den Erzengeln um. Sie waren daran schuld. Sie waren an allem schuld.

Lucy erhob sich und ging langsam auf die Herrscher Valos zu. Dabei streckte sie die Hände von sich und spürte, wie sich diese erwärmten. Sie erkannte den Schrecken in den Gesichtern der Erzengel. Und dann wurde alles ganz hell, bevor vollkommene Dunkelheit über sie hereinbrach.

23

Die Hölle auf Erden

Unruhig schlug mir das Herz in der Brust. Dabei ließ es zwischendurch immer mal wieder einen Schlag aus, wie um mich daran zu erinnern, dass seine Schläge gezählt waren.

Bumm, bumm, –

Bumm, bumm, –

Es war zum Haare raufen, und wenn sich noch welche auf meinem Kopf befänden, würde ich dies in diesem Moment vermutlich auch tun.

Mein Atem ging schwer und ich röchelte bei jedem Atemzug, ganz so, als würde meine Lunge sich weigern, die Luft aufzunehmen. Mein Körper arbeitete ganz klar gegen mich. Diese Tatsache war mir nicht neu, im Gegenteil. Seit achtzehn Jahren lebte ich nun schon mit dem Wissen, dass das Leben in mir mit jedem Tag weniger wurde.

Erikson hatte gerade eben mein Versteck verlassen. Sie war mit Austin in Valo gewesen, der immer noch dort war und versuchte, Schadensbegrenzung zu leisten, wie sie mir mitgeteilt hatte. Lucy hatte von Nathans Auftrag, den Austin und ich ihm gegeben hatten, erfahren und jetzt war die Hölle los.

Ich konnte es ihr nicht verdenken. Schon lange hatte ich meine Ansicht, die beiden müssten ein Paar sein, um die Prophezeiung zu erfüllen, geändert. Aber Austin beharrte darauf, dass dies der einzige Weg sei. Ich hatte bereits meine Sorge diesbezüglich mit Erikson besprochen und angedeutet, dass Austin vielleicht zu verblendet war, dass er zu stark auf Valo und die Erzengel fokussiert war, doch das hatte nur zu Streit geführt. Also hatte ich es nicht noch einmal angesprochen.

Ich konnte sie verstehen, konnte es wirklich, denn wenn jemand mir vorhalten würde, dass die Person, die ich liebte, vom Weg abgekommen sei, würde ich vermutlich genauso reagieren. Trotzdem tat es weh, weil wir beste Freunde waren und sie eigentlich sehen sollte, dass ich mich einfach sorgte.

Doch nun hatte ich ein größeres Problem: Die Beziehung, die ich mir nach all den Jahren mit Lucy endlich aufgebaut hatte, war nun vermutlich unwiderruflich zerstört worden. Und das nur, weil ich es für besser empfunden hatte, sie nicht in alles, was die Prophezeiung betraf, einzuweihen.

Es war rückblickend zu dem größten Fehler meines Lebens geworden. Wie habe ich nur denken können, dass Unwissenheit das Beste für sie wäre? Immerhin betraf es sie. Und in der Zeit, die ich nun schon mit ihr verbracht hatte, hatte ich erkannt, wie stark sie war. Sie war kein kleines, hilfloses Mädchen. Sie war der mutigste Engel, den ich kannte. Und sie hatte die Wahrheit verdient.

Gott, ich hoffte nur, dass sie mir die Möglichkeit gab, mich bei ihr zu entschuldigen. Vielleicht würde sie mir sogar vergeben, bevor meine Zeit vorüber war, aber angesichts meines rapid abnehmenden Zustands machte ich mir da keine große Hoffnung.

Ich fasste einen Entschluss. Keine Sekunde länger hielt ich es in dem elendigen Keller dieser Bruchbude aus. Ich wusste, dass ich mich besser nicht in der Öffentlichkeit zeigen sollte.

Damals hatte ich wie ein unansehnlicher kleiner Mann ausgesehen, während ich heute einem schaurigen Monster ähnelte, das durch die Gassen kroch. Doch alle vernünftigen Argumente, die ich versuchte, mir vor Augen zu halten, prallten an mir ab.

Es war hirnrissig, gefährlich und absolut unverantwortlich. Außerdem hatte ich versprochen, es nicht zu tun. Mich fernzuhalten. Doch ich konnte nicht anders. Ich musste sie sehen. Jetzt, da Lucy an der Akademie in Valo war und vermutlich nichts mehr mit mir zu tun haben wollte, brauchte ich sie. Ich hasste mich dafür, weil ich ihr versprochen hatte, es nicht zu tun, und ich war immer ein Mann gewesen, der sein Wort hielt, aber … Annabell.

Ich hatte keine andere Erklärung, als dass es um sie ging. Dass es bei ihr anders war und immer anders sein würde. Ich musste sie sehen. Jetzt.

Es kostete mich über drei Stunden, vom Rande Downtowns bis nach Sunny Vale zu gelangen, aber angesichts der Tatsache, dass ich mich kaum noch auf den Beinen hielt, sollte es mich nicht überraschen. Schwer atmend erreichte ich den Bürgersteig vor Annabells Grundstück. Das Auto stand in der Einfahrt. Vermutlich war sie vor kurzem von der Arbeit heimgekommen.

Erikson hatte mir erzählt, wie viel Spaß Annabell an ihrem neuen Job hatte, und die paar Mal, als ich schwach geworden war und sie aufgesucht hatte, hatte ich durch die Fenster gesehen, wie glücklich sie wirkte. Fast schon so, als wäre endlich alles so, wie es sein sollte.

Ich freute mich für sie, wirklich. Doch leider war da auch ein verräterischer Stich in meinem Herzen, der ihr vorwarf, warum sie ohne mich so glücklich sein konnte.

Ich verabscheute mich für diese Gefühle, wollte mich am liebsten –

Plötzlich verkrampfte mein Körper. Alles in mir drängte danach, nach Annabell zu sehen. Zu kontrollieren, ob es ihr gut ging. Sicherzustellen, dass ihr nichts zustieß. Denn irgendetwas stimmte hier nicht; so viel spürte das letzte bisschen Engelinstinkt, das ich noch in mir hatte.

So schnell mich meine verstümmelten Beine tragen konnten, hechtete ich durch den Vorgarten und stellte erschrocken fest, dass die Haustür nur angelehnt war. Vom Bürgersteig aus hatte ich das durch meine schlechten Augen nicht gesehen.

Das Innere des Hauses war das reinste Chaos. Möbelstücke waren umgeworfen, Bilder von den Wänden gerissen worden. Selbst die Tapete war an manchen Stellen zerfetzt. Jemand war eingedrungen und hatte Annabell angegriffen. Und sie hatte sich ganz deutlich gewehrt, sonst wäre hier nicht so ein großes Durcheinander.

Angst flutete meinen Körper und ich schritt wie in Trance durch das Haus in Richtung des Gartens. Meine Schuhe knirschten bei jedem Schritt auf den Glassplittern. Mit Schreck geweiteten Augen blickte ich auf die zwei Gestalten, die auf der Wiese hinter dem Haus standen.

Annabell wimmerte verängstigt, aber sah mich nicht an, denn sie war schließlich nicht in der Lage dazu.

Auf seinem Gesicht breitete sich allerdings ein teuflisches Grinsen aus, als er mich sah.

»Zu spät, Leo.« Lucifer schwang sich in die Luft und nahm mir damit das wohl Wertvollste in meinem Leben.

24

Mein schlimmster Albtraum

Lucys Kopf platzte. Oder war kurz davor, so fühlte es sich zumindest an.

Vorsichtig öffnete sie die Augen und sah sich um. Sie lag in ihrem Bett in ihrem Schlafsaal. Durchs Fenster schien die Sonne und mit jeder weiteren Sekunde, die verging, kamen die Erinnerungen zurück.

Nathan!

Sein Verrat, seine Verletzungen. Alles.

Innerhalb eines Wimpernschlags saß sie kerzengerade im Bett und alles drehte sich. Was war passiert, nachdem sie Gabriel geschlagen hatte? Irgendwie war ihr Gedächtnis danach schwarz.

Sie ließ den Blick weiter durch ihr Zimmer gleiten und nahm ihre Umgebung in sich auf. Den Schreibtisch, auf dem ihre Kursbücher der Akademie lagen. Den großen Spiegel, vor dem sie und Casey sich immer zurechtmachten. Alles wirkte vollkommen normal.

Habe ich das alles vielleicht nur geträumt?

Sie schwang die Beine über die Bettkante und stand auf. Doch gerade, als sie zum Fenster ging, um auf das Gelände der Akademie zu schauen, schrie alles in ihr auf. Oder … nein. Jemand schrie auf.

»Dad?«

Sie hatte noch nie aktiv Kontakt mit ihrem Vater über ihr gemeinsames Gedankennetzwerk aufgenommen, aber es konnte nur er sein. Und die Verzweiflung, die ihn ergriffen hatte, ging auch auf sie über.

»Dad?«, fragte sie erneut.

Dann kam Antwort: »Er hat sie, Lucy! Er hat sie!«

»Wer?« Sie musste fragen, obwohl sie die Antwort bereits kannte. Sie musste es tun, weil so auch nur die leiseste Chance bestand, dass sie falsch lag, denn alles andere würde bedeuten, dass ihre größte Angst eingetroffen war.

Und dann sagte ihr Vater das, was ihr den Boden unter den Füßen wegzog.

»Lucifer hat deine Mutter entführt.«

Innerhalb weniger Sekunden stand Lucy im Tempel der Erzengel, die gerade eine hitzige Diskussion führten, welche sie sofort unterbrachen, als sie hereingestürmt kam.

»Du solltest nicht hier sein, Lucienna«, gebot Zadkiel.

Bevor auch noch ein anderer der Erzengel sie davon abhalten oder gar aus dem Tempel werfen konnte, rief Lucy, getrieben von dem inneren Rauschen ihrer Kraft: »Lucifer hat meine Mutter, wir müssen sie retten!«

»Wir? Also ich wüsste nicht, was uns das angehen sollte.« Ein Stich, gepaart mit nicht gerade wenig Genugtuung, fuhr durch Lucy hindurch, als sie Gabriels blaues Auge bemerkte. Damit hatte es sich erledigt, ob sie die Ereignisse vom Vormittag geträumt hatte oder nicht.

Erneut fühlte es sich an, als würde ihr Herz in tausend Scherben zerschellen, und die Angst, was mit Nathan geschehen war, ließ das Summen in ihrem Inneren zu einem wahren Inferno anschwellen.

Wütend biss sie die Zähne zusammen. »Es geht euch etwas an, weil er ein Feind Valos ist und sie ein Mensch, den ihr zu schützen gelobt habt!«

Nun meldete sich wieder Zadkiel zu Wort: »Wir selbst haben nie gelobt, die Menschen zu schützen. Dies tun einzig und allein die Schutzengel. Im Fall deiner Mutter ist Austin Brown dafür zuständig, du solltest dich also an ihn wenden.«

»Aber …« Sie konnte nicht glauben, dass es den Erzengeln so egal war, was auf der Erde geschah und was der Feind Valos tat. »Er ist der Teufel, verdammt nochmal! Ein einzelner Engel kann gegen ihn doch gar nichts ausrichten! Wir sollten eine Gruppe von Anwärtern zusammenstellen und –«

»Genug!«, unterbrach Michael sie. »Lucienna, so leid es mir auch tut, dass das Leben deiner Mutter bedroht ist, ich muss dir mitteilen, dass wir nichts dagegen unternehmen werden. Es gibt hier Wichtigeres zu tun. Und nun geh bitte.«

Sprachlos sah Lucy zu den Erzengeln hinauf, aber sie verzogen keinerlei Miene und blickten nahezu desinteressiert auf sie hinab.

Einzig in Jophiels Gesicht stand so etwas wie Mitleid. Sie würden ihr nicht helfen.

Es tat ihnen leid, dass das Leben ihrer Mutter bedroht wurde, aber sie würden nichts unternehmen.

Bedroht, dass ich nicht lache!

Wenn Lucifer sie hatte, dann war ihr Leben nicht nur bedroht, sondern in akuter Lebensgefahr. Er würde sie umbringen, wenn Lucy ihm nicht endlich das gab, was er schon so lange verlangte.

»*Es gibt hier Wichtigeres zu tun.*«

Sie meinen, es gehe Valo nichts an, dass meine Mutter von Lucifer geholt wurde? Denen werde ich beweisen, dass es das sehr wohl tut. Sie werden bereuen, nicht geholfen zu haben, denn ich werde ganz Valo dafür bezahlen lassen, wenn es sein muss. Selbst wenn es die Stadt vernichten wird.

Sie wartete in der Nähe des Tempels, verborgen im Schatten eines der umliegenden Gebäude, bis alle Erzengel das Regierungsgebäude verlassen hatten. Dann setzte sie ihren Plan in die Realität um.

Der Raum mit dem einsamen Podest in der Mitte lag seelenruhig vor ihr. Einzig die unsichtbare Macht, die den Schlüssel umgab und wie ein leichter Herzschlag durch den Raum pulsierte, begrüßte sie wie einen alten Freund.

Sie kümmerte sich nicht weiter darum, mehr von ihrer Umgebung in Augenschein zu nehmen, sondern ging raschen Schrittes auf das Podest zu. Einen kurzen Moment zögerte sie und ihre Hand verweilte über dem Schlüssel, aber ein einziger Gedanke an ihre Mutter und was sie wohl in genau diesem Augenblick durchleben musste, ließ ihre Finger sich um den goldenen Schlüssel schließen. Und schon war sie wieder auf dem Weg zurück auf den Korridor des Tempels.

Die Figur, die im Türrahmen stand, ließ sie innehalten.

Schmerz und Erleichterung machten sich gleichermaßen in ihr breit, doch sie zwang sich, beides hinunterzuschlucken. Sich so zu fühlen, half ihr nicht. Half ihrer Mutter nicht. Gott, ihre Mutter. Dennoch konnte sie nicht verhindern zu fragen: »Wie geht es dir? Du bist so schnell wieder auf den Beinen.«

Ein bittersüßes Lächeln huschte über Nathans Gesicht.

»Wenn die Erzengel bekommen, was sie wollen, scheinen sie ganz erbarmungsvoll zu sein. Raphael persönlich hat sich um mich gekümmert, als alles vorbei war.«

Sie nickte knapp. »Gut.«

Ehe sie einen weiteren Schritt in Richtung Ausgang machen konnte, ging er langsam auf sie zu, bis sie sich schließlich gegenüberstanden. »Bist du dir sicher, dass du das tun willst, Dornröschen?«

Beim Klang ihres Spitznamens fuhr ihr ein Stich durchs Herz. »Er hat meine Mutter, Nathan.«

»Ich weiß.«

»Dann weißt du auch, dass ich keine andere Wahl habe. Ich muss das tun.«

»Dann werden wir es als Team durchziehen.«

Erschrocken weiteten sich ihre Augen und die Kraft in ihr drohte ein weiteres Mal herauszubrechen, bei dem Gedanken daran, was Nathan alles zustoßen könnte, wenn er das hier mit ihr gemeinsam tat.

Es kostete sie alle Mühe, ruhig zu bleiben, weshalb sie ihre kribbelnden Hände zu Fäusten ballte. Währenddessen machte Nathan einen weiteren Schritt auf sie zu.

»Wir werden das Seite an Seite tun. Ich lasse dich nie mehr allein, hörst du? Du und ich, wir gehören zusammen.«

»Das tun wir nicht!«, schmetterte sie ihm entgegen und er zuckte unter ihren Worten zusammen. »Wir waren wegen der Prophezeiung ein Paar, weil es uns vorbestimmt ist, uns zu lieben, aber nicht, weil wir es aktiv möchten. Es ist unser Schicksal, das uns zusammengebracht hat, nicht unsere freie Entscheidung.«

»Ist das wirklich das, was du denkst?«

Es brach Lucy erneut und doch auf eine ganz neue Art das

Herz, als sie hörte, wie gebrochen Nathans Stimme war.

»Ja, das ist es«, flüsterte sie mit belegter Stimme. Damit schob sie sich an Nathan vorbei.

Doch Lucy kam nicht weit. Im Erdgeschoss des Tempels hielt sie augenblicklich inne, als sie feststellte, dass sie nicht mehr allein waren.

»So, so, so.« Gabriels Stimme hallte durch den Tempel und Lucy lief es eiskalt den Rücken hinunter, als sie sein süffisantes Lächeln sah.

Allerdings hielt das stechende Gefühl, von jemandem erwischt zu werden, nur kurz an, denn die Notwendigkeit, ihre Mutter zu retten, überlagerte alles. Erneut machte sich eine gewisse Genugtuung in ihr breit, als sie sein blaues, nun auch zugeschwollenes Auge zur Kenntnis nahm.

»Ich wusste es«, fuhr Gabriel fort und sein Lächeln bekam etwas Diabolisches. »Die Tochter eines Verräters ist ebenfalls eine Verräterin.«

Ihr Atem ging schnell, während sie ihren Blick kalkulierend über die sieben Erzengel schweifen ließ, die allesamt im Saal des Tempels versammelt waren und sie anstarrten. Manche, wie Jophiel, fassungslos und enttäuscht, andere, wie Gabriel, voller Abscheu und Zorn.

Michael trat hervor. »Das hättest du nicht tun sollen, Lucienna. All die Male haben wir es dir gestattet, im Tempel herumzuirren und den Schlüssel zu besuchen, doch versuchen, ihn zu stehlen?«

Ihre Wangen fingen an zu glühen und sie wusste nicht, ob es von der Erkenntnis kam, dass die Erzengel von jedem ihrer Ausflüge zum Schlüssel gewusst hatten, oder von der Macht, die mittlerweile heiß und brodelnd aus ihr hervorzubrechen drohte.

Entschlossen ballte sie die Hände zu Fäusten, um nicht die Kontrolle zu verlieren. »Was hätte ich denn tun sollen? Er hat sie! Lucifer hat meine Mutter!«

»Wen interessiert schon das Leben eines unbedeutenden, kleinen Menschen?« Gabriels Augen glühten. Langsam kam er näher, wie ein Raubtier, das seine Beute umzingelte.

»Gib uns den Schlüssel, Lucienna.« Michaels Stimme grollte tief und dunkel. Sie ließ keine Widerworte zu.

Die Erzengel setzten sich alle in Bewegung und kamen ihr entgegen. Sie versperrten Lucy den Weg zum Ausgang, der sich in ihren Rücken befand.

Sie saß in der Falle.

Langsam senkte sie den Blick auf ihre immer noch zu Fäusten geballten Hände. Sie bebten unter der Kraft, die Lucy in sie hineinpresste, um nicht die Oberhand über das Licht, das aus ihr herausbrechen wollte, zu verlieren.

Vorsichtig löste sie einen Finger nach dem anderen. Ihre Stimme war ruhig, aber bestimmt, während sie sich darauf konzentrierte, das Licht nicht länger zu unterdrücken und klein zu halten, sondern zu schüren. »Ihr seid wirklich das absolut Letzte. Es ist eure Aufgabe, die Menschen auf der Erde zu beschützen. Dafür seid ihr erschaffen worden. Um der Menschheit zu dienen und nichts sonst! Es widert mich an, zu sehen, wie ihr hier auf euren Thronen sitzt und regiert, was gar nicht euer ist zu regieren. Ihr solltet euch um die Menschen kümmern! Stattdessen sitzt ihr hier und habt sie im Stich gelassen.« Ihr Blick wanderte langsam wieder nach oben, wo er auf den von Gabriel traf. Lucy hätte schwören können, dass er Funken sprühte. »Ihr habt meine Mutter im Stich gelassen. Nach allem, was sie wegen euch hat erleiden müssen, was auch mich beeinflusst hat. Ein Kind dieser Stadt. Eine euresgleichen.« Langsam hob sie ihre Hände, die nicht länger zu Fäusten geballt waren, und gab sich vollkommen dem berauschenden Gefühl in ihrem Inneren hin. »Meine Mutter ist nicht unbedeutend. Sie bedeutet mir *alles*.«

Lucy ließ sich von ihrem Licht leiten und schloss die Augen, doch bevor es aus ihr herausbrechen konnte, schallte ein Geräusch durch den Tempel, das sie zusammenzucken ließ. Als sie sich umsah, bemerkte sie, dass alle sieben Erzengel auf die Knie gefallen waren und sich die Ohren zuhielten. Sie blickte über ihre Schulter und sah hinter sich Nathan stehen. Sein Oberkörper hob und senkte sich rasch. Schwer atmend sah er zu ihr herüber.

»Du!«, zischte Gabriel und obwohl Lucy gedacht hatte, er könnte nicht wütender aussehen als zuvor, war die Abscheu, mit der er Nathan bedachte, auf einem ganz neuen Level. Ohne Vorwarnung stürzte er sich auf seinen Sohn, doch die Kraft, die Lucy in sich hatte brodeln lassen, brach nun aus ihr hervor. Bevor Gabriel auch nur in die Reichweite Nathans gelangte, war Lucy zwischen die beiden getreten und hielt ihre Hände schützend vor sich und Nathan.

Das Licht, das aus ihren Händen trat, war so hell, dass sie die Augen schließen und den Kopf wegdrehen musste, um nicht geblendet zu werden.

Gabriel schrie laut auf und als er verstummte, wagte es Lucy, die Augen wieder zu öffnen.

Der Erzengel vor ihr war auf dem Boden des Tempels zusammengesackt und wand sich unter Schmerzen. Sowohl seine Hände, die er vermutlich schützend vor sich gehalten hatte, als auch sein Gesicht, das trotzdem getroffen worden war, wiesen schwere Verbrennungen auf.

Fassungslos starrte sie auf die Erzengel, die weit genug

entfernt gewesen waren, um nicht von ihrem Licht verbrannt zu werden, aber nah genug, um immer noch geblendet und orientierungslos durch den Tempel zu starren. Bevor einer von ihnen sein Augenlicht zurückerlangte, schob sich Nathan vor sie. Er summte eine Melodie. Immer und immer wieder dieselbe und mit jedem Mal wurde er lauter, bis er schließlich verstummte.

»Dafür werdet ihr bezahlen.« Camaels Stimme war wie Eis, das durch die Stille im Tempel schnitt. Er schien wieder sehen zu können und zückte das Schwert, das zu seiner Linken an seinem Gürtel befestigt war. Mit großen Schritten kam er auf sie zu.

Plötzlich landete ein großer marmorner Brocken vor ihm auf dem Boden. Fassungslos starrte Lucy an die Decke des Tempels, die zu ihrem Schrecken mit Tausenden von Rissen durchzogen war und nun ein großes Loch aufwies, wo soeben noch das Stück Marmor gesessen hatte, das sich nun vor Camaels Füßen befand. Ein lautes Knacken hallte durch den Tempel und Staub rieselte von der Decke. Dann geschah alles auf einmal.

Nathan fasste sie bei der Hand und zog sie mit sich Richtung Ausgang. Camael schlug mit seinem Schwert nach ihnen, doch Lucy hob instinktiv die Hände und schmolz das Schwert innerhalb von Sekunden ein. Immer mehr Marmorbrocken fielen von der Decke herab und auch die Seitenwände wurden von Rissen durchzogen.

Jophiel und Raphael eilten zu Gabriel und zogen ihn mit sich. Camael starrte auf den Schwertgriff in seiner Hand, an dem zuvor noch eine Klinge befestigt gewesen war. Zadkiel stand einfach nur da und hielt sie nicht auf, half ihnen jedoch auch nicht. Uriel und Michael versuchten zu ihnen zu gelangen, aber sich mit Engelsgeschwindigkeit durch die herabfallende Decke zu bewegen, war unmöglich. Doch ohne Engelskraft kamen sie nur bedingt schnell voran, da sie sich im Slalom durch den Parkour aus Trümmern bewegen mussten. Das Dach des Tempels war nun schon zur Hälfte eingestürzt und Lucy war dankbar, noch nicht von einem der herabfallenden Steine zerquetscht worden zu sein.

»Lucienna, tu das nicht!«, hallte Uriels Stimme über das Chaos hinweg, aber Nathan zog sie immer weiter in Richtung Ausgang.

»Geh!« Nathans Stimme war genauso atemlos, wie sie sich fühlte. »Geh und rette deine Mutter!«

Uriel und Michael hatten sie fast erreicht. Sie wollte Nathan nicht allein lassen. Gegen zwei Erzengel hatte er keine Chance. Es zerriss sie innerlich. Der Drang, Nathan zu schützen und ihm beizustehen, und der Drang, ihre Mutter zu retten und zu befreien.

Nathan schien ihr ihre Unentschlossenheit anzusehen, denn er schubste sie durch den Ausgang des Tempels und zog mit einem Knall das Tor zu.

Verdattert blieb Lucy auf den Stufen zum Tempel stehen. Allerdings erinnerte sie das leichte Pulsieren des Schlüssels in ihrer Hosentasche daran, was sie zu tun hatte. Sie machte auf dem Absatz kehrt und stieß sich in die Luft, um so schnell es ging zur Gläsernen Brücke zu fliegen.

Auf dem Weg dorthin fielen ihr die vielen Engel auf, die allesamt in Richtung des Tempels starrten, der bereits mehr ein Haufen Ruinen war als ein Tempel. Sie sandte ein Stoßgebet, dass Nathan nichts geschehen war, und landete am Fuß der Brücke, auf Valos Seite. Ihr gegenüber, auf der anderen Seite, stand ein Mann mit schwarzen ledernen Flügeln und hielt eine zierliche Gestalt fest im Griff.

Mum!

Der Mann, der ihr gegenüberstand, war ihr vollkommen unbekannt. Sie hatte ihn noch nie zuvor in ihrem Leben gesehen und doch schien es ihr, als würde sie ihn ein Leben lang kennen. Er war groß gewachsen, hatte blondes Haar, wenn auch nicht so hell und blond wie das ihre, und grüne Augen. Er sah der früheren Erscheinung ihres Vaters unglaublich ähnlich und die Tatsache, dass er mit ihr verwandt war, stieß ihr sauer auf. Grübchen zierten sein Gesicht und sie bekam eine Gänsehaut, so schön war der Teufel ihr gegenüber.

Ihr Onkel lächelte grausam, als er den Schock auf ihrem Gesicht sah, blickte freudig zwischen ihr und ihrer Mutter hin und her.

»Lucy«, sagte er aufgeregt, als wären sie alte Bekannte, die sich schon Ewigkeiten nicht mehr gesehen hatten.

»Lucifer.«

25

Ich glaube, ich sterbe

»Lucy, Lucy, Lucy.« Lucifers grüne Augen, die ihren gar nicht so unähnlich waren, blitzten auf, als malten sie sich aus, was gleich geschehen würde. »Ich hoffe um deiner armen Mami willen, du hast, weshalb ich hergekommen bin.«

Lucy konzentrierte sich voll und ganz auf ihre Mutter, suchte ihre Erscheinung nach Verletzungen ab und stellte sicher, dass sie, abgesehen von dem seelischen Schreck, der ihr ins Gesicht geschrieben stand, wohlauf war. Mit weit aufgerissenen Augen stand sie wie eingefroren da und starrte sie an, unfähig, auch nur den Mund zu öffnen.

Die Kraft in Lucys Inneren beruhigte sich ein wenig und kribbelte nicht mehr ganz so stark unter ihrer Haut.

»Ich habe den Schlüssel, aber meine Mutter kommt zuerst zu mir, damit ich sichergehe, dass du sie auch tatsächlich freilässt, sobald ich ihn dir gebe.«

»Na, na, kleine Lucy. Misstraust du mir etwa?«

Lucy holte tief Luft und reckte das Kinn. »Ja.«

Lucifer warf den Kopf in den Nacken und lachte aus vollem Hals. »Kluges Mädchen.«

Sie musste das hier unbedingt richtig angehen. Hinter ihr drang ein lautes Krachen aus der Stadt und Schreie waren zu vernehmen. Der Tempel der Erzengel musste nun vollkommen zusammengestürzt sein.

Bitte, lass es Nathan gut gehen.

Lucy wusste, dass sie auf sich allein gestellt war. In Valo herrschte gerade das absolute Chaos, weil der Regierungstempel in Trümmern und die Aufmerksamkeit aller Engel darauf lag. Niemand wusste, wo sie sich aufhielt und was sie im Begriff war zu tun.

»Leider muss ich dich enttäuschen«, fuhr Lucifer ungerührt fort und machte sich geistesabwesend an seinen Fingernägeln zu schaffen. »Ich muss von dir verlangen, dass du mir den Schlüssel zuerst übergibst, und danach werde ich deine Mutter freilassen. So und nicht anders.«

»Ich vertraue dir nicht!«, rief sie ihm entgegen und ging langsam über die Gläserne Brücke auf ihren Onkel zu, der ihre Mutter fest im Griff hatte.

Auch Lucifer bewegte sich auf die Mitte der Brücke zu, Annabell an seiner Seite. Er zog sie mehr neben sich her, als dass sie mit ihm ging, so starr vor Angst war sie. Hatte Lucys Vater ihr eigentlich jemals von seinem Bruder, dem Teufel, erzählt? Lucy bezweifelte es.

»Es wird alles gut, Mum«, flüsterte sie. »Ich verspreche es.«

»Oh, Lucy«, tadelte Lucifer. »Versprich niemals etwas, das du nicht halten kannst.« Seine Mundwinkel kräuselten sich amüsiert und er legte den Kopf schief, als weitere Schreie aus der Stadt zu ihnen hinübergeweht kamen. »Mir gefällt, was du in der Stadt anrichtest. Vielleicht solltest du dir Gedanken darüber machen, ob du nicht mit mir zusammenarbeiten willst? Die Erzengel unterwerfen, so wie sie es mit allen anderen seit jeher tun.« Er ließ den Blick über die Gebäude hinter ihr wandern und in seinem Gesicht stand pure Abneigung. »Verdient haben sie es schon, meinst du nicht auch? Nach allem, was sie deinem Vater angetan haben?

Nachdem deine Mutter so gelitten hat und sie nun auch von dir verlangt haben, sie im Stich zu lassen? Nachdem sie Nate wehgetan haben?«

Woher weiß er von Nathan?

Ein Blick in ihre Augen und ihm musste klar sein, dass er ins Schwarze getroffen hatte.

»Tststs.« Langsam schüttelte er den Kopf und machte sich nicht einmal die Mühe, sein triumphierendes Lächeln zu verbergen. »Mittlerweile sollte dir doch bewusst sein, dass ich über alles, was in dieser Stadt vor sich geht, Bescheid weiß. Und solch' Ungerechtigkeit gehört bestraft, findest du nicht, Lucienna? Wir zwei, du und ich, wir können etwas dagegen unternehmen. Können die rächen, die unrecht behandelt worden sind.« Mit jedem weiteren Schritt, den er sich näherte, drangen seine Worte tiefer in ihr Bewusstsein. »Es gibt einen Grund, warum du und ich denselben Namen tragen, Lucy. Unsere Eltern haben bei unserer Geburt ihr Vertrauen in uns gelegt, dass wir die Welt erneuern, dass wir sie verbessern würden.«

Lucy hätte schwören können, dass sie so etwas wie Wahnsinn in seinen Augen sehen konnte.

»Zusammen wird uns keiner mehr aufhalten können. Du hast die göttliche Kraft in dir. Ist dir überhaupt klar, was das bedeutet?« Er sprach weiter, ohne eine Antwort abzuwarten. »Näher als das kommt man nicht an Gott heran. So nah an Göttlichkeit, wie du es bist, ist keiner. Du. Bist. Gott. Lucy.«

Okay, jetzt war sie sich sicher, dass es Wahnsinn war, der ihren Onkel ritt.

Die Macht in ihr brodelte erneut heiß auf, da das Leben ihrer Mutter in den Händen des von Wahnsinn getriebenen Teufels lag.

»Und ich bin der Teufel, also sage mir: Wer auf dieser Welt ist in der Lage dazu, es mit Gott und dem Teufel zusammen aufzunehmen? Wir wären unbesiegbar!«

Er blieb in der Mitte der Brücke stehen und sie standen sich nun direkt gegenüber. Sie musste nur die Hand ausstrecken und schon könnte sie ihm ihre Mutter entreißen.

»Denk nicht einmal –«

Ihr Onkel wurde durch das Aufschlagen von Füßen unterbrochen. Erleichterung flutete ihren Körper, als sie sah, dass Jenny gemeinsam mit ihrem Vater auf der Gläsernen Brücke hinter Lucifer gelandet war. Doch auch der Schmerz, der Verrat ihres Vaters bezüglich ihrer Beziehung zu Nathan, über den sie noch keine Gelegenheit hatte, mit ihm zu sprechen, schnitt ihr ins Herz.

Ihr Blick huschte zu Jenny, die ihren Vater gerade auf der Brücke absetzte. Hatte sie davon gewusst? Hatte auch sie entschieden, dass es das Richtige wäre, von Nathan zu verlangen, sie zu manipulieren? Lucy rauchte der Kopf, doch jetzt war nicht der richtige Zeitpunkt, um darüber nachzudenken. Sie mussten ihre Mutter retten. Das hatte oberste Priorität.

Ihr Vater schwankte, offensichtlich nicht mehr daran gewöhnt, zu fliegen und vor allem von jemand anderem beim Fliegen mitgenommen zu werden.

Ihr Onkel warf einen Blick über seine Schulter und erstarrte. »Dich werde ich auch nicht los, oder?« Er schnaubte. »Du bist lästiger als jede Obstfliege im Sommer, Leo.«

»Lass sie gehen.«

O Gott. Die Stimme ihres Vaters jagte ihr einen Schauer über den Rücken. Wann hatte sie das letzte Mal mit ihm gesprochen? Seine Stimme war mittlerweile ganz dünn und rau, so als würde sie jeden Moment den Geist aufgeben.

Allgemein sah ihr Vater viel schlimmer aus als in ihrem selkeä unelma, in dem sie gemeinsam im Haus der de Caziers gewesen waren. Er hockte in sich zusammengesunken neben Jenny und stützte sich auf den Händen ab, um nicht umzukippen. Gerade neben Jenny, die immer vor Energie sprühte, war es überdeutlich, dass sich der Zustand ihres Vaters rapide verschlechtert hatte, seit Lucy die Erde verlassen hatte, um an der Akademie zu trainieren.

»Wenn mir irgendjemand auch nur zu nahekommt, werde ich die liebe Annabell von der Brücke schmeißen, ich schwöre es!«, zischte Lucifer, als er zwischen den dreien hin und her blickte und feststellte, dass er umzingelt war.

»Gib ihm den Schlüssel, Lucy!«, flehte ihr Vater. »Bitte!«

Das, was von seinem Gesicht noch zu erkennen war und nicht durch diverse Schattierungen der Flecken oder Verwitterung unkenntlich gemacht wurde, zeigte pure Verzweiflung.

»Leonardo!«, rief Jenny fassungslos, aber zögerte genauso wie Lucy, etwas zu tun. Unruhig zuckte Jennys Blick zwischen Lucy und den zwei Brüdern hin und her.

»T-tu … es ni-nicht, Lucy«, stammelte Annabell. »Es i-ist okay.« Tränen schimmerten in ihren Augen und liefen ihre blassen Wangen hinab, während sie versuchte, mit dem Mund ein Lächeln zu ziehen. Mit einem Mal schrie sie spitz auf, als Lucifer sie ohne Vorwarnung hochhob und über das Geländer drückte.

»Das dauert mir alles ein wenig zu lange.« Er knirschte mit den Zähnen. »Ticktack, kleine Lucy.« Er beugte ihre Mutter noch weiter über das Geländer, während diese dabei aufwimmerte und fest die Augen zusammenpresste.

»Hier! Nimm ihn!«, rief Lucy und griff sich in die Hosentasche, um den Schlüssel hervorzuholen. »Nimm ihn und lass meine Mutter gehen. Versprich, dass du sie nie wieder anrühren wirst!« Auch über Lucys Wangen liefen jetzt Tränen und ihre Hand, die den Schlüssel zur Gläsernen Brücke fest umschlossen hielt, zitterte leicht, als sie ihren Arm ausstreckte, um ihn ihrem Onkel zu geben.

Mit leuchtenden Augen nahm dieser den Schlüssel zu Valo, dem Himmel und der Heimat der Engel, entgegen und verzog die Lippen zu einem hämischen Grinsen.

»Oh, aber nichts leichter als das.«

Und mit diesen Worten stieß er ihre Mutter von der Brücke in die Tiefe.

26

Mein Flug in die Ewigkeit

Beide Hände nach vorne ausgestreckt jagte ich Annabell hinterher, die sich wild um sich selbst drehte und verzweifelt mit ihren Armen und Beinen zappelte, nach Halt suchend, während sie fiel und fiel. Der Erde entgegen, in den dort auf uns wartenden Tod. Der Wind pfiff mir in den Ohren und ich biss meine paar übrig gebliebenen Zähne zusammen, die gefährlich knirschten, sodass ich befürchtete, sie würden mir wegbrechen. Meine Augen tränten und trübten so mein ohnehin schon schlechtes, noch funktionierendes Auge.

Ich hatte nicht nachgedacht, als ich mich gerade von der Gläsernen Brücke gestürzt hatte. Hatte einzig und allein Annabell in die Tiefe stürzen sehen und war ihr instinktiv hinterher. Dass ich keine Flügel mehr hatte und so keinerlei Chance, sie oder uns beide zu retten, fiel mir erst jetzt auf. Aber ich konnte sie nicht allein lassen. Auch wenn ich als ihr Schutzengel versagt hatte, so konnte ich wenigstens sichergehen, dass ich bei ihr war, wenn sie starb. Dass ich gemeinsam mit ihr starb.

Ich bemühte mich, dem Wind möglichst wenig Angriffsfläche zu bieten, damit ich schneller fiel, sie einholte. Mittlerweile fiel ich so schnell, dass meine Haut anfing zu glühen. Verdammt, tat das weh. Doch innerlich lachte ich freudlos auf. Diese gesamte Situation war zum Schreien.

Meine Tochter kämpfte vermutlich in diesem Augenblick gegen das wortwörtliche Böse, meinen Bruder, den Teufel Lucifer, während ich meiner großen Liebe im Sturzflug hinterherjagte und dabei drohte zu verglühen wie ein vermaledeiter Stern, der vom Himmel fiel.

In Valos Namen … ein Stern, der vom Himmel fällt!

Mit letzter Kraft erreichte ich Annabell, die kurz aufschrie, als ich sie fest mit meinen Armen umschloss, weil sie mich immer noch nicht sehen konnte. Doch anscheinend spürte sie mich, denn das Letzte, was sie sagte, bevor wir auf die Erde einschlugen, war: »Ich liebe dich, Leonardo.«

Und bei allem, was mir heilig war, ich liebte sie. So sehr.

Und ich liebte Lucy. Meine Hoffnung, mein Schicksal.

Ich hoffte inständig, dass sie mir alles, was ich getan hatte, verzeihen würde, gerade da ich jetzt einsah, wie falsch ich gelegen hatte. Und ich betete, dass unsere Liebe stark genug gewesen war. Doch ich befürchtete, dass ich dieses Mal nicht mehr dabei sein würde, um es herauszufinden.

Sie war jetzt auf sich allein gestellt. Lucy.

27

Heaven's going down

»NEIN!« Lucy nahm am Rande wahr, dass jemand schrie, aber konnte nicht sagen, ob es Jenny oder sie war. Sie beide stürzten an das Geländer der Gläsernen Brücke, nachdem zuerst ihre Mutter hinuntergeschubst worden war und dann ihr Vater hinterher gesprungen war, doch augenblicklich wurden sie von zwei starken Armen zurückgezogen und weg-geschleudert.

Schlitternd kam Lucy auf der Brücke zum Liegen. Ihr Onkel stand über ihr und lachte auf sie hinab.

In ihr klaffte ein riesiges Loch. *Ich habe versagt*, hallte es in ihrem Kopf wider und ließ keinen anderen Gedanken an die Oberfläche. Sie wollte ihnen nach, wollte sie retten, wollte sie auffangen und so vor dem sicheren Tod, in den ihre Eltern gestürzt waren, bewahren, doch Lucifers Lachen schnitt in ihr Herz wie Glas.

»Du wirst sie nicht mehr einholen können, Lucy.« Jennys Stimme war ganz dünn, jegliche Kraft war aus ihrer sonst so aufgedrehten Freundin gewichen. »Wir können sie nicht mehr retten. Wir können sie nur noch rächen.« Ihr Blick verdunkelte sich, als sie ihn auf Lucifer richtete.

»Nicht so zynisch, liebe Jenny«, stichelte er. »Davon bekommt man Falten.« Er kicherte und rieb sich vergnügt den Hinterkopf mit der einen Hand, während er mit der anderen den Schlüssel einsteckte, vollkommen unberührt von der Tatsache, dass er gerade Lucys Mutter in den Tod gestürzt und ihren Vater dazu gleich mit verdammt hatte.

»Du hattest es versprochen«, zischte sie und als Lucifer sie ansah, meinte sie, so etwas wie Ehrfurcht in seinen Augen aufblitzen zu sehen. Vage nahm sie wahr, dass das Licht, das sie in ihrem Inneren trug, nach außen in Erscheinung trat.

»Ich hatte versprochen, sie freizulassen und nie wieder anzurühren, was ich getan habe und nie wieder tun werde«, pflegte ihr Onkel Lucy bei, als ob sie schwer von Begriff wäre. »Ich habe sie doch freigelassen, oder nicht? Und ich werde sie wohl kaum noch einmal benutzen können, um mit dir zu verhandeln, nicht wahr? Mit Toten handelt's sich nämlich recht schlecht.«

Erneut verzog sich sein Gesicht und Lucy stellten sich die Härchen auf, als sie erkannte, wie das engelsgleiche Gesicht ihres Onkels teuflische Züge bekam.

Und in dem Moment, als Lucy sich auf ihn stürzte, verschwand ihr Onkel mit dem Schlüssel zur Gläsernen Brücke ins Nichts.

»Du hast was?«, rief Celeste entgeistert.

»Was hätte sie denn anderes tun sollen? Ihre Mutter einfach so im Stich lassen?«, grätschte Luke dazwischen.

»Wie wäre es mit ›nicht Valo verraten‹?« Dass Celeste ihrer Entscheidung, Lucifer den Schlüssel zu übergeben, nicht positiv gestimmt war, war keine Überraschung, doch zu sehen, wie ihre Freunde trotzdem für sie einstanden, trieb Lucy Tränen in die Augen.

»Ich kann nicht fassen, dass die Erzengel so etwas tun würden. Wenn du mich fragst, haben sie Valo verraten.« Caseys Stimme klang furchtbar monoton, als hätte die Nachricht darüber, was geschehen war, sie vollkommen mit Taubheit überzogen.

»Nicht zu glauben, dass sie Nate verletzt haben, um aus dir eine Reaktion hervorzurufen.« Cara, die sonst so still und zurückhaltend war, stand mit zu Fäusten geballten Händen vor ihr. Ihre Stimme, die sonst immer so leise und sanft war, zitterte vor Wut.

Lucy blickte zur Tür ihres Schlafsaals, an dessen Türrahmen Nathan lehnte. Er hatte die ganze Zeit, in der sie hier waren, kein Wort gesagt.

Kurz nachdem sie von Jenny hierhergebracht worden war, war er zu ihr und ihren Freunden dazugestoßen. Jenny hatte den Drillingen und Luke berichtet, was geschehen war, wobei sie von der Sache mit Nathan nichts gewusst hatte. Doch als Lucy es auf Caseys Frage hin, warum der Tempel eingestürzt war, erzählt hatte, war Jenny zurückgewichen, als hätte Lucy sie geohrfeigt. Dann war sie ohne ein weiteres Wort verschwunden.

»Oh, ich werde diesen goldenen Thronfurzern die Hölle heiß machen. Ich werde −«

»Das Wichtigste ist jetzt«, unterbrach Celeste ihre Schwester mit einem tadelnden, aber anerkennenden Blick, »dass wir den Engeln Bescheid geben, dass Lucifer bald mit seiner Armee aus Paholainen vor den Pforten Valos stehen wird. Wir müssen dafür sorgen, dass sie sich alle in Sicherheit bringen, und wir müssen alle Wächter und Anwärter formieren und bewaffnen, bevor wir keine Zeit mehr haben. Wir müssen −«

Celestes Rede wurde von einer markerschütternden Sirene unterbrochen und ihr entglitten jegliche Gesichtszüge.

»Wir müssen jetzt los.« Ihre Stimme war todernst. »Sie sind da.«

Ihre Freunde bewegten sich alle augenblicklich und synchron, als wären sie ferngesteuert. An der Tür trat Nathan zur Seite und ließ sie gehen, doch er blieb in ihrem Zimmer zurück. Lucy, die sich von ihrem Bett erhoben hatte, wollte ihren Freunden nach, aber er stellte sich ihr in den Weg.

»Wir müssen los, Nathan. Lucifer ist da.«

Ohne Vorwarnung schloss er sie in die Arme. Lucy zuckte zusammen, doch entspannte sich augenblicklich, als sie das gewohnte warme Gefühl erfasste, das seit Kurzem mit einem Stechen in ihrem Herzen verbunden war.

»Es tut mir so leid, Lucy. Es tut mir leid, dass ich nicht bei dir war, dass ich dich allein gelassen habe. Sie hatten es nicht verdient, zu sterben.«

»Danke«, flüsterte sie. Zu mehr war ihre Stimme nicht in der Lage.

»Und es tut mir leid, dass ich dich belogen habe. Ich weiß nicht, ob es jemals wieder zwischen uns sein wird, wie es mal war, aber ich glaube, ich werde niemals aufhören können, dich zu lieben.«

Sie löste sich von ihm und sah in seine blauen Augen, die heute aus einem Tränenmeer anstatt des Ozeans zu bestehen schienen. Und es zerriss ihr das Herz. Sie wollte nichts sehnlicher, als erneut in seine Arme zu fallen und ihm zu versichern, dass sie ihn auch noch liebte, aber die Worte steckten ihr in der Kehle fest. Der Schmerz seines Verrats und des Verlusts ihrer Eltern erdrückte sie. Sie konnte einfach nicht noch mehr Emotionen hinzunehmen oder sie würde in ihnen vergehen.

Noch nicht, sagte sie sich und hoffte inständig, dass er die Worte in ihren Augen lesen konnte.

»Wir müssen jetzt los, Nathan. Lass uns das beenden, was uns hierhergebracht hat.«

Auf dem Weg zur Waffenkammer kamen sie nur spärlich voran. Es herrschte das reinste Chaos. Überall rannten Anwärter über das Gelände und durch die Gänge der Gebäude. Einige trugen bereits ihre Rüstungen, andere flogen noch immer in ihrer Alltagskleidung umher. Doch alle waren fokussiert, geerdet. Obwohl es hektisch in der Akademie zuging, hatten alle Anwärter ein Ziel vor Augen: Valo und seine Bewohner zu beschützen.

In der Waffenkammer angekommen, hielt Lucy einen Moment inne. Sie war noch nicht oft hier gewesen und die Auswahl an Waffen verschlug ihr jedes Mal aufs Neue die Sprache. Das Arsenal gab so gut wie jede Waffe her, von der Lucy je gehört hatte. Es gab mittelalterliche Armbrüste, Morgensterne und Schwerter, aber auch antike Speere, Pfeile und Bögen. Die meisten der Anwärter hatten eine persönlich präferierte Waffe, und so zog es Lucy zu den Schwertern hin, mit denen sie zusammen mit Nathan am meisten trainiert hatte. Er griff ebenfalls nach einer der Stahlklingen.

Lucy wandte sich zum Gehen, aber Nathan hielt sie zurück und drückte ihr einen Schild in die Hand.

Fragend hob sie die Augenbrauen. »Ich habe noch nicht viel Übung im Kampf mit Schild.«

»Ich weiß, aber ich wäre um einiges beruhigter, wenn ich wüsste, dass du einen bei dir trägst.« Flehend sah er sie an. »Bitte, Lucy.«

Sie hielt seinem Blick stand, bereit, ihm zu widersprechen.

Aber dann dachte sie über seine Worte nach und sie wusste, dass es ihr andersrum genauso ging.

»Dann trägst du auch einen.«

Er nickte knapp und bückte sich, um einen zweiten Schild aufzuheben. »Abgemacht.«

Dann legten sie sich schweigend ihre Rüstungen an. Einzig als sie sich gegenseitig halfen, ihre Armschienen zuzuschnüren, hielten sie Augenkontakt. Es war alles zwischen ihnen gesagt, jedes weitere Wort hätte es Lucy nur noch schwerer gemacht, das zu tun, was ihr nun bevorstand.

Sie schlossen sich dem Strom der Anwärter an, die bewaffnet das Waffenarsenal verließen, und hielten auf die Stadtgrenze Valos, die durch die Gläserne Brücke markiert wurde, zu. Dort hatten sich bereits Anwärter gemeinsam mit Wächtern formiert aufgestellt. In verschiedenen Divisionen, ordentlich in Reihen, blickten sie nach vorn. Sie alle hielten den Blick starr auf das gerichtet, was ihnen entgegenstand.

Eine Armee aus Paholainen, düster, mit schwarzen ledernen Flügeln im Rücken, hatte sich am anderen Ende der Brücke versammelt. An der Spitze: Lucifer.

Sie alle trugen eigene, aus schwarzem Stahl gefertigte Rüstungen und waren bis an die Zähne bewaffnet. Lucys Onkel grinste hämisch und sein Lächeln verdüsterte sich dämonisch, als er sie entdeckte.

»Lucy! Nate!«

Lucy wandte ihren Blick von der Dämonenarmee zu Valos Pforten ab und sah Celeste, die sie zu sich winkte. Neben ihr standen ihre Schwestern und Luke. Celeste hielt in ihrer rechten Hand einen Speer, Luke trug einen Köcher über der Schulter und einen Bogen in der Hand. Casey hatte sich ebenfalls für ein Schwert entschieden, aber Caras

Entscheidung überraschte sie. Die unscheinbarste der drei Schwestern stand in voller Kampfausrüstung neben Lucys Freunden und der mörderische Ausdruck in ihren Augen trieb eine Gänsehaut über Lucys Körper. In Caras Hand baumelte ein riesiger Morgenstern.

Es ist wirklich ernst.

Ihr Blick wanderte erneut über die Armee, der sie gegenüberstanden, und sie schluckte.

Das ist es. Jetzt wird sich zeigen, ob sich die Prophezeiung erfüllen wird. Ob Nathan und ich tatsächlich die sind, die die Welt retten werden.

»Wir geben dir eine letzte Chance, Lucifer.« Michael und die Erzengel waren aus der Menge aus Engeln getreten und stellten sich zwischen die beiden Armeen. »Übergib uns hier und jetzt den Schlüssel zur Gläsernen Brücke und wir lassen dich und all die Verräter hinter dir am Leben.«

Sie alle trugen goldene Rüstungen und Waffen. Michael ein Schwert, Zadkiel eine riesige Sense, Jophiel einen Speer, Raphael Pfeil und Bogen, Camael zwei Kurzschwerter, Uriel einen Morgenstern und Gabriel, dessen Gesicht noch immer ein Bluterguss zierte, eine gigantische Doppelaxt. Sie sahen absolut tödlich aus und die Macht, die sie ausstrahlten, drückte Lucy die Luft aus der Lunge.

»Du hast die Wahl, aber egal wie du dich entscheidest«, fuhr Michael an der Spitze der Erzengel fort, »es endet jetzt.«

»O ja.« Lucifers breites Grinsen verschwand aus seinem Gesicht. »Es endet hier und jetzt.«

Und mit diesen Worten stürmte er über die Brücke, seine Armee ihm dicht auf den Fersen.

Augenblicklich erhoben die Erzengel ihre Waffen und in einer Einheit bewegten sie sich gemeinsam mit den Engeln im

Rücken auf des Teufels Armee zu. Auch Lucy stürzte nach vorn, dem Feind entgegen. Unter den Engeln herrschte auf einmal etwas, das sie als eine Schwarmmentalität bezeichnen würde.

Sobald beide Seiten aufeinandertrafen, lösten sie sich aus ihrer Formation und die beiden Armeen mischten sich. Einige blieben auf dem Boden, andere schwangen sich in die Luft. Es war ein heilloses Durcheinander. Lucy war sich sicher, dass es ein Bild für die Götter war. Episch und absolut einmalig. Ein Kampf zwischen Engeln und Dämonen, hell und dunkel.

Es kam ihr nicht richtig vor, sie in Gut und Böse zu unterscheiden, denn sie wusste, dass nicht alle Engel gut waren, die Erzengel mit vornean. Und sie war sich sicher, dass viele der Paholainen es sich auch nicht ausgesucht hatten, zu solchen zu werden. Die meisten von ihnen waren schließlich von ihrem Onkel beeinflusst worden, als sie noch Menschen gewesen waren, und hatten sich erst im Laufe ihres Lebens als Engel in Valo zu solchen entwickelt.

Um sie herum brach der Kampf aus und als auch sie sich einem Dämon gegenüberfand, hielt sie nicht inne. Es war ein junger Mann mit schwarzen fledermausähnlichen Flügeln, schwarzem Haar und ebenso schwarzen Augen. Seine Hände, die sich um den Griff eines Schwerts klammerten, ähnelten eher Klauen als Fingern.

»Mach's gut, kleiner Engel«, grollte es aus seiner Kehle und er hob seine Waffe.

Lucy reagierte augenblicklich und hielt mit ihrem Schwert dagegen, unendlich dankbar für all die extra Trainingsstunden, die sie zusammen mit Nathan in der Trainingshalle der Akademie verbracht hatte.

Die beiden tänzelten in dem Getümmel aus Gliedern

umeinander. Stahl blitzte um sie herum auf und Schreie und das rhythmische Aufeinanderschlagen der Waffen erfüllten die Luft, gepaart mit einem immer weiter zunehmenden Eisengeruch.

Lucy hatte Glück. Der Dämon vor ihr schien noch kein besonders ausgereifter Kämpfer zu sein, denn sie konnte ihn besiegen, trotz des klobigen Schilds, der ihre Bewegungen um einiges verlangsamte, da war sie sich sicher, nur … würde sie ihn umbringen müssen.

Sie hatte bereits getötet. Damals, als Nathan und sie von den Harpyien angegriffen worden waren, doch in dem Moment war es aus einem Reflex geschehen. Sie war von ihrem inneren Licht übermannt worden und hatte es aus der puren Absicht getan, Nathan zu beschützen. Aber jetzt? Jetzt war sie bei vollem Bewusstsein und haderte mit dem Gedanken, ein anderes Leben auszulöschen.

Verdammt! Irgendwie musste sie es doch hinbekommen, ihre göttliche Kraft, den übertriebenen Beschützerinstinkt, der ihr bereits so viele Unannehmlichkeiten im Leben beschert hatte, zu triggern.

Unruhig wanderte ihr Blick über das Schlachtfeld und sie war erleichtert, dass all ihre Freunde sowohl am Leben waren als auch unverletzt ihrem Kampf standhielten. Allerdings befanden sie sich alle in lebensbedrohlichen Situationen.

Eine gewisse Genugtuung flutete ihren Körper, als sie spürte, wie die Kraft in ihr anfing zu pulsieren. Sich wie ein eigener Herzschlag in ihrem Körper ausbreitete und dabei jegliche Gefühle und Gedanken von ihr beiseitedrängte. Was sie zuvor immer in Panik versetzt hatte und unkontrolliert geschehen war, hatte Lucy jetzt gezielt hervorgerufen. Und auch wenn sie merkte, dass die Kraft immer mehr Platz in ihrem Bewusstsein einnahm, so gab sie die Kontrolle nicht vollkommen ab. Es war fast schon ein wenig nervig, es zuzugeben, aber das Training mit Michael hatte sich ausgezahlt. Nun überlagerte in ihr der Instinkt zu beschützen und als ihr Gegenüber erneut zum Schlag ausholte, parierte sie und stieß ihm ihr Schwert in den ungepanzerten Brustkorb. Mit einem Schrei auf den Lippen ging der Dämon zu Boden.

Ohne einen weiteren Gedanken an ihn zu verschwenden, schwang sie sich in die Luft, wo sie glaubte, Nathan ausmachen zu können. Es war nicht aktiv von ihr gewollt, doch ihr Innerstes zog sie zu ihm, trieb sie an, an seiner Seite zu kämpfen, sicherzugehen, dass es ihm gut ging und dass er das hier überstand.

In der Ferne sah sie es hell aufblitzen und nahm an, dass dort Michael und die Erzengel gegen Lucifer kämpften, doch daran wollte sie sich nicht länger aufhalten. Sie brachte sich neben Nathan in Position, der ihr ein Lächeln schenkte, das den kleinen Fleck in ihr, der in diesem Moment von ihrem Bewusstsein bewohnt wurde, zum Glühen brachte, und gemeinsam stellten sie sich ihrem Feind. Es war merkwürdig angenehm, an seiner Seite zu kämpfen. Es brachte eine leichte Erinnerung an damals zurück und versetzte sie in die ganzen Nachmittage, die sie zu zweit auf den Matten der Trainingshalle verbracht hatten. Sie waren ein gutes Team und sie konnte nicht glauben, dass sie das nun dachte, aber bei den Erzengeln, *wir beide sind wirklich dazu bestimmt, das hier gemeinsam zu tun.*

Einen Dämon nach dem anderen erledigten die beiden, deckten sich gegenseitig und riefen ihren Freunden, die unter ihnen am Boden kämpften, Warnungen zu. Nach und nach verringerte sich die Anzahl an Dämonen, doch auch die der

Engel. Es war bitter, aber beide Seiten hatten immer noch ungefähr gleich viele Kämpfer.

Wenn das so weitergeht, stehen wir hier bald Lucifer allein gegenüber, dachte sie. Aber dann –

Ein heller Lichtblitz, gefolgt von einem riesigen Knall und einer Druckwelle, riss alle Kämpfer zu Boden. Instinktiv ließ Lucy ihren Schild fallen und griff nach Nathan, ehe sie gemeinsam zu Boden stürzten. Einige Sekunden vergingen und sie konnte weder sehen noch hören, was um sie herum passierte, denn schwere Rauchschwaden zogen durch die Stadt.

In vielen der Gebäude und Tempel waren Feuer ausgebrochen und durch die laute Explosion hatte Lucy einen Tinnitus. Nach und nach nahm ihre Umgebung wieder Gestalt an. Um sie herum lagen viele ums Leben gekommene Kämpfer.

Sie ließ den Blick über die breite Masse schweifen, bis sie erstarrte. Selbst das Pulsieren ihrer Kraft konnte die Übelkeit, die in ihr aufbrandete, nicht aufhalten und sie drehte sich weg, bevor sie sich auf den Boden vor sich übergab.

Lucy wünschte, sie könnte, aber sie war sich sicher, dass sie nie wieder den Anblick von Mr Browns leblosen Körper vergessen würde.

Sie wirbelte umher, als jemand sie bei der Schulter packte und zu sich herumriss, doch sie ließ ihr Schwert sinken, als sie erkannte, dass es Nathan war. Lucy atmete erleichtert auf, denn er schien unverletzt zu sein, doch auch sein Gesicht verzog sich und er keuchte auf, als er den toten Engel hinter ihr erkannte.

»Austin.«

Der Schmerz in seiner Stimme ließ ihre Kraft mit jeder

Sekunde heftiger pulsieren, drängte sich unangenehm gegen sie und trieb sie nahezu in den Wahnsinn, ungehindert, alle möglichen Gefahren um sie herum auslöschen zu wollen.

»Ich …«, setzte sie an, doch ein Blick über seine Schulter ließ sie innehalten. »NEIN!«

Lucifer flog in rasantem Tempo mit erhobenem Schwert auf die beiden zu und hielt die Stahlspitze auf Nathans Rücken gerichtet.

»Du bist MEIN!«, donnerte seine Stimme über das Kampffeld hinweg.

So schnell sie konnte, stieß sie Nathan zu Boden und hob ihre freie Hand. Das Licht in ihr übernahm nun vollkommen die Kontrolle und ihre Hand wurde unglaublich heiß. Licht stieß aus ihr hervor, doch ihr Onkel wich aus und sie traf stattdessen einen Wächter am Flügel, der augenblicklich in Flammen aufging.

Ihr Unterbewusstsein schrie vor Verzweiflung, das wusste sie, aber übermannt von dem Instinkt zu beschützen, spürte sie nichts. Absolut gar nich-

Da!

Ein leichtes Ziehen in ihrem Bauch ließ Lucy herumfahren. Sie konnte nichts anderes erkennen als die brennenden Gebäude Valos, die nach und nach in sich zusammenfielen, doch als könnte sie durch all diese Dinge hindurchsehen, wusste sie, wohin sie musste. Welcher Ort nach ihr rief.

Ohne einen weiteren Gedanken schwang sie sich erneut in die Luft und flog darauf zu, lockte ihren Onkel fort von der Schlacht, von ihren Freunden, von Nathan. Es war zu gefährlich, bei ihnen zu bleiben. Dafür hatte sie ihr Licht noch nicht genug unter Kontrolle.

Diesen Kampf würde sie allein antreten.

28

Die Erfüllung des Schicksals

Sie folgte dem Ruf, dem unsichtbaren Band, das sie bereits damals gespürt hatte, als sie zusammen mit Nathan im Heaven auf der Insel gewesen war und ihren Blick nicht von dem Wald am Rande des Strands hatte nehmen können. Lucy dachte gar nicht weiter darüber nach. Sie war allein von ihrem inneren Verlangen getrieben, ihre Freunde zu beschützen und Lucifer so weit wie möglich von ihnen fortzubringen. Einen Blick über die Schultern werfend stellte sie fest, dass ihr das gelungen war.

Lucifer flog ihr hinterher. Seine hasserfüllten Augen auf sie fokussiert und alles um ihn herum ignorierend, als wäre die Schlacht um Valo irrelevant im Vergleich zu der Möglichkeit, Lucy auszuschalten.

Ihr war es gleich, solange es bedeutete, dass er ihre Freunde in Ruhe ließ, nachdem er schon ihre Familie auf dem Gewissen hatte. Immer noch schmerzte der Gedanke an ihre Eltern und daran, dass sie fort waren, zu sehr, um den Gedanken länger als wenige Sekunden zuzulassen. So schnell wie noch nie in ihrem Leben flog Lucy auf die Insel, die sich nun unter ihr ausbreitete, zu und landete am Strand, direkt am Rande des Waldes. Nach einem weiteren Blick über ihre Schulter schritt sie fest entschlossen durch die Bäume hindurch in das Dickicht hinein.

Der Wald war ein eigenes Reich für sich. Sobald Lucy ihn betrat, verließ sie jegliches Zeitgefühl. Es war, als wäre sie durch ein Portal in eine andere Welt gelangt. Augenblicklich verstummten die Kampfgeräusche aus der Stadt, als würde er keinen Hass und keine Gewalt dulden.

Das Gefühl, dass dieser Ort heilig war, ließ sie nicht los. Und sie brachte den Teufel höchstpersönlich her. Wunderbar.

Weiter hinter ihr hörte sie Äste knacken, als Lucifer sich, unbeeindruckt von der Natur, die ihn umgab, durch das Unterholz schlug.

»Ich weiß nicht, wo du hinwillst, Lucy. Schließlich ist das hier eine Insel und es gibt keinen Ort, an dem du dich verstecken könntest. Ich werde dich finden. Ich werde dich immer finden, egal wo«, donnerte die Stimme ihres Onkels durch die Bäume und ruinierte die friedvolle Stille.

Doch das Gefühl, dass sie weitermusste, tiefer in den Wald hinein, dass dort die Antwort liegen würde, ließ nicht nach.

Das Geräusch brechender Äste nahm immer weiter zu, je näher ihr Onkel kam, und Lucy beeilte sich, noch schneller zu laufen, legte ihre Flügel noch enger an ihren Körper, um nicht mehr an den herabhängenden Ästen hängenzubleiben. Sie zerkratzten ihre Arme, ihr Gesicht, verhedderten sich in ihren Haaren und zogen an ihren Flügeln. Doch um sich den Weg mit dem Schwert freizuschlagen, fehlte ihr die Zeit und Lucy wollte diesen wundersamen Wald nicht mutwillig zerstören. Sie biss die Zähne zusammen, blendete den Schmerz, so gut es ging, aus, denn so weit weg von ihren Freunden, die sie akut beschützen wollte, hatte die Kraft ihres Lichts nachgelassen und so spürte sie die Nachwirkungen des Kämpfens immer mehr. Erschöpfung flutete ihren Körper, aber Lucy konnte es sich nicht erlauben, jetzt aufzugeben.

Sie war so nah am Ziel. Sie wusste es.

Und dann sah sie ihn.

Mitten im Wald stand ein Tempel aus weißem Marmor. Er wirkte vollkommen fehl am Platz und doch so, als wäre er das Zentrum dieses heiligen Ortes.

So schnell sie ihre Beine trugen, eilte sie die Stufen hinauf und verschwand in seinem Inneren. Im Tempel selbst war es düster. Kein Licht von draußen fand seinen Weg hinein und einzig die Fackeln, die seine Wände säumten, erhellten den großen kreisrunden Raum. In seiner Mitte befand sich ein Becken im Boden, in dem eine goldene Flüssigkeit waberte, die von einem funkelnden Rand eingeschlossen wurde. Ein Engel stand dort und blickte verträumt in die Flüssigkeit hinein.

»Da bist du ja, Lucy.« Er hob den Kopf und sah sie an. Der Engel hatte feuerrotes Haar, eisblaue Augen und doch weiße Flügel. Wie sie. Wie die Erzengel.

»Josua«, stellte Lucy fest.

Der erste Engel schmunzelte. »Ich wusste, du würdest mich erkennen.«

»Aber das kann nicht sein! Du bist doch –«

»Tot?«, unterbrach er sie und lächelte wehmütig. »Nicht so richtig und dann doch irgendwie.«

Sie runzelte die Stirn. »Ich verstehe nicht ganz …«

»Ich bin nicht tot, sonst wäre ich im Elysium, aber da die Erzengel mich auf diese Insel ins Exil geschickt haben, würde ich nicht sagen, dass ich noch groß ein Leben habe.«

Für einen kurzen Moment vergaß sie das Atmen. Doch sie kam nicht drum herum zu fragen: »Warum sollten die Erzengel dich ins Exil schicken? Du bist der erste Engel, der Hüter der Schicksale aller Geschöpfe und die Demonstration ihrer Macht. Mit dir haben sie eine eigene Rasse an Lebewesen geschaffen.«

»Und dabei bin ich ihnen zu ähnlich geraten.« Josuas Mund verzog sich zu einem bitteren Lächeln. »Du hast recht. Ich bin eine Demonstration ihrer Macht, aber ich bin ihnen *zu* mächtig.« Er schritt um das Becken mit der goldenen Flüssigkeit herum und kam auf sie zu. »Ich trage die göttliche Kraft, Michaels Licht, in mir.«

Nun stand er ihr direkt gegenüber.

Lucys Brustkorb hob und senkte sich schnell. Eine gewisse Vorahnung, was er als Nächstes sagen würde, machte sich in ihr breit.

»Ich habe die göttlichen Flügel. Weiß. Kein anderer Engel, außer den Erzengeln selbst, hat weiße Flügel. Niemand außer den Fürsten.« Er legte ihr eine Hand auf die Schulter. »Niemand – außer mir und dir.«

Mit großen Augen starrte Lucy in das ernste Gesicht des ersten Engels.

»So wurde ich hierher, auf die Insel des Seelensees, geschickt, um die Erschaffung der Engelsseelen zu überwachen.« Er machte eine ausladende Bewegung in Richtung des Beckens. »Doch durch meine Fähigkeit, die Schicksale aller Geschöpfe dieser Welt zu kennen, wusste ich, dass du dazu bestimmt bist, uns alle zu befreien. Nicht nur von dem Bösen, das gerade vor den Toren dieses Tempels wartet, sondern auch vor der Korruption unserer Heimat.«

Lucys Blick schnellte hinter sich und sie erkannte, dass Josua recht hatte. Lucifer hämmerte von draußen gegen die Tore des Tempels – die sie ihrer Erinnerung nach nicht geschlossen hatte –, sodass diese bebten. Allerdings hatte sie, sobald sie Josua entdeckt hatte, für einen kurzen Moment

Lucifer und die Schlacht, die in diesem Augenblick in der Stadt tobte, verdrängt.

»Lucy, hör mir zu.« Die Dringlichkeit in Josuas Stimme ließ ihren Kopf zu ihm zurückschnellen. »Ich kann ihn nicht mehr lange aufhalten, aber ich habe dich aus einem Grund zu mir gerufen. Du musst Lucifer hier, auf dieser Insel, besiegen, sonst ist seine Seele verloren und es wird sich alles noch einmal wiederholen.«

»Wiederholen?«

»Ja, wiederholen! Lucifers Seele war nicht immer so verdorben, wie sie jetzt ist. Wenn wir sie nicht hier aus ihm lösen können und direkt erneut in eine Engelsseele umwandeln, wird nur ein weiterer Engel irgendwann zu einem neuen Teufel, weil das Böse in Lucifer sich nicht in Luft auflösen kann, verstehst du?« Josua wartete ihre Antwort nicht ab. »Es würde sich verflüchtigen und einen anderen Wirt suchen. Nur wenn wir des Teufels Seele vollkommen in die Reinheit des Seelensees fließen lassen, lässt sie sich zu einer neuen, unbefleckten Engelsseele wandeln.« Josua schluckte. »Er mag es in deinen Augen vielleicht nicht verdient haben, aber seine Seele braucht diese zweite Chance. Ansonsten würde das Schicksal nur den nächsten Teufel lostreten. Ich werde dir im Kampf nicht zu Seite stehen können, weil ich sonst das Schicksal verändern und alles ruinieren würde, aber lass mich dir diesen Rat geben: Deinen größten Schutzengel trägst du bei deinem Herzen.«

In diesem Moment barsten die Tore des Tempels mit einem lauten Knacken auf und Lucifer stürmte wutentbrannt hinein. Hektisch blickte sich Lucy nach Josua um, doch der erste Engel war verschwunden.

Ihr Onkel funkelte sie teuflisch an.

»Da bist du ja endlich, Lucy.« Seine gesamte Gestalt ragte im Torbogen des Tempels auf und bebte vor Zorn. »Schluss mit den Spielchen, lass mich dich beenden, so wie ich es bei deinen Eltern getan habe.«

Bei der Erwähnung ihrer Eltern rührte sich erneut die Kraft in ihr, aber es reichte nicht aus, um aus ihr hervorzubrechen. Sie hatte gewusst, dass es ein Risiko war, sich von den anderen zu entfernen, weil ihr Licht nur in Verbindung mit ihrem Beschützerinstinkt reagierte. Ohne es stand sie Lucifer vollkommen allein gegenüber. Doch so war es Lucy allemal lieber. In der Stadt eben war die Gefahr viel zu groß gewesen, einen der Engel um sie herum zu verletzen, und die Gefahr war zu akut, um ihr Licht unter Kontrolle zu halten.

So ist es besser, sagte sie sich immer wieder und wieder, um die aufkeimende Angst in sich so gut es ging klein zu halten.

Sie hob ihr Schwert und umfasste den Griff fest mit der Hand. Entschlossen blickte sie ihrem Onkel entgegen, der wild die Zähne bleckte. Das Licht, das von den flackernden Fackeln über sein Gesicht tanzte, verschärfte seine boshaften Züge noch weiter.

»Lass es uns hinter uns bringen.«

Und mit diesen Worten schnellte sie auf ihn zu.

Es war ohrenbetäubend laut, als Stahl auf Stahl traf, und schon bald etablierte sich ein Rhythmus. Sie schlug zu, er hielt dagegen. Sie holte aus, er duckte sich darunter hinweg. Immer wenn Lucy dachte, sie könnte einen Treffer landen, parierte Lucifer und wehrte ihren Schlag mit einer Leichtigkeit ab, die sie frustriert aufschreien ließ.

»Na, na, kleine Lucy«, tadelte Lucifer. »Nicht gleich die Fassung verlieren.« Seine Stimme war fest und klang schon beinahe gelangweilt, als würde es ihn nicht einmal anstrengen, gegen sie zu kämpfen. »Jetzt bin ich dran.« Ein Lächeln breitete sich auf seinem Gesicht aus, das ihr eine Gänsehaut über den Körper jagte.

Mit einem Mal änderte sich die Stimmung des Kampfes. Wo Lucy eben noch frustriert war, dass sie keinen Treffer landen konnte, war sie jetzt erleichtert, dass sie parierte. Ihr Onkel schlug in einer Manier auf sie ein, die sie verstehen ließ, warum er einst die Wächter Valos angeführt hatte. Der Schweiß stand ihr auf der Stirn und ihre Arme fühlten sich schwer wie Blei an.

Langsam, aber sicher stolperte sie bei jedem seiner Schläge einen Schritt rückwärts, versuchte, mehr Platz zwischen sich und ihren Onkel zu bringen, suchte nach einer Schwachstelle, einem Ausweg. Denn wenn sie das nicht tat, war der einzige Ausweg aus diesem Kampf ihre Niederlage.

Lucifer war zu gut, zu schnell, zu stark. Auch wenn sie dank des Trainings an der Akademie und Nathans Nachhilfestunden stark geworden war, musste sie der Tatsache ins Auge sehen: Gegen den Teufel hatte sie keinerlei Chance.

Als sie schließlich die Wand des Tempels in ihrem Rücken spürte, wusste sie, dass der Kampf vorbei war, wenn ihr nicht jetzt etwas einfiel. Was hatte Josua ihr noch gleich gesagt, bevor er verschwunden war? Ihren größten Schutzengel trug sie bei ihrem Herzen. Doch was bedeutete das?

»Mach's gut, Lucy.«

Es brauchte Lucy eine Sekunde, um zu verstehen, was nun geschehen würde, und es war diese Sekunde, die entscheidend gewesen wäre. Lucifer ließ sein Schwert hinabsausen und sie duckte sich zur Seite weg, doch eben eine Sekunde zu spät. Heißer Schmerz explodierte an ihrem Bauch, als seine Klinge durch ihren Alkuun und die Haut darunter schnitt.

Augenblicklich floss heißes, nasses Blut ihren Körper hinab und sie sank auf die Knie, bevor sie auf dem Boden zusammenbrach. Scheppernd landete ihr Schwert auf dem kalten Marmorboden, während sie sich mit beiden Händen am Boden abstützte. Auf allen vieren schwankend streckte sie sich danach, aber Lucifer trat es weg und schickte es so außerhalb ihrer Reichweite. Dann packte er sie an der Schulter und schleuderte sie in die Mitte des Tempels hinein. Schlitternd kam sie an dem Becken mit der goldenen Flüssigkeit zum Stehen.

Lucifer ging langsam vor ihr auf und ab wie ein Raubtier, das seine Beute umzingelte. »Weißt du, Lucy, es tut mir fast schon leid, dass es so enden muss. Du und ich, wir hätten gemeinsam Großes vollbringen können.«

Zeit. Lucy brauchte Zeit. Noch immer wusste sie nicht, was Josua ihr mit seinem Ratschlag hatte mitteilen wollen, also musste sie sichergehen, dass Lucifer weiterredete. Lange würde sie ohnehin nicht mehr durchhalten. Die Wunde an ihrem Bauch brannte wie Feuer und es tanzten bereits schwarze Punkte in ihrem Sichtfeld.

»Wieso glaubst du überhaupt, dass ich jemals mit dir zusammengearbeitet hätte?«, fragte sie zwischen zusammengebissenen Zähnen und richtete sich mit dem Oberkörper ein Stück auf.

Aus Gewohnheit griff sie sich an den Brustkorb, um nach ihrer Kette zu fassen, die sie daran erinnerte, dass es in der Stadt noch Engel gab, die für sie kämpften und für die sie jetzt kämpfen musste.

»Nach allem, was die Erzengel uns angetan haben, dachte ich, es liegt auf der Hand?«

»Uns?«

»Ja, uns. Erst mir, dann deinem Vater und deiner Mutter und so letztendlich auch dir.« Lucifer hielt mitten in der Bewegung inne, als ihm klar wurde, dass sie keinerlei Ahnung hatte, wovon er sprach. Er legte den Kopf schief und betrachtete sie aufmerksam. Dann kam er auf sie zu und ließ sich vor ihr in die Hocke sinken. Die schwarzen ledernen Flügel ragten groß hinter seinem Rücken empor. »Ich bin nicht aus einer einfachen Laune heraus zum Teufel geworden, Lucy.« Er beugte sich tief über sie und sein Blick bohrte sich in ihren. Dasselbe Paar Augen, eins gut, das andere böse. Ihr stockte der Atem, als ihr Onkel weitersprach. »Die Erzengel haben mich erschaffen.«

Lucy traute ihren Ohren nicht. Sie musste sich verhört haben. Denn auch wenn die Erzengel vor absolut nichts zurückschreckten, um zu bekommen, was sie wollten, würden sie doch nicht …

O doch, sie würden.

»Eines Tages riefen sie mich zu sich in ihren Tempel.« Er spuckte ihr das Wort förmlich ins Gesicht. »Sie teilten mir mit, dass ich als Oberster Wächter Valos eine große Verantwortung mit mir trüge und die Stadt deshalb an erster Stelle stehe. Ich, der perfekte kleine Engel, der ich war« – er lachte abfällig – »versprach ihnen natürlich sofort meine vollkommene Hingabe der Stadt gegenüber und so berichteten sie, dass eine sich nähernde Gefahr eine Stärke verlange, die ich nicht besäße, zu der sie mir jedoch verhelfen wollten.«

Trotz oder gerade wegen der Menge an Blut, die immer noch heiß aus ihrer Wunde am Bauch hervorquoll, überlief sie ein kalter Schauer und sie presste mit zusammengebissenen Zähnen ihren Arm darauf. Mühsam schluckte sie die in ihr aufkeimende Übelkeit hinunter.

»Ich folgte ihnen, so wie jeder treue Engel, blind in mein eigenes Verderben hinein und merkte erst, was für ein fataler Fehler es gewesen war, als es zu spät war.«

Lucifer schloss die Augen und in dem Moment, als er sie erneut öffnete, waren sie so voller Zorn, dass Lucy meinte, sie würden jeden Moment Funken sprühen.

»Als ich eines Morgens erwachte, war ich kein Engel mehr. Ich stand auf und war dieses …« Er gestikulierte in Richtung seiner Flügel. »… dieses Monster.«

Er erhob sich aus der Hocke und fing erneut an, vor ihr auf und ab zu gehen. Seine Emotionen nun so geladen, dass er sich bewegen musste, um nicht vollständig den Verstand zu verlieren.

»Ich eilte zu den Erzengeln, flehte sie an, es rückgängig zu machen, aber alles, was sie taten, war mich zu ignorieren. Als ich mich weigerte, so zu parieren, wie sie es wollten, schickten sie mich und ein paar meiner engsten Wächter auf eine Mission. Dass es eine Selbstmordmission war, muss ich dir wohl nicht erzählen.« Lucifers Stimme triefte vor Bitterkeit und trotzdem grollte sie bedrohlich, als wollte er ihr die Schuld geben. »Alle aus meinem Team sind gestorben. Alle. Sogar Lillith, meine Frau. Sie hat mir alles bedeutet.« Er stieß ein Geräusch aus und wenn Lucy es nicht besser gewusst hätte, hätte sie denken können, dass es ein unterdrücktes Schluchzen war. »Die Erzengel waren vermutlich enttäuscht darüber, dass ich von der Mission wieder heimgekehrt war, doch ihr Plan, mich stärker werden zu lassen, hat zumindest in dieser Hinsicht funktioniert. Und nachdem mir klar geworden war, dass sie diejenigen waren, die mir und meinem Team die Falle gestellt hatten, um mich loszuwerden, weil ihr Experiment fehlgeschlagen war, wurde ich zum Teufel.«

Zwanghaft erinnerte sich Lucy daran zu atmen. Lucifers Geschichte hatte ihr eine neue Welt an Grausamkeit der Erzengel eröffnet. Warum hatte ihr Vater ihr nie davon erzählt? Oder hatte er es vielleicht nicht gewusst? Was, wenn er davon ausgegangen war, dass Lucifers verändertes Erscheinungsbild mit der Veränderung in seinem Innerem, seinem Hass gegenüber Valo, einhergegangen war?

»Und mein Vater?«

Erneut lachte ihr Onkel, doch diesmal klang es nicht mehr gehässig. Es war eindeutig Wehmut. »Leo wusste nichts davon.«

Er blieb stehen und blickte ihr direkt in die Augen, hielt sie fest und erinnerte sie schmerzhaft daran, dass sie drei nicht nur dieselben Augen, sondern auch dasselbe Leid trugen.

»Hätte ich es ihm gesagt, wäre er durchgedreht. Er war schon immer ein besonders starker und ambitionierter Engel gewesen.« Und plötzlich erschlaffte der Körper ihres Onkels und sein Kopf sackte nach vorn, als könnte er die Last, die er all die Jahre getragen hatte, keinen Augenblick länger schultern. »Wenn ich es ihm gesagt hätte, hätte er sich aufgelehnt und wäre genauso umgebracht worden wie meine Freunde.«

Lucifers Worte hinterließen nichts als pures Entsetzen und unbeschreibliche Trauer.

Alles um Lucy herum drehte sich. Der Schwindel hatte mit der Zeit zugenommen und die schwarzen Flecken vor ihren Augen waren zu ganzen Feldern zusammengeschmolzen. Die eine Hand immer noch fest auf ihrer Wunde liegend, um die Blutung wenigstens etwas zu stoppen, krampfte langsam. In ihrer anderen hielt sie immer noch fest den Flügelanhänger von Jennys Kette umklammert, der ihr Halt gab und sie daran erinnerte, wofür es sich zu kämpfen lohnte.

Diese Kette hatte sie, seit sie sie von ihrem Schutzengel geschenkt bekommen hatte, nicht einmal abgenommen. Dort, über ihrem Herzen, spendete sie ihr in dieser Sekunde …

Moment!

»*Der beste Schutzengel ist an deinem Herzen.*« Hatte Josua etwa ihre Kette gemeint? Aber was sollte das …?

Und dann ergab alles einen Sinn. Als hätte Josua von ihrer waghalsigen Idee gewusst, die sie gesponnen hatte, bevor alles den Bach runtergegangen war, hatte er sie in genau diese Richtung gelenkt. Und gerade deswegen flammte neue Hoffnung in ihr auf, dass es funktionieren könnte.

Lucifer war zwar technisch gesehen kein richtiger Engel mehr, doch vom Körper her sollte er ähnlich sein, hoffte sie. Aber wo zum Teufel …?

Lucy schaute sich um und kniff die Augen zusammen, als der Schwindel immer weiter zunahm.

Da fiel ihr etwas am Rand des Beckens auf. Sie hatte es zuvor nicht bemerkt, weil es aus der Entfernung so ausgesehen hatte, als würde die goldene Flüssigkeit in dem Boden funkeln, und weil sich das helle Silber kaum von den hellen Marmorfliesen abhob, aber es war auch der Rand, der das Becken vom Rest des Bodens abtrennte.

»Genug von der Vergangenheit«, riss Lucifer sie aus ihren Grübeleien. Sie musste wohl schon ein wenig weggetreten sein, denn sie hatte nicht einmal bemerkt, dass er über ihr stand, das Schwert erhoben. »Lass uns eine neue Zukunft einläuten!«

Diesmal bewegte sie sich instinktiv. Keine Sekunde zu früh, keine zu spät. Lucifers Schwert kam neben ihr auf dem Beckenrand auf und die silberne Verzierung zerschellte. Ihr

Bauch riss durch die abrupte Bewegung noch weiter auf und sie schluckte ihren Schmerzensschrei hinunter, als sie sich über den Boden streckte, um nach einem Silbersplitter zu greifen.

»Du kannst mir nicht entkommen, Lucy.« Schneller als sie gucken konnte, stand ihr Onkel wieder über ihr. In dem Moment, als Lucifer zum finalen Schlag ausholte, rammte Lucy ihm den Splitter mit aller Kraft, die sie noch besaß, in die Seite.

Alle Farbe wich ihm innerhalb von Sekunden aus dem Gesicht. Fassungslos starrte er an sich hinab, griff nach dem Splitter und fauchte auf, als er ihn aus seinem Körper zog. Fasziniert beobachtete er, wie sein Blut rot auf der silbernen Oberfläche glitzerte. Dann ließ er klirrend den Splitter fallen und taumelte auf sie zu.

»Du …«

Mühsam robbte sie rückwärts über den Boden, doch Lucifer schaffte es nur, drei Schritte in ihre Richtung zu gehen, bevor auch er auf dem Boden zusammenbrach. Erst als das funkelnde Licht in seinen grünen Augen verschwunden war, erlaubte Lucy sich wieder zu atmen. Allerdings nur von kurzer Dauer. Als sie sah, wie sich plötzlich ein goldenes Licht aus Lucifers Körper löste und in das Becken schwebte, stockte ihr erneut der Atem.

Das muss seine Seele gewesen sein.

Und da sie nun bei den anderen Engelsseelen war, die darauf warteten, mit dem Körper eines Engelbabys zusammengeführt zu werden, um ein neues Leben zu beginnen, war sie sich sicher, dass sie ihr Schicksal erfüllt hatte. So wie Josua es ihr vorausgesagt hatte.

Erleichterung flutete kribbelnd ihren Körper. Oder war es

die herannahende Ohnmacht, verursacht durch den starken Blutverlust? Wer wusste es schon, Hauptsache, Lucifer war besiegt und ihre Freunde in Sicherheit. Und mit diesen Gedanken hieß sie die Dunkelheit willkommen wie einen alten Freund.

29

Der Anfang nach dem Ende

Ein unglaublich warmes Gefühl, das seinen Ursprung in ihrem Bauch hatte und sich von dort aus durch ihren gesamten Körper ausbreitete, holte sie langsam in die Realität zurück.

»Lucy!« Der Geruch des Meeres erfüllte sie. Ein Geruch, der ihr so vertraut war, dass sie augenblicklich die Augen aufschlug. Sie wollte sich aufsetzen, aber Hände hielten sie zurück.

»Sie darf sich nicht bewegen«, wies eine ihr bekannte Stimme zurück.

Ihre Augen fanden den Besitzer und Panik kroch ihr die Kehle hinauf. »Lass mich los!«

»Beruhige dich, Lucy. Er tut dir nichts, er heilt dich.«

»Genau, also lass mich bitte in Ruhe meine Arbeit machen und ruinier sie nicht direkt, indem du die Wunde wieder aufreißt«, knurrte Raphael resigniert.

Ihre Aufmerksamkeit wanderte von dem Erzengel, der seine Hände und seine rosenquarzfarbenen Augen konzentriert auf ihren Bauch hielt, zu der Person, die sie zurückgehalten hatte.

»Du lebst.« Nathans Stimme war ganz dünn und ein Schluchzen löste sich aus seiner Kehle. »Ich hatte so Angst, dich verloren zu haben.«

Tränen rollten ihm die Wangen hinab und fielen auf Lucy hinunter, denn sie schien auf einer Art Feldbett zu liegen.

Zaghaft hob sie die Hand und legte sie an Nathans Wange, als sie von einer Welle an Emotionen überrollt wurde, doch eine überlagerte alle anderen. Die Liebe, die sie durchflutete, als sie ihn sah, zwar mit Blut verschmiert, aber augenscheinlich unversehrt, war überwältigend.

»Mir geht es gut«, versicherte sie ihm. »Ich bin noch da.«

Er lehnte sich in ihre Berührung und legte seine Hand auf ihre. Ein Schauer durchfuhr ihn spürbar. »Heißt das, du verzeihst mir?«, fragte er und seine düsteren Augen hellten sich hoffnungsvoll auf.

Lucy schluckte schwer, aber die Antwort auf diese Frage war ihr bereits bewusst gewesen, bevor sie beinahe gestorben war. »Es gibt so viele schlimme Dinge auf dieser Welt, da sollten wir dankbar für all das Gute sein, das uns umgibt. Nachtragend zu sein, sorgt nur für noch mehr Kummer, wenn man auch einfach vergeben könnte.« Ihre Stimme war noch ein wenig dünn, ihr Körper immer noch schwach von dem Kampf. Sie blinzelte. »Lucifer hat nie verziehen, was ihm angetan worden war, und hat so ihn und alle um sich herum ins Elend getrieben. Anstatt mit dem zu leben, was er noch hatte, hat er für noch mehr Verlust in seinem Leben gesorgt.« Sie richtete ihren Blick auf den Erzengel, der sie aufmerksam beobachtete. »So will ich nicht enden.«

»Ich liebe dich!«

Nathan beugte sich über sie und drückte ihr einen Kuss auf die Wange und Lucy genoss jede einzelne Sekunde, die diese Berührung anhielt, während sie »Ich liebe dich auch« murmelte.

Als er sich erneut von ihr löste, konnte sie sich nicht länger zurückhalten. »Was ist passiert? Haben wir gewonnen?«

In den Ruinen, die einst der Tempel der Erzengel gewesen waren, standen Lucy und Nathan zusammen mit ihren Freunden, Jenny, Josua und ein paar anderen Engeln den Erzengeln gegenüber.

»Wir haben dir für einiges zu danken und für so vieles um Vergebung zu bitten, Lucienna.« Jophiel sprach zu ihr, der Rest der Erzengel an seiner Seite.

»Wir werden als Valos Herrscher abdanken«, verkündete Gabriel und auch wenn sein Mund das eine sagte, so schrie alles an seiner Erscheinung, dass er alles andere als das wollte.

Doch keiner wusste, was geschehen war, als die Erzengel gegen Lucifer gekämpft und offensichtlich versagt hatten. Keiner hatte sie mehr gesehen. Erst nachdem Lucy ihren Onkel besiegt hatte und nach seinem Tod auch alle Paholainen gestorben waren, als wäre ihr Leben an das ihres Meisters gebunden gewesen, waren sie wieder aufgetaucht.

»Da wir erkennen, dass sich Valo und seine Bewohner weiterentwickelt haben, haben wir beschlossen, dass es an der Zeit ist, das Regime der marmornen Stadt zu erneuern«, sagte Zadkiel.

Wer's glaubt, wird selig.

Auf diese Idee waren die Erzengel ganz sicher nicht freiwillig gekommen. Doch nach allem, was passiert war, was ihrer Familie passiert war und vermutlich noch so vielen anderen Engeln, hatten sie womöglich eingesehen, dass es an der Zeit war, sich besser aus den Angelegenheiten der Stadt zurückzuziehen. Sie wussten, dass Lucy nicht Halt davor machen würde, die Geschichten ihrer Gräueltaten an die

Öffentlichkeit zu tragen und so Stück für Stück ihre kostbar aufgebaute, in einer Illusion gehaltenen Diktatur auseinanderreißen würde. Also verkündeten sie schnell, dass es ihre Idee sei, zurückzutreten und den Engeln die Führung über sich selbst zu geben.

Mir soll es recht sein. Hauptsache, ich muss sie nie wieder sehen.

»Von heute an wird ein Rat aus Engeln regieren, der alle vier Jahre erneut gewählt wird«, fuhr der Engel des Rechts und der Gerechtigkeit fort. »Den Anfang werden Josua Abram, Jenny Erikson und Malika Mbambe machen.«

Ihr Blick schnellte zu den dreien herum, die nickend einen Schritt nach vorne traten. Sie sahen mitgenommen aus, vor allem Jenny.

Nathan hatte ihr erzählt, dass sie sich heftig mit Mr Brown gestritten hatte. Nachdem sie erfahren hatte, dass er Nathan den Erzengeln ausgeliefert hatte, unabhängig davon, ob er von ihrem Vorhaben, ihn zu verletzen, gewusst hatte oder nicht, hatte sie sich von ihm getrennt. Oder zumindest hatte die Trennung im Raum gestanden. Doch dann war er in der Schlacht um Valo gefallen und jetzt war sie hin- und hergerissen zwischen der Wut gegen und der Trauer um ihn.

Es war eine schreckliche Situation, jemanden im Streit zu verlieren, fand Lucy, und sie wünschte sich, sie könnte irgendetwas tun, um ihre Freundin in dieser schweren Zeit zu unterstützen.

Malika, die Einzige der drei, die Lucy nicht persönlich kannte, sah ihrem Sohn allerdings sehr ähnlich. Luke stand neben den Drillingen und sah stolz zu seiner Mutter.

Josua zwinkerte ihr zu. Nach ihrem Kampf mit Lucifer war er zurück im Tempel erschienen und hatte sie, so schnell es ging, direkt zu Raphael gebracht und verlangt, dass er sie heilte. Danach war er direkt aufs Schlachtfeld, um nach weiteren Verletzten zu schauen.

Allgemein war der Verlust auf Valos Seite groß. Auch die Stadt an sich hatte viel einstecken müssen. Wie die Prophezeiung vorhergesagt hatte, lag sie nun in Schutt und Asche, doch das Böse war besiegt worden und von hier an konnte ein Neuanfang beginnen.

»Nehmt ihr das Amt als Regenten Valos an?«, fragte Gabriel.

Alle drei nickten synchron.

»Dann ist es hiermit offiziell!« Er klatschte in die Hände, weil er kein Pult mehr besaß, auf das er mit einem Hammer schlagen konnte. »Die Versammlung ist beendet. Wir werden uns nun zurückziehen, aber –«

»Wir werden Valo niemals unseren Rücken zuwenden. Wenn ihr etwas braucht, ruft nach uns und wir werden hören«, vollendete Michael Gabriels Satz.

Die Ansammlung an Engeln löste sich nach und nach auf, doch Michael hielt Lucy zurück.

»Warte noch kurz, Lucienna.«

Vorsicht und Argwohn pulsierte durch ihre Adern, doch sie folgte seiner Bitte.

»Es stimmt, was Jophiel eben gesagt hat. Wir haben viel bei dir gutzumachen. Zu viel Leid musste deine Familie unseretwegen ertragen und auch wenn es dieses Leid nicht ansatzweise wieder gutmacht, wollen wir deinen Eltern etwas schenken.«

»Deine Mutter wird sich bald an der Gläsernen Brücke einfinden, weil ihre Seele nach Valo gerufen wird«, erklärte Uriel. »Sollte sie über diese hinüberschreiten, wird sie als ein

Engel wiedergeboren werden und ihr zwei könnt die Ewigkeit miteinander verbringen. Allerdings wird ihr die Entscheidung gewährt, dass sie dieses Leben überspringen und sofort ins ewige Leben, das Elysium, übergehen kann. Alles, was sie dafür tun muss, ist, nicht die Brücke zu überqueren oder jemanden aus der Welt Valos zu berühren. Dort werdet ihr zwei euch zwar nicht wiedersehen können, bis nicht auch du ins Elysium übergehen wirst, aber sie und dein Vater haben so die Möglichkeit, auf alle Ewigkeit zusammen zu sein.«

Lucy traute ihren Ohren nicht. Wenn das stimmte, was Uriel ihr soeben erzählt hatte, dann war es das wohl größte Geschenk an ihre Eltern.

»Lucifer hat die Chance auf ein zweites Engelsleben erhalten, um auch selbst später einmal Teil des Elysiums werden zu können.« Michael sprach ganz gepresst. Sie merkte ihm an, dass er es nicht gewohnt war, Wiedergutmachungen und Entschuldigungen zu bekunden und keine Befehle zu erteilen. »Dir und Nathan können wir einzig die Freiheit geben, dass ihr nicht länger in unserem Dienst und dem Valos steht. Ihr könnt hierbleiben oder auch zurück auf die Erde, um euren Schulabschluss zu machen. Es liegt bei euch.«

»Passt auf euch auf.« Jophiel schenkte ihr ein aufrichtiges Lächeln. »Ich bin gespannt, mit welchen Taten du uns noch überraschen wirst, Lucienna de Caziers. Heute hast du deiner Familie alle Ehre gemacht. Wir werden dich weiterhin im Auge behalten.«

Und so stiegen alle sieben Erzengel gemeinsam in die Höhe und flogen davon.

»Es heißt, dass die Kinder zweier Gefallenen auserkoren sind, um die Welt zu retten. Unterschiedlich wie Yin und Yang, Tag und Nacht, doch nur zusammen vollkommen. Aus Falsch mach Richtig, aus Lüge Wahrheit, aus Ungleichgewicht Gleichgewicht. Sobald sie erblühen, werden sie zu ihren Wurzeln zurückfinden müssen, um für das Kommende bereit zu sein. Licht und Wasser, Göttlichkeit und Kraft, das Gute und das Böse – alles ist eins und alles ist nichts. Das Leuchten der marmornen Stadt wird erlöschen und in ihren Trümmern werden viele ihr Ende finden. Der große Stern muss fallen und untergehen, nur so werden die Welten bestehen«, rezitierte Nathan die Prophezeiung, als Lucy zu ihm trat.

Ein spöttisches Schnauben entwich ihren Lippen. »Ja, das haben wir großartig hinbekommen, meinst du nicht?« Lucy schüttelte ungläubig den Kopf. »Und daraus haben sie interpretiert, dass wir ein Paar sein müssen?«

»Doch nur zusammen vollkommen«, ergänzte Nathan. »Aber ich weiß, was du meinst. Es war hirnrissig, die Prophezeiung wortwörtlich auszulegen, zumal es mehrere Übersetzungsmöglichkeiten gab.«

»Was?« Sie riss die Augen auf.

Er nickte ernst. »Ja, aber sie liefen oftmals auf dasselbe hinaus. In einer Version hieß es ›Doch nur, wenn der große Stern fällt vom Himmelszelt und ins Reich der Toten fliegt, hat die Liebe der beiden gesiegt‹. Da ist es wohl etwas eindeutiger …«

»Aber … keiner von uns ist gestorben«, stellte sie fest.

»Von uns beiden gilt auch keiner als großer Stern in Valo, wenn wir ehrlich sind …«

Er führte seine Aussage nicht weiter aus, doch das brauchte er auch nicht.

Lucys Augen füllten sich augenblicklich mit Tränen. »Mein Vater.«

»Wer wird den Unterricht an der Akademie übernehmen?«, fragte Nathan. Er begleitete sie noch einige Schritte bis zu der Gläsernen Brücke. Dem Ort, an dem in der Nacht, als ihr ihre Flügel gewachsen waren, ein Teil ihres Lebens angefangen hatte, und an dem nun auch ein Teil ihres Lebens beendet werden würde.

Sie zuckte die Schultern. »Ich denke, das werden die Wächter selbst in die Hand nehmen, so wie die Regierung der Stadt.«

Er stieß Luft aus. Das Geräusch klang halb überrascht, halb lachend. »Echt unglaublich. Gestern noch eine Stadt unter Diktatur ...«

»Und heute eine Demokratie?« Lucy schüttelte den Kopf. »Ich weiß, es ist unvorstellbar, und trotzdem ist es passiert.«

Er wandte sich ihr zu und nahm ihre Hände in seine. »Was machen wir nun?«

»Ich weiß es nicht.« Sie runzelte die Stirn.

»Willst du noch die Highschool beenden?«

Entschieden schüttelte sie den Kopf. »Nach allem, was passiert ist, kommt mir so etwas wie der Schulabschluss so banal vor. Außerdem ...« Sie holte zittrig Luft. »Außerdem ist auf der Erde nichts, was mich dorthin zurückzieht, nun da meine Mum ...«

»Ich verstehe«, half Nathan ihr aus, damit sie es nicht aussprechen musste. »Ich habe eine Idee, was ich machen möchte, aber ich weiß nicht, ob es nicht anmaßend ist, dich zu bitten, mich zu begleiten …«

»Du willst doch jetzt nicht …« Sie warf ihm einen skeptischen Blick zu und er lachte auf, als er ihn sah.

»O Gott, nein! Nicht das! Ich …« Verlegen kratzte er sich an seinem Hinterkopf. »Ich glaube, jetzt wäre eine gute Gelegenheit, nach meiner Mutter zu suchen.«

»Oh.«

»Ja, oh.« Nathan räusperte sich. »Ich weiß, dass es echt unsensibel ist, dich zu fragen, ob du mich begleitest, nach allem, was gerade erst geschehen ist, aber –«

»Ich mach's«, unterbrach sie ihn sofort.

Nathan starrte sie aus weiten Augen an. »Bist du dir sicher?«

Sie nickte. »Was geschehen ist, ist geschehen. Außerdem habe ich dir bereits versprochen, dass ich dir bei deiner Suche helfen werde.«

Zuversichtlich drückte sie seine Hände. Dann stellte sie sich auf die Zehenspitzen und lehnte sich zu ihm vor. Als ihre Lippen sich berührten, wurde ihr warm ums Herz und alles in ihr summte vor Glück.

Atemlos löste sie sich von ihm. Gott, sie hoffte, dieses Gefühl, während sie ihn küsste, würde nie nachlassen.

»Ich muss nur noch das hier erledigen, dann können wir meinetwegen sofort los.«

Das Glücksgefühl, das gerade noch so präsent durch ihren Körper gerauscht war, wurde durch das, was ihr nun bevorstand, gedämpft, als hätte sie einen Deckel auf den Topf, gefüllt mit ihrer Freude, gelegt.

Verstehend nickte er. »Ich werde hier warten.«

Ein weiteres Mal küssten sie sich, voller Zärtlichkeit, gespeist mit dem Versprechen auf viele weitere solcher Küsse.

»Ich liebe dich, Lucy Farrens.«

Ihren menschlichen Namen aus seinem Mund zu hören, hatte etwas Tröstliches. Ihr war bewusst, dass sie diesen Namen nun nie wieder tragen würde, doch zu wissen, dass Nathan ihn kannte und sie so kennengelernt hatte, als Menschen, schenkte ihr ein wenig Hoffnung. Hoffnung, dass sie sich selbst nicht vollkommen in der Welt der Engel verlieren würde. Hoffnung, dass ihre Mutter so nie in Vergessenheit geriet. Und Hoffnung, dass sie für immer ein Stück ihrer Menschlichkeit behalten würde.

»Ich liebe dich auch, Nathan Dawson.« Sie schmunzelte an seinen Lippen, als sie sich ein letztes Mal küssten.

»Lass diesen Dawson-Mist«, grummelte er gegen ihren Mund und ein Kichern entfuhr ihr.

»Mal sehen.«

30

Time to say Goodbye

»Oh, Mum.« Mit bebenden Schultern stand Lucy am Fuße der Gläsernen Brücke.

Auf der anderen Seite, ihr gegenüber, war eine Gestalt erschienen. Mit zaghaften Schritten kam sie näher und mit jedem Meter, der sie weniger von der marmornen Stadt in Lucys Rücken trennte, fiel mehr und mehr Licht auf sie.

Lucys Mutter sah aus wie immer. Mit ihrem kastanienbraunen Haar, den braunen Augen und der olivfarbenen Haut, allerdings ohne die endlosen Augenringe und die niederschmetternde Müdigkeit in ihrem Gesicht, die sie durch all die Jahre des schweren Kummers gezeichnet hatten. In diesem Moment auf der Brücke, das Leben hinter sich lassend und dem Tod leichtfüßig entgegenschreitend, lag eine Unbeschwertheit auf ihr. Lucy glaubte, ihre Mutter noch nie so lebendig erlebt zu haben, und ihr wurde schwer ums Herz. Ihre Mutter blieb wenige Schritte vor ihr stehen und holte zitternd Luft.

»Es tut mir so leid, mein Schatz.«

Wie gern hätte Lucy sie in den Arm genommen, doch das würde bedeuten, dass sie ihrer Mutter die Entscheidung über den weiteren Verlauf der Dinge abnähme, und das wollte sie nicht. Also schlang sie die Arme um ihren eigenen Körper, klammerte sich an sich selbst fest und betete, dass sie sich zusammenreißen würde. Wenn sie jetzt einknicken würde, hier in diesem Moment, wäre alles ruiniert.

»Dir soll nichts leidtun, Mum.« Gott, sie hasste es, dass ihre Stimme so fad klang, und sie musste sich auf die Zunge beißen, um ihre Zähne vom Klappern abzuhalten. »Ich hätte dich nicht allein lassen dürfen diesen Sommer. Ich hätte dich besuchen kommen müssen, um ein Auge auf dich zu haben. Verdammt, ich –« Sie fuhr sich mit einer Hand übers Gesicht, um die Tränen, die sich aus ihren Augen gelöst hatten, schnell fortzuwischen. »Ich hatte dich von all dem fernhalten wollen und doch habe ich dich da mitten hineingezogen.«

Nun schenkte ihre Mutter ihr ein mitleidiges Lächeln. »Du hast mich nirgendwo hineingezogen, Lucy-Schatz. Eher andersrum.« Sie schniefte. »Dein Vater und ich haben das alles begonnen. Durch unsere Taten ist es überhaupt erst so weit gekommen, dass du auf der Welt bist und mit den Konsequenzen unserer Entscheidungen zu leben hast.« Sie blickte an Lucy vorbei der Stadt entgegen. »Ich werde gerufen.«

Lucy wusste, dass ihr nicht mehr viel Zeit blieb, um ihrer Mutter alles zu erklären. Um ihr all die Dinge zu sagen, die sie ihr noch sagen wollte.

Denn ihre Mutter würde nicht hier in Valo bleiben, das wusste sie.

»Folge dem Ruf noch nicht«, bat sie. »Es gibt einen Grund, warum ich hier auf dich gewartet habe.«

Lucys Mutter legte den Kopf schief, wartete allerdings ihre Erklärung ab.

»Die Erzengel haben mich geschickt. Als eine Art Wiedergutmachung«, schob sie schnell hinterher, als sie sah, wie sich die Miene ihrer Mutter verfinsterte. »Für all das Leid, das dir und Dad angetan wurde, bieten sie dir die Entscheidung, ob du nach deinem Tod als Engel hier in Valo weiterlebst oder ob du direkt ins unendliche Leben danach, ins Elysium, übertreten möchtest.«

»Ist er da?« Die Augen ihrer Mutter füllten sich augenblicklich mit Tränen und ihr schmerzerfülltes Gesicht erinnerte Lucy an die Mutter, die sie großgezogen hatte. Voller Schmerz und Leid.

»Ja, ist er«, flüsterte sie und kämpfte diesmal nicht mehr gegen die Tränen an, die sich ihren Weg an die Oberfläche bahnten, als sie an ihren Vater dachte.

»Wenn ich zu ihm gehe«, wimmerte ihre Mutter, »dann bist du ganz allein. Dann lasse ich dich im Stich. Schon wieder.«

»Nein.« Lucy schüttelte den Kopf und rang sich ein Lächeln ab. »Ich hätte es selbst nicht für möglich gehalten, aber ich bin nicht allein. Ich habe hier Freunde gefunden, eine Familie.«

»Wirklich?« Annabells Augen wurden ganz groß.

»Und ich werde hierbleiben. Ich habe mich dazu entschieden, nicht zurück zur Erde zu gehen. Ohne dich hält mich nichts mehr dort. Ich habe hier ein Zuhause und meine Freunde und … und ich habe Nathan.« Es war ungewohnt, ihrer Mutter von Nathan zu erzählen. Von ihrem Glück in der Liebe, während doch die Liebe ihrer Eltern zum Scheitern verdammt worden war.

»Und du bist glücklich?«, erkundigte sich ihre Mutter.

»So glücklich ich sein kann ohne dich und Dad.«

»Und ich werde ihn tatsächlich wiedersehen und mit ihm zusammen sein können?«

»Das wirst du«, versicherte ihr Lucy.

»Okay«, schniefte sie und ein Lächeln, das ein warmes Kribbeln in Lucys Bauch entfachte, breitete sich auf dem

Gesicht ihrer Mutter aus. Nach achtzehn Jahren der Trennung, des Kummers und Schmerzes. Endlich würden ihre Eltern einander wiederhaben, würden sich in den Armen liegen können. Allein diese Tatsache machte es ihr einfacher, ihre Mutter ziehen zu lassen und über den Tod ihrer Eltern hinwegzukommen. Sie wären nach all den Jahren endlich zusammen und es machte sie glücklich zu wissen, dass die beiden nun die Ewigkeit miteinander hatten, das nachzuholen, was ihnen in ihrem letzten Leben verwehrt worden war.

»Mach's gut, Mum«, sagte Lucy zum Abschied. »Ich liebe dich und sag Dad, dass ich ihm dankbar bin für alles, was er für mich getan hat. Sag ihm, dass unsere Liebe stark genug war und ich wünschte, ich hätte mehr Zeit mit ihm gehabt.«

»Wir sehen uns wieder, mein Schatz. Das weiß ich.« Ihre Mutter strahlte ihr zuversichtlich entgegen. »Dein Vater und ich sind so stolz auf dich, wir werden immer bei dir sein.«

Mit diesen Worten fing sie an, sich nach und nach aufzulösen. Ihre Erscheinung wurde immer blasser und blasser, bis Lucy schließlich allein am Fuße der Gläsernen Brücke stand und mit der Wärme Valos im Rücken in den Himmel vor ihr starrte.

Eine sanfte Brise wehte ihr durchs Haar, als würde ihre Mutter sie noch ein letztes Mal umarmen und Lebewohl sagen wollen.

Lucy atmete tief durch und wartete auf die Tränen. Allerdings blieben diese aus. Sie hatte damit gerechnet, dass der Tod ihrer Eltern und die Verabschiedung ihrer Mutter ihr unheimlich schwerfallen würden – und das tat es auch –, nur spendete die Tatsache, dass die beiden einander nun endlich wieder hatten und zusammen glücklich sein konnten, ihr unendlich viel Trost.

Und so drehte sie sich um und ging zurück in die leuchtende Stadt, ihrem neuen Leben entgegen, ohne der Erde unter ihr noch einen weiteren Blick zuzuwerfen.

ENDE

DANKSAGUNG

Wow – und jetzt bin ich wieder hier. An diesem Punkt, an dem ich ein Buch beende und gar nicht so recht weiß, wohin mit meinen Gedanken und Gefühlen.

Lucys und Nathans Geschichte ist nun zu Ende und somit ein großer Teil meiner Jugend. Es fühlt sich surreal an, die beiden nun gehen zu lassen, wobei ich glaube, dass ich sie für immer bei mir tragen werde, denn mit ihnen ist mein Traum vom eigenen Buch in Erfüllung gegangen. Und damit haben sie eine Tür geöffnet, die sich nie wieder schließen lässt.

Natürlich hätte ich das alles nicht so leicht über die Bühne gebracht ohne meine Lektorin Julia. Allein für ihre mitfiebernden Kommentare am Manuskriptrand hat es sich gelohnt, diese Geschichte zu schreiben und zu beenden. Danke, für all die Mühe, all die Stunden und all die Gedanken, die du in diese Geschichte gesteckt hast. Es berührt mich, dass du Lucy und Nathan genauso vermissen wirst wie ich.

Für die wunderschöne Innen- und Außengestaltung danke ich wieder Nina. Deine Hingabe zum Detail und deine Expertise in der Gestaltung der schönsten Cover, die ich kenne, bringen mich immer wieder zum Staunen.

Ich danke meiner Familie, die mich immer unterstützt und bekräftigt, meine Träume zu verfolgen.

Ebenso meinen Freunden, die mir immer Mut machen, nicht aufzugeben.

Meinem Freund, der mich immer aufmuntert, wenn es mir schlecht geht, und der die beste Expertise hat, wenn es um mittelalterliche Waffen und Armeeaufstellungen geht.

Ich danke all meinen Leser*innen. Ihr seid diejenigen, für die ich schreibe. Ich freue mich jedes Mal aufs Neue, wenn mich Nachrichten von euch erreichen. Sei es, um mir zu berichten, wie ihr meine Geschichte fandet, mir Theorien für den weiteren Verlauf der Geschichte zu beschreiben oder auch einfach nur zu fragen, wann denn endlich der nächste Teil erscheint.

Ihr seid wirklich unglaublich, danke!